În zorii timpurilor, doi adversari antici se luptau pentru controlul Pământului. Un singur bărbat s-a înălţat, pe atunci, de-a dreapta oamenilor. Un soldat al cărui nume ni-l amintim încă şi astăzi...

Colonelul Angelic al Forţelor Speciale, Mikhail Mannuki'ili, se trezeşte rănit de moarte la bordul navei sale prăbuşite. Femeia care îi salvează viaţa are abilităţi care îi par a fi cunoscute, dar, nemaiamintindu-şi nimic din trecut, el nu îşi poate da seama de ce.

Oamenii Ninsiannei cunosc profeţii despre un campion cu aripi, o Sabie a Zeilor care va apăra poporul împotriva Celui Rău. Mikhail insistă asupra faptului că nu este semi-zeu, dar capacitatea lui stranie de a ucide spune altceva.

Răul şopteşte unui prinţ posac. O specie pe moarte caută să evite dispariţia. Şi doi împăraţi, adânc înrădăcinaţi în ideologia lor antică, nu pot desluşi ameninţarea supremă în această repovestire ştiinţifico-fantastică, epică poveste a umanităţii despre lupta dintre Bine şi Rău, despre ciocnirea dintre imperii şi ideologii, precum şi despre cel mai mare super-erou care a călcat vreodată pe Pământ, Arhanghelul Mihail.

Această carte NU este o ficţiune cu caracter religios!

BONUS SPECIAL: conţine povestea originală „*Eroi de Demult*".

SABIA ZEILOR

Anna Erishkigal

Volumul I al Epopeei Sabia Zeilor

(Inclusiv novela „*Eroi de Demult: Episod 1x01*")

Ediția în limba română

Tradus de Alina Cristea

SERAPHIM PRESS

Cape Cod, MA

www.Seraphim-Press.com

SP Print Edition:
ISBN-13: 978-1943036790
ISBN-10: 1943036799

Electronic Edition:
eISBN-13: 9781943036370
eISBN-10: 1-943036-37-3

Tradus de Alina Cristea

Dedicație

Dedic această carte tuturor femeilor și bărbaților bravi care slujesc în forțele armate. Vouă vă dedic cel mai mare, cel mai puternic super-erou care a călcat vreodată pe pământ. Arhanghelul Mihail. Un soldat... ca voi.

Sunteți asemenea vântului care ne poartă aripile. Mulțumim!

O notă despre timp...

Toate faptele din acest roman se petrec cronologic sau concomitent. Orice abatere este specificată- "în urmă cu trei ore" sau "în prezent". Deoarece povestea este relatată din punctul de vedere al unor personaje diferite, unele evenimente se pot suprapune temporal pentru a oferi cititorului o privire de ansamblu asupra acțiunii. Chiar și așa, de obicei, principiul cronologic este respectat.

Alianța Galactică și Imperiul Sata'anic deopotrivă măsoară scurgerea timpului prin raportarea la ziua în care Împăratul Etern a semnat acordul conform căruia Calea Lactee se diviza în două imperii (adică în urmă cu 152.000+ ani). *D.Î.* înseamnă "După Împărați". Punctul zecimal după an marchează luna, adică 02 = februarie. Toate datele Galactice Standard corespund timpului de pe Pământ, dacă nu se menționează altfel.

152,323.02 = 2 februarie 3390 î.H.

EPISOD 1x01:
Eroi de Demult

*Şi s-a întâmplat, pe când oamenii au început a se înmulţi
pe faţa pământului şi li s-au născut fiice,
Că fiii lui Dumnezeu au văzut că fiicele oamenilor erau
frumoase şi şi-au luat soţii din toate pe care le-au ales. [...]
Erau uriaşi pe pământ în acele zile şi, de asemenea, după
aceea, când fiii lui Dumnezeu au intrat la fiicele oamenilor
şi ele le-au născut copii, aceştia au devenit oameni puternici,
care au fost în vechime oameni de renume.*

Geneza 1-6

Prolog

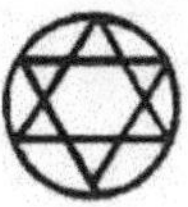

SHAY'TAN

Cei doi zei străvechi se aplecară deasupra galaxiei de argint strălucitoare care se învârtea în spațiu, contemplând următoarea mișcare. Așa făceau din timpuri irememoriabile, Dumnezeu și Diavol, doi adversari antici captivi pentru totdeauna într-un joc de șah.

Cea mai mare dintre cele două divinități, un dragon roșu enorm, mută un pion negru în calea unei ture albe.

-Nu mai ai pioni! bombăni Shay'tan.

-Piesele Curții valorează mai mult decât pionii!

Adversarul său, ce purta o robă albă, îl depăși cu ușurință:

-Ele le pot dejuca planurile.

-Ahh... Râsul lui Shay'tan se transformă într-un rânjet de vânătoare. Nu ai suficient respect pentru pioni. Nu contează cât de puternice sunt piesele Curții tale, zise el, mutând un al doilea pion negru pentru a lua tura. Nu vei avea niciodată destule. Mai ales dacă vei continua să mizezi pe mișcări banale.

Aruncă tura nefericită în grămada lui tot mai mare de cuceriri, care zăcea împrăștiată în jurul tronului asemenea unui morman de jucării stricate. Împăratul Etern Hashem mimă o expresie de indignare.

-Folosesc piese superioare pentru a avea o strategie superioară! spuse el. Într-adevăr, Shay'tan. Gândești prea mult pe termen scurt ca să înțelegi subtilitățile!

-Victoria este legată de numere! râse Shay'tan. Cel care are cele mai multe piese câștigă.

Sprâncenele stufoase ale Împăratului se împreunară, concentrându-se... El analiză o tură neagră care orbita în jurul unui nebun, adânc pe teritoriile neexplorate.

-Ce urmărești, bătrân diavol?

Shay'tan mimă cel mai nevinovat rânjet al său, coada lui lungă și roșie zvâcnind ca aceea a unei pisici ce urmărește un șoarece. Hashem luă un cal alb și se gândi la următoarea mișcare. Rânjetul lui Shay'tan dispăru când își dădu seama ce piesă de șah avea să folosească adversarul său. Aripile sale pieloase zvâcniră spre exterior în timp ce Hashem muta calul alb spre premiul cel mai mare.

-Cal alb, Sector Z3...

-Oh, nu, nu faci asta!

Shay'tan îşi înşfăcă tura neagră şi o trânti asupra galaxiei, aruncând calul alb din cer.

Camera se zdruncină.

Tavanul dispăru, transformându-se într-un baldachin orbitor de lumină albă.

-Shay'tan! strigă o femeie. Trebuia să-ţi aştepţi rândul!

O figură aurie, vagă, deveni vizibilă în ceruri, veghind deasupra lor ca şi cum ei înşişi ar fi fost piese de şah pe o tablă mult mai mare. Cu o răsucire a încheieturii mâinii, Cea-Care-Este îi goli de preştiinţa lor şi îi aruncă înapoi în galaxie, pentru a vedea cum aveau să li se manifeste mişcările în imperiile galactice pe care ambii le conduceau.

Capitolul 1

*Aceea când fiii lui Dumnezeu au intrat la fiicele oamenilor
și ele le-au născut copii, aceștia au devenit oameni puternici,
care au fost în vechime oameni de renume.*

Geneza 5-6

Februarie – 3,390 î.Hr.

Durere.

Metalul îi străpunse carnea într-o explozie de scântei arzătoare, zdrobitoare, ce cuprindeau întreg corpul. Gâlgâi în agonie când o tijă de oțel îi străpunse pieptul, țintuindu-l pe puntea navei sale ca un fluture. Sângele îi năvăli în plămâni, arzând și sufocându-l. Mirosul dulce, arămiu umplea aerul; mirosul propriei sale morți iminente.

Încercă să-și amintească propriul nume; dar nu existau amintiri, doar senzația de cădere.

„Deci asta e? Sfârșitul...”

O singură lacrimă i se scurse în timp ce nava lovea atmosfera, începând să ardă; simți cu ascuțime înțepătura sărată care traversa o tăietură, chiar și prin căldura și durerea celorlalte leziuni. *Singur.* Știuse dintotdeauna că va muri singur.

Nava scoase un sunet arsuzitor drept avertisment.

El închise ochii și se rugă să treacă în liniște în vid, să își simtă viața scurgându-i-se din trup pentru ca durerea să se sfârșească. Dar, chiar aproape de moarte, partea care îi amintea cine este, de fapt, îi șopti:

Luptă!

Supraviețuiește!

Trăiește o altă zi.

Își încleștă pumnul în jurul figurinei mici și negre pe care o păstra mereu lângă inima sa. Avea să finalizeze misiunea. Avea să îi înfrângă pe cei care făcuseră asta; chiar dacă nu avea nicio amintire a celor împotriva cărora lupta sau a motivului pentru care lupta.

Mult timp după ce ar fi trebuit să fi trecut dincolo de această lume, el continuă să lupte pentru fiecare gură de aer.

Capitolul 2

Februarie – 3,390 î.Hr.
Pământul: 12 ore mai devreme

NINSIANNA

Deşertul care se întindea între cele două mari râuri era un loc neospitalier, chiar şi în timpul sezonului ploios. Nu existau multe locuri în care să te poţi adăposti aici. Numai moloz şi mănunchiul ocazional de desiş, resturile scheletice ale pârâurilor de mult secate şi muntele îndepărtat pe care duşmanii lor îl considerau apanajul sacru al zeului lor.

Ninsianna, al cărei nume însemna *Cea-care-slujeşte-zeiţei*, se ghemui în spatele unui morman de pietre, inima bătându-i puternic atunci când trei războinici îmbrăcaţi în kilt se apropiară periculos de mult de locul unde ea se ascunsese, adunând crengi uscate din tufişuri pentru a aprinde un foc.

-De ce ar veni pe aici? întrebă Tirdard.

-A vrut să scape de *el,* spuse Dadbeh.

-Nu-l lăsa să te audă spunând asta, zise Firouz. El se crede îndrăgostit de ea."

-Aşa ar şi trebui să fie! spuse Tirdard. Se presupune că trebuie să se căsătorească la solstiţiul de vară."

-Nu şi dacă nu reuşeşte să o prindă, răspunse Firouz.

-Dacă mă întrebaţi *pe mine*, pufni Dadbeh, ea a fugit cu un alt bărbat.

Ninsianna îşi acoperi gura cu mâna pentru a opri cuvintele ce ameninţau să îi ţâşnească printre buze: *„Nu poţi să înţelegi că pur şi simplu nu vreau să mă căsătoresc cu el?"* Îşi exprimase protestul zgomotos, de multe ori, dar nimănui nu îi păsa de dorinţele unei femei.

-Gândeşte-te ce copii frumoşi vei avea, îi spusese tatăl său, ironizându-i ezitarea. Cea-Care-Este aprobă această uniune. El este fiul unei căpetenii. Gândeşte-te ce prestigiu ne va aduce legătura caselor noastre.

Ei bine, ea nu voia să fie producătoarea de urmaşi a nimănui! Nu pentru sat. Nici măcar pentru Cea-Care-Este!

Conversaţia se încheie când Jamin păşi înapoi în zona de campare, cărând o gazelă moartă pe umerii musculoşi. Era un bărbat frumos, cu ten negricios, un nas drept şi fin, şi ochii cei mai negri văzuţi vreodată. Fiecare femeie din sat se pierdea în faţa puterii lui de atracţie.

Fiecare femeie cu excepţia *ei...*

Ea era singura pradă pe care nu reuşise să o atragă în patul lui!

Cel mai bun prieten al lui, Siamek, un bărbat înalt şi competent, aşeză suliţele cu vârf de obsidian şi capa lui Jamin.

-Vezi vreun semn al trecerii ei? întrebă Firouz.

-Doar urme de paşi, răspunse Jamin arătând către nord-est. Câteva mii de coţi în *această* direcţie.

-De ce s-ar îndrepta direct spre duşmanii noştri? întrebă Firouz. Nu realizează ca Halifianii o vor lua prizonieră?

-Pentru că este *femeie*, râse Jamin. Doar zeii ştiu ce îi trece prin mintea aia frumoasă.

Ninsianna apucă o piatră, încercând să reziste impulsului de a o arunca în capul arogant al fiului căpeteniei. Dacă nu ar fi fost stăpână pe "facultăţile ei mintale", el ar fi fost mort până acum!

-Asta e ceea ce primeşti dacă te ţii după fiica şamanului, spuse Firouz.

-Noi toţi te-am avertizat, adăugă Siamek. Ninsianna este nestatornică.

Dadbeh râse.

-Oh, Jamin! *Te vreau!*

Omul mic vorbise cu o voce înaltă, falsetto. Întoarse capul, pretinzând a fi celălalt sine al său:

-Ba nu, de fapt nu te vreau! continuă, iar apoi îşi întoarse spatele. Ba da, te vreau!

Se întoarse înapoi din nou:

-Nu, nu pot!

Tirdard îşi acoperi gura cu mâna, încercând să nu râdă.

-Tot timpul acesta, zise Firouz intrând şi el în joc şi împingându-şi bazinul înainte în încercarea de a imita mersul unei femei. Jucându-se cu magia tatălui ei!

-Shazam! rosti Dadbeh agitându-şi degetele. Jamin îi cade sub vraja.

-*Cade?* pufni Jamin. Nu chiar. Tatăl meu încurajează uniunea aceasta.

Privi către stânca după care Ninsianna stătea ascunsă:

-Femeie tipică! Prea proastă ca să îşi înţeleagă propria minte.

Îngenunche lângă gazela moartă, scoase recipientul cu apă şi se stropi cu câteva picături pe cap.

-Îţi mulţumesc, frate, murmură el, pentru darul vieţii tale.

Vântul se înteţi şi răspunse într-un glas pe care numai Ninsianna îl putea auzi.

„Cu mare drag, fiu favorit..."

Jamin tăie pântecele gazelei cu o lamă de oxid, separând ca un expert organele interne de măruntaie pentru ca, atunci când vor pleca, hienele să le mănânce.

Siamek se lăsă pe vine lângă el şi arătă spre cicatricea de pe burta lui Jamin.

-Arătai precum gazela asta când te-am cărat înapoi cu intestinele scoase afară după vânătoarea de bouri.

Vorbea scăzut, astfel încât ceilalți bărbați nu puteau să-l audă:

-Dacă ea nu te-ar fi cusut, vindecându-te, ai fi mort. Poate ai confundat tratamentele ei cu dragostea.

În spatele rocii, Ninsianna își ținu respirația.

„Te rog... Fă-l să asculte...”

Jamin înfipse cuțitul în gazela moartă.

-Iar acesta este motivul pentru care trebuie să o aducem înapoi! spuse el. Assur are nevoie de tămăduitoarea lui ucenică.

Smulse unul dintre picioarele animalului și îi întinse carnea lui Siamek. Ochii lui negri îl sfredeleau pe secundul său.

Siamek dădu din cap. El nu îl contrazicea *niciodată* pe Jamin în fața celorlalți oameni, dar fuseseră prieteni atât de mult timp, încât, între patru ochi, își spunea părerile fără ocolișuri. Siamek se ridică și puse carnea pe foc.

Jamin stătea cu fața spre muntele îndepărtat, având o expresie vulnerabilă pe măsură ce soarele alerga spre orizont.

-Unde ești? murmură el.

Își așeză piciorul îmbrăcat în piele pe stânca după care Ninsianna stătea ascunsă și privi îndelung orizontul, fixându-și pelerina cu ajutorul unei agrafe de os sculptate cu măiestrie.

Ninsianna se ghemui ca un animal de pradă, ascunzându-se printre stânci. Vântul își schimbă direcția. Fumul bătea înspre ea acum, aducând cu sine mirosul savuros de carne prăjită, condimentată cu usturoi sălbatic și câteva plante aromate din deșert. Stomacul îi mârâi, amintindu-i că în ultimele trei zile nu mâncase nimic altceva decât bastirma- carne sărată și uscată.

Unde avea să trăiască? O femeie fără sat?

Niciun alt trib nu ar îndrăzni să o primească.

Vântul șopti:

„Ar fi într-adevăr atât de rău? Să fii soția unei viitoare căpetenii?”

Ea își apucă gulerul, sfâșiată de nesiguranță. Rezistase întotdeauna în fața darurilor lui și a încercărilor de a o seduce; în fața modului în care el o urmărise, întotdeauna ca un leu vânându-și tiptil prada. Dar atunci când fusese rănit, o nouă latură cu totul vulnerabilă a lui Jamin apăruse. În fiecare zi, când ea mergea să îi schimbe bandajele, el îi spunea povești despre toate locurile pe care le vizitase, popoarele pe care le întâlnise și lucrurile sălbatice și frumoase pe care le văzuse.

Îi promisese că, dacă îi va deveni soție, o va lua cu el.

În cele din urmă, Ninsianna spusese "da".

Dar apoi Jamin se însănătoșise și revenise la a fi- *el*!

Când fata rupsese logodna, Jamin se opusese cu tărie. Poate dacă i-ar explica într-un fel că fusese speriată? Poate că el își învățase lecția?

Tot ce trebuia să facă era să se ridice și să spună „aici sunt.”

-Hei, Jamin! îl strigă Firouz. Ce ai de gând să faci cu ea odată ce o prindem?

-O pun pe genunchiul meu şi o chelfănesc, spuse Jamin. Aşa cum ar fi trebuit să facă tatăl ei cu mult timp în urmă.

Războinicii râseră.

Îndoielile Ninsiannei îngheţară în piept. Bărbatul tipic! Spune un lucru ca să curteze o femeie, iar apoi un alt lucru doar pentru a îşi impresiona prietenii. Fusese înşelată de el o dată. Nu avea să îşi compromită judecata de dragul lui şi a doua oară!

Continuă să aştepte până când toţi bărbaţii se aşezară să mănânce şi apoi, foarte atent, începu să se târască înapoi. O pietricică se rostogoli şi îl lovi pe unul dintre războinici.

Scârţ!

Ninsianna îngheţă.

Toţi cei cinci bărbaţi se uitară în direcţia ei. Inima îi bătea frenetic. Îşi lipi corpul de pământ.

„Să nu mă vadă... Să nu mă vadă...”

În cazul în care ei s-ar fi ridicat, ea ar fi fost expusă.

Şopti rugăciunea pe care tatăl ei o rostea ori de câte ori aveau nevoie să pornească un foc, iar lemnul era umed, şi îşi imagină focul solstiţiului pe care îl aprindeau de două ori pe an. Focul izbucni într-o rafală arzătoare, făcând carnea să sfârâie şi să se aprindă. Bărbaţii se luptară să potolească vâlvătaia înainte ca bucata de carne să se transforme în cenuşă.

„Mulţumesc, Mamă!”

Ninsianna aşteptă până când bărbaţii se aşezară din nou pentru a mânca, iar apoi se strecură înapoi până când ajunse la un *wadi*, un pârâu uscat de deşert care avea apă numai după ploile torenţiale. La fundul său se afla o gaură întunecată, umedă, în care Dadbeh şi Firouz săpaseră pentru a găsi apă. Aici, în deşert, apa se evapora repede. Nu numai că acea gaura era deja secată, dar solul avea un aer bolnav, urât mirositor.

Darul de a *vedea*, pe care îl moştenise de la tatăl ei, o avertiza în legătură cu apropierea duhurilor rele. Oricine ar fi băut apa aceasta avea să sufere de dureri abdominale şi diaree explozivă.

Ninsianna chicoti. Poate că *asta* i-ar descuraja pe Jamin şi oamenii lui?

Se grăbi spre vest, departe de teritoriul Ubaid, departe de Assur, departe de părinţii ei, care vorbeau despre obligaţie şi datorie. Aici, în deşert, un singur călător ar putea trece neobservat, dar o ceată de războinici ar trezi atenţia duşmanilor lor.

Nici măcar Jamin nu ar îndrăzni să rişte un război cu tribul feroce Halifian!

Soarele cobora în spatele muntelui pe care Ubaizii îl numeau "dinţi de hienă." Tribul Halifian considera acest munte sacru. În cazul în care Jamin ar fi fost prins acolo, ar fi izbucnit cu siguranţă o luptă.

Wadi-ul se întuneca pe măsură ce ţinutul aluneca, la rândul lui, în întuneric, dar harul de *a şti,* pe care îl moştenise de la tatăl ei şaman, îi lumina calea. Fiecare lucru viu emana o anume aură, de la cel mai mic fir de iarbă până la scorpionii care se strecurau printre stânci. Tatăl ei pretindea că femeile nu ar fi trebuit *să vadă,* dar ea putea simţi mult mai mult decât credea el.

Se împiedică de o stâncă.

Cu un strigăt, se pomeni cu faţa în jos pe pământ. Respirând din greu, se ridică şi îşi scutură praful galben de pe rochie. Trebuia să găsească adăpost. Departe, în deşert, nu exista nicio aură.

Ah! Cât de mult ura întunericul!

Ninsianna stoarse o înghiţitură de apă din recipientul său de vezică de animal, recipient acum flasc şi moale. Dacă nu reuşea să găsească apă în curând, nu avea să aibă altă alegere decât să se întoarcă la râu.

Închise ochii şi ridică palmele spre cer.

„Minunată Mamă? Mi-e sete...”

Chiar la stânga ei, solul străluci, mânat de un murmur slab de viaţă. Apă subterană? Dacă nu ar fi căzut, probabil că nu l-ar fi observat.

Fata urmă calea wadi-ului, îndreptându-se spre muntele sacru. Un miros slab de pământ era purtat în vânt. Ninsianna se opri şi mirosi.

Apă?

Se repezi spre o stâncă ce era atât de mare încât *wadi-ul* fusese forţat să îşi croiască drum în jurul acesteia. Prelingându-se dintr-o fisură, un izvor mic de apă oferea lichid dătător de viaţă.

„Mulţumesc, Mamă!”

Ninsianna îşi umplu mâinile şi oferi prima înghiţitură pământului, înainte de a-şi scufunda din nou degetele în bazinul minuscul care se formase la bază. Era rece şi dulce, fără duhoarea îngrozitoare care indica prezenţa spiritelor rele.

Scoase o pătură de lână din tolba ei piele. Aici, în deşert, un om putea muri din cauza căldurii în timpul zilei, iar apoi îngheţa până la moarte pe timp de noapte. Totuşi, aprinderea focului era cea mai sigură cale de a atrage atenţie nedorită asupra sa. Fata se sprijini de stâncă, meditând la destinul greu pe care îl avea.

Logodită! Cu un bărbat pe care nu îl iubea!

Noaptea deveni extrem de rece. Ninsianna începu să tremure. O haită de hiene se apropie, lătrând într-un mod neliniştitor. Fata îşi scoase lama de oxid şi o strânse la piept. Un şarpe ieşi din vizuină şi şuieră. În deşert, un animal scoase un strigăt de moarte.

-Mamă? zise ea cu voce ciripită. Ştiu că îl placi pe Jamin, dar are un temperament teribil. Nu puteai să-l faci să se îndrăgostească de altcineva?

Ce ar putea-o face pe zeiţă să îşi nesocotească fiul favorit? Fata privi către stele.

Shazam! Ninsianna a făcut magia tatălui ei...

Ei bine, nu o făcuse. Nu chiar. Poate doar un pic... Ajunsese să îi pese de el, iar el fusese un insuportabil.

Ce-ar fi dacă...?

„Poate dacă aș face un ritual de dragoste pentru el?"

Ninsianna chicoti, cotrobăind prin tolba sa pentru a găsi relicvele sacre pe care le furase de la tatăl ei. Un sac de oase pentru a ghici viitorul. Parrotia uscate pentru a simboliza spiritul. O bucată de lapislazuli pentru a simboliza Pământul. Mâna ei tremură când atinse ultimul obiect; o sticluță mică din argilă care conținea o tinctura de boabe Belladonna și păstăi de mac. *El* susținea că, în cazul în care o femeie ar fi băut poțiunea, ar fi devenit pierdută în vis. Dar, fără această poțiune, nici măcar tatăl ei nu putea auzi mesaje de la zei.

„De ce ar trebui să dicteze bărbații soarta femeilor, dacă o *zeiță* a creat tot ceea ce este?"

Ninsianna desfăcu dopul sticluței și mirosi precaută. Nu putea înrăutăți cu nimic situația. Ciupindu-și nasul, bău întreaga sticlă.

Ugh! Avea un gust asemănător urinei de capră!

Puse mâna la gură pentru a nu vomita.

Un sunet asemănător celei al apei învolburate îi vâjâi în urechi. Se târî spre izvorul sacru și înghiți pumni de apă, încercând să scape de gustul din gură, dar urletul crescu mai puternic decât lumea din jurul ei. Fata se ghemui, strângându-și stomacul. De ce, oh, de ce folosise, oare, de magia interzisă?

În cele din urmă, zgomotul începu să se liniștească. Nu. Nu era liniște. Gândurile curgeau în jurul ei ca un râu blând de informații. Ninsianna întinse palmele în sus, spre cer, și începu să îngâne o rugăciune:

O, Preamărită Mamă!
Tu ai puterea de a schimba soarta.
În mâinile tale binevoitoare,
Răul devine bun.
La dreapta ta este Justiția,
La stânga este Bunătatea.
Către tine mă întorc pentru a face jalbă.

În timp ce cânta, lumina spiritului care curge prin fiecare creatură vie începu să strălucească mai luminos. Șoarecii vorbiră. Scorpionii trimiseră mesaje. Chiar și gîndacii de bălegar păreau să aibă ceva important de spus. Ninsianna apucă lama de oxid și tăie sticla vulcanică neagră în palmă.

Stoarse trei picături de sânge pe vasul mic, de argilă; apoi, îndreptă vasul spre cer.

-O, Preamărită Mamă! strigă ea. Găsește-i lui Jamin o parteneră suficient de puternică încât să-l pună la locul lui. Și adu-mi *mie* pe cineva suficient de puternic încât să-l facă să se retragă!

În deşert, câţiva şacali urlau, dar de data aceasta urletul lor nu mai suna ameninţător. Părea că ea ar fi devenit una cu haita.

O amorţeală paralizantă i se strecură în mâini. Ţiuitul insectelor căpătă tonalitatea stranie a unui ritual şamanic. Iarba şi tufişurile străluceau luminos, înconjurate de un verde fosforescent. Spirale subţiri de aură cuprindeau tot ceea ce se vedea, dezvăluind cum toate lucrurile se legau între ele. Chiar şi rocile străluceau cu o lumină somnoroasă, dar foarte vie.

Sus, în ceruri, stelele se roteau într-un dans lent, graţios. Lacrimile îi curseră pe obraji în timp stelele murmurau un cântec fără cuvinte.

„Soră! Alătură-te nouă..."

Fata se întinse pentru a le atinge.

-Atât de frumos, şopti ea. Când pot să mă alătur lor?

Timpul şi spaţiul deveniră lipsite de sens în timp ce un lanţ imagini plutea spre ea pe râul larg: un bărbat îmbrăcat în robă albă, aşezat pe un tron. În spatele lui creştea un copac magnific dintr-o grădină luxuriantă, verde, înconjurat de un oraş cu trei sori de aur. Din şi spre cetate, creaturi ciudate traversau stelelele în canoe ciudate.

Cântecul se schimbă.

Un întuneric terifiant alunecă spre centru.

„Mamă! Ajută-ne!" strigară stelele.

Vântul se înteţi.

„Ninsianna..." şopti Cea-Care-Este. *„Am nevoie de ajutorul tău."*

Zeiţa îşi îndreptă ochii spre o canoe de argint din cer. Un bărbat diferit de toţi ceilalţi lupta cu boala teribilă ce împovăra stelele; era frumos, deşi părea ucigător. Diferit de orice alt bărbat pe care Ninsianna îl văzuse vreodată. Un fulger lovi nava acestuia. Ea continuă să se rostogolească prin ceruri, spre o piatră rotundă, albastră, despre care fata înţelese că îi era casă.

„Vrei să-l ajuţi?" întrebă Cea-Care-Este.

Un fior de emoţie se răspândi prin corpul Ninsiannei.

Ar ajunge să vadă cerurile?

-Da, Preamărită Mamă, jură cu nerăbdare. Eu îl voi ajuta.

Vântul se înteţi şi mai mult, învăluindu-i părul şi cuprinzându-i pielea cu respiraţia sa rece. Pe cerul dinspre răsărit, o stea căzătoare lumină deşertul, alunecând din văzduh. Se apropie mai mult şi mai mult, până când domina orizontul.

-Mamă?

Steaua o învălui, teribil creaţie, infernală şi arzătoare.

Crescu mai mare şi mai mare.

Un scâncet strident străpunse aerul.

Puf!

Pământul se cutremură în timp ce mingea de foc trecu direct pe deasupra capului fetei. Ninsianna se aruncă la pământ.

BUF!!!

Steaua căzătoare se prăbuși pe pământ. O coloană de foc se răspândi în aer, izbucnind spre exterior și acoperind-o pe tânără cu pietre și moloz. Roci de dimensiunea pumnilor năvăliră în jos asemenea grindinei trimise de un zeu furios. Inima îi bătea atât de repede încât se temea că ar putea să îi sară din piept.

Ninsianna își acoperi capul și țipă.

Treptat, rocile se transformară în praf. Fata se ridică și înfruntă strălucirea roșie, copleșitoare. Era oare în cer sau într-o dimensiune ciudată a iadului înflăcărat?

„*Du-te,*" șopti Cea-Care-Este, „*și fă cum ai promis.*"

Ninsianna își luă tolba și se îndreptă spre un obiect misterios, strălucitor. Ajunse la un loc unde o alunecare de teren blocase *wadi-ul*. Dincolo de acest baraj, râul forma o oază. Două căi de foc se întindeau într-o vale în formă de cupă spre o formă care strălucea, prinsă la poalele muntelui sacru.

Prima rază de lumină se revărsă asupra orizontului.

„*Aici,*" șopti Cea-Care-Este. „*Aici îl vei învăța pe campionul nostru să devină muritor.*"

Capitolul 3

Februarie 3,390 î.Hr.

Scânteile trosneau în fum, oferind tuturor lucrurilor un aspect nepământean, infernal. Tija îi străpungea pieptul, amenințând să-l înece în propriul sânge. Gâfâind asemenea unui pește pe uscat, trăgea aer în piept încet și dureros, în încercarea de a acumula suficient oxigen pentru a se elibera de ceața care îl învăluia. Nu-și putea aminti propriul nume, dar, dacă nu ieșea dintre aceste dărâmături, era un om mort!

Razele aurite ale soarelui de amurg năvăleau printr-o fisură din tavan, iluminând un spirit frumos, cu părul negru. Lumina se reflecta pe pielea ei în timp ce ea îngenunchea lângă el, având forma unei creaturi de legendă.

Rasa primordială?

Un sentiment de venerație pătrunse în mintea lui și dispăru înainte de a avea timp să își dea seama ce însemna „rasa primordială."

-O-kim-oldugunu yardim etmek icin beni buraya gonderdi ise, spuse spiritul. *Ben sana zarar demek.*[1]

Mâna care îi atinse obrazul și privirea simpatică din ochii ei de aur fură înțelese. Nu se putea supraviețui unei astfel de răni. Spiritul venise să-l călăuzească spre lumea cealaltă.

Un sentiment copleșitor de ușurare îi străbătu corpul.

Nu era singur.

În ciuda durerii sale, zâmbi, punându-și soarta în mâinile duhului.

---

[1] Nu îți fie teamă, Cea-Care-Este m-a trimis să te ajut.

Capitolul 4

Februarie - 3390 î.Hr.
Pământul: Locul prăbuşirii

NINSIANNA

Ceea ce la început părea a fi o piatră care ardea se transformă într-un vârf de lance pe măsură ce se apropia de steaua căzută. Chiar şi pe jumătate îngropată, Ninsianna recunoscu nava cerească pe care întrezărise în viziunea ei. Strălucea de un roşu aprins, ca un pat de cărbuni, dar nava în sine nu ardea, chiar dacă fumul se răspândea dintr-unul din cele două coşuri. Deşi nu putea găsi o uşă vizibilă, o fisură masivă străbătea nava de la sol până la plafon.

„Grăbeşte-te!" şopti Cea-Care-Este.

Ninsianna se strecură prin fisură într-o încăpere plină de fum. Singura lumină venea de la sutele de scântei care se întrezăreau din pânze de păianjen agăţate de tavan. Soarele care răsărea intra prin fisură, iluminând un om însângerat care zăcea îngropat sub un morman de moloz. Pieptul lui fusese străpuns de o tijă.

-Nu!

Margini ascuţite îi străpungeau mâinile şi genunchii în timp ce îşi făcea drum spre omul aflat pe moarte. Un miros greu de cupru îi umplu nările- mirosul morţii iminente.

Bărbatul se întinse către ea. Sângele i se revărsă din gură şi nas.

-An rás fhoinse?[2] spuse el.

Ninsianna atinse obrazul palid al bărbatului, rugându-se ca el să nu îi poată citi teroarea din ochi. Privirile lor se întâlniră în lumina slabă- o creatură pe moarte, speriată, şi o străină. Expresia lui deveni recunoscătoare.

-Neo-aonar?[3]

Ochii i se închiseră.

Ninsianna îi apăsă gâtul cu degetele.

„Te rog să nu mori!"

---

[2] Rasa primordială?

[3] Nu era singur.

Suspinele îi copleşiră plămânii atunci când simţi o bătaie de inimă fluturând slab sub degetele ei.

„*Aici.*" O şoaptă de intuiţie îi atrase atenţia asupra lăncii care îl pironea la podea. „*Ocupă-te întâi de obiectul cel mai periculos.*"

Bărbatul purta o haină ciudată, prinsă la piept- nu era nici pelerina, nici robă. Ninsianna îşi folosi cuţitul de oxid pentru a tăia materialul de pe lance. Odată îndepărtată, rănitul ar fi sângerat până la moarte, aşa că fata era nevoită să lucreze rapid.

Scotoci prin tolbă, scoase un ac de os şi un pachet de păr smuls din coada unui cal sălbatic. O ajutase pe mama ei să îngrijească multe răni îngrozitoare, inclusiv cea a lui Jamin, dar ea însăşi nu tratase niciodată o rană atât de gravă fără ajutorul mamei.

Îşi clăti mâinile cu apă din recipientul din piele de capră, iar apoi se aşeză cu picioarele de o parte şi de alta a corpului tânărului. Cântă oda pe care mama ei o cânta ori de câte ori avea nevoie de putere- de obicei, atunci când o bandă întreagă de războinici venea vătămată dintr-o încăierare.

> Ea adună puterile divine,
> Ea anunţă ritualurile sacre.
> Ea lucrează cu îndemânare intrinsecă
> Pe măsură ce îngrijeşte răniţii.

Îşi imagină raze de lumină albă curgându-i din creştetul capului până jos, în vârfurile degetelor, şi apoi în picioarele înfipte adânc în pământ. Era interzis pentru o femeie să folosească magia pentru altceva în afară de tămăduire, dar ea îl spionase pe tatăl său când şamanii se adunau şi vorbeau. Fiori energici se năşteau în jurul ei, ca apa turnată într-o urnă până când puterea nu mai poate creşte.

Apucă tija metalică, folosindu-se de ambele mâini, şi smuci cu putere.

-Ahh!!!

Omul gemu, dar tija rămase pironită în loc.

Trase mai tare, rugându-se şi cântând, până când energia crescu atât de mult încât întregul său corp începu să murmure. Trase atât de tare încât trupul bărbatului se ridică de pe podea. Tija scoase un sunet oribil când alunecă din piept.

Ninsianna căzu în genunchi, încă scandând:

> Ea ia bandaje şi le curăţă;
> Ea unge bandajele cu alifie,
> Ea şterge sânge şi supuraţii,
> Şi pune o mână caldă pe rana teribilă.

Acel râu de informație pe care îl văzuse în viziune curgea în jurul ei acum, mai clar și mai puternic decât vrăjile pe care le făcuse departe de ochii dezaprobatori ai tatălui ei.

Respirația bărbatului deveni mai ostenită. La stânga inimii lui, carnea se afunda în cutia toracică, unde tija îi rupsese mai multe coaste. Ninsianna își strecură două degete prin gaură, dincolo de carnea mutilată, până când pătrunse printr-o cavitate goală în interior. Inima îi tresări neajutorată. Tija străpunsese plămânul.

Fata își trecu degetele prin pieptul bărbatului, încercând să își dea seama cât de gravă era rana. Ceva pulsă la atingerea degetelor ei. Ninsianna se opri, cuprinsă de teamă, în timp ce inima omului flutura prin țesutul pulmonar delicat.

-O, Preamărită Mamă! spuse ea uimită. Nici mama nu a atins vreodată o inimă care încă mai bate.

Așa era să fii zeiță?

Luă acul de os pe care îl folosise cu câteva momente înainte. Nu era prima oară când îngrijea un plămân perforat, deși, în ambele cazuri, pacientul murise. Cosea carnea, ascultând intuiția care îi spunea ce să facă. Strângând pielea, ea tăie firul, iar apoi continuă prin a coase stratul exterior de mușchi și piele.

În timp ce își făcea treaba, continua să cânte:

Ea își adună puterile divine,
Ea îi ia viața în mâinile ei.
Ea le îmbracă în minunata haină,
În timp ce grăiește cuvinte vindecătoare.

Ea testează lanțeta chirurgicală;
În timp ce își ascute bisturiul.
Ea face perfecte puterile divine ale medicinei,
Ea le pune în mâinile mele.

Străinul redeschise ochii.

O privi în timp ce cosea, expresia lui fiind ciudat de calmă, dat fiind faptul că degetele fetei erau încă îngropate adânc în interiorul pieptului său.

-*An bhfuil tú spiorad, teacht a chur mé go harm an réimse an aisling?*[4] spuse el.

-Nu-ți fie teamă. Cea-Care-Este m-a trimis aici să te ajut.

Întrucât ambele mâini îi erau pline de sânge, Ninsianna îl sărută pe obraz, în speranța că el va înțelege gestul. Legă firul. Bărbatul îi vorbi într-o limbă pe care simțea că ar fi trebuit să o recunoască.

---

[4] Ești un spirit trimis să mă poarte spre tărâmul viselor?

-Ní raibh mé riamh eagla bás, ach go bás ina n-aonar, zise el. Tá áthas orm tú ag teacht a thabhairt dom ar an aistear.[5]

Frisoanele îi cuprinseră tot corpul. Fiecare cuvânt rostit era însoțit de un sunet teribil și o respiratie șuierătoare.

-Cred că tija a ieșit pe cealaltă parte, zise Ninsianna, arătând spre propriul ei spate. Trebuie să te rostogolesc. Bine?

Ea făcut un gest, astfel încât el să o înțeleagă.

Omul dădu din cap:

-Is ea.[6]

Fata încercă să-l împingă într-o parte, dar un dulap greu îi căzuse pe picioare. Încercă să ridice acest obstacol, însă propriile picioare îi alunecau continuu pe podeaua plină de sânge. Așeză o bucată de moloz sub dulap. Dacă bărbatul ar fi putut să își tragă picioarele afară, poate că ea ar fi reușit să-l rostogolească și să vadă ce se întâmplase în spate?

Se târî înapoi lângă el. Mâna îi atinse o grămadă de pene însângerate.

-Ce este asta? întrebă Ninsianna, trăgând de pene. Un fel de pelerină?

Pelerina țâșni în sus, împrăștiind resturi.

-Au!

Ninsianna alunecă înapoi.

O formă întunecată se înălță în interiorul navei. Sute de smocuri în formă de pene, având vârfurile asemănătoare celor ale sulițelor, se prefigurară în timp ce forma continua să crească. În final, se coborî tremurătoare la pământ.

Ninsianna privi cu neîncredere penele maronii enorme care se odihneau acum pe piciorul ei.

-Ai aripi?

Atinse penele însângerate și le urmări conturul până în locul din care porneau, sub spatele lui. Fata se uită în sus, către tavan.

-M-ai trimis pentru a salva un zeu viu?

Sprâncenele bărbatului se uniră în semn de confuzie, ca și cum ar fi vrut să își dea seama de ce această ființă încerca să-l rănească. Ninsianna observă mănunchiul de pene întunecate pe care tocmai i le smulsese din carnea.

-Oh! Scuze!

Atinse obrazul bărbatului în încercarea de a-i transmite că nu dorea să îi provoace suferință. Pielea lui era rece, cuprinsă de paloarea morții. Cu un simț al văzului exacerbat, Ninsianna putea vedea aura spiritului său plutind

---

[5] Nu m-am temut niciodată de moarte, ci doar de a muri singur. Mă bucur că ai venit să mă conduci în această călătorie.

[6] Bine.

la jumătatea distanței dintre lumea celor vii și a celor morți. Cu fiecare icnet care îi însoțea respirația, aura lui devenea mai întunecată.

Fata atinse locul în care picioarele lui dispăreau sub dărâmăturile grele.

-Ești prea greu ca să te pot rostogoli singură, zise ea și își mișcă mâinile pentru a comunica ceea ce trebuia să facă. Voi trage, mimă trăgând cu ambele mâini. Dar trebuie să îți tragi picioarele. Bine?

Străinul dădu din cap:

-*Is ea.*

Ninsianna îngenunche în spatele capului bărbatului și își strecură mâinile sub brațele sale.

-Trage!

Ninsianna tras cu toată puterea. Bărbatul își mișcă picioarele suficient de mult pentru a le elibera înainte de a-și pierde cunoștința. Fata îl rostogoli pe o parte.

Din spatele său răsărea o pereche de aripi maro enorme, musculoase, care zăceau prinse sub dărâmături. Aripa care fluturase ceva mai devreme în sus părea să fie intactă, dar cealaltă era îndoită spre spate într-un unghi ciudat.

-Când mi-ai trimis această viziune a unui om cu aripi, rosti Ninsianna către zeiță, nu mi-am închipuit că imaginea era chiar reală!

Cusu rana prin care ieșise tija, străpunzând cealaltă parte, iar apoi își schimbă poziția pentru a îngriji următoarea rană critică: aripa ruptă.

Odată, când era mică, mama ei salvase un vultur. Răpitoarele erau sacre pentru Ubaizi, semne favorabile. Tata spusese că pasărea răpitoare era ochii Celei-Care-Este.

Fata pipăi încet oasele ascunse sub pene. Chiar sub articulația genunchiului, un os subțire se rupsese și îi străpunsese pielea.

-E mai bine că nu ești treaz, spuse ea. Altfel, nu cred că m-ai lăsa să fac asta.

Împinse osul delicat înapoi sub piele și se strâmbă în timp ce îl punea la loc. Așezată lângă ea, tija tocmai smulsă din pieptul bărbatului ar fi putut fi o atelă potrivită. Acum nu mai avea nevoie decât de niște frânghie. Unde, în acest templu, ar ține un om o frânghie?

Zeci de pânze de păianjen colorate atârnau din tavan ca stalactitele dintr-o peșteră; fuseseră, fără îndoială, deranjate în momentul în care nava se izbise de stâncă.

Ninsianna rupse câteva fire lungi. Deși erau mai subțiri decât o frânghie, acestea se îndoiră și își mențineau forma. Fata le înfășură în jurul tijei și al aripii rupte.

„Ce urmează? Mamă! Omul este însângerat și rănit!”

Încheietura stângă îi era îndoită într-un un unghi nefiresc. Măcar *această* rană îi era cunoscută. Își sprijini picioarele de corpul bărbatului pentru a se echilibra şi îi strânse cotul între propriii genunchi, trăgând până când încheietura lui scoase un sunet spart.

-Mama s-ar descurca mai bine, spuse ea, încercând să îi oprească aura din a-i părăsi trupul. Dar durează două zile să mă întorc înapoi până satul meu. Dacă te las singur aici, vei muri.

În cele din urmă, termină de făcut tot ceea ce putea. Fie că bărbatul avea să trăiască sau să aleagă să treacă în lumea cealaltă. Tot ce îi mai rămânea de făcut era să îl încurajeze să rămână.

Trupul omului era palid şi asudat; inima îi bătea inegal, mult prea încet. Pentru a ţine departe somnul morţii, era nevoie să-l menţină cald. Ninsianna apucă pătura adusă în tolbă şi îl înveli.

Bărbatul se înfioră.

Ea se cuibări lângă el pentru a îl încălzi şi mai bine, cu propriul trup.

Epuizată, adormi imediat.

Capitolul 5

Data Galactică Standard: 152,323,02 D.Î.
Orbita Pământului: MRS „Jamaran"
Locotenent Kasib

LT. KASIB

MRS Jamaran orbita în jurul planetei albastre cu resurse, unde Shay'tan (binecuvântat fie numele lui) trimisese nava de război pentru a o păzi. Locotenentul Kasib al Marinei Regale Sata'anice privea fix consola de comunicații a navei, un simplu ecran plat, alb-negru, la fel ca celelalte care împânzeau centrul de comandă; locotenentul biciuia aerul cu limba lui lungă și bifurcată în timp ce studia rapoartele care veneau de pe suprafața planetei.

În spatele lui, în scaunul comandantului, care semăna cu piedestalul turei de șah, creasta ascuțită de pe spatele Generalului Hudhafah se înălța din ce în ce mai sus, în semn de iritare.

- Există vreo veste despre nava Angelică de cercetare? șuieră el.

Kasib se uită spre rapoarte cu ochii lui serpentini de culoare auriu-verzuie.

- Nu detectăm niciun fel de energie dinspre planetă, domnule, spuse Kasib. Se pare că a nava fost distrusă în timp ce reintra.

- Și epava?

Kasib gustă aerul pentru a depista feromonii care ar indica cât de iritat este Generalul Hudhafah. Ca toți masculii cu grad inferior care serveau în armatele lui Shay'tan, era hiperalert la cea mai mică înroșire a salbei ofițerului său comandant.

- S-a destrămat aici.

Arătă spre o anumită zonă a hărții, o mare îngustă în care se vărsau două râuri mari în mijlocul unei regiuni pustii dintr-un deșert galben ocru.

- Calculează cea mai probabilă zonă de prăbușire și găsește epava.

Generalul Hudhafah își scoase colții.

- Ultimul lucru pe care îl dorim este ca Alianța să știe ce am descoperit.

Capitolul 6

Durere... dar mai slabă ca înainte. Nu venise cumva un duh să îl ghideze spre tărâmul viselor? O descoperi moale și caldă, cuibărită lângă el, cu obrazul odihnindu-i-se pe brațul lui în timp ce pieptul i se ridica și cobora în ritmul unui somn liniștit, de muritor. Inspiră adânc, realizând că era încă în viață.

- Ești perechea mea?

Atinse șuvițele lungi și negre care căzuseră pe fața femeii și pescui un fir dintre buzele ei roz și senzuale. Femeia îl sărutase înainte să devină inconștient.

Dacă încă visa, tot durea ca Hades.

Își ridică brațul studiind atela pe care fata o improvizase din resturi și bucăți de sârmă. Mișcându-și picioarele pentru a se asigura că încă le are, se întoarse să își examineze aripa ruptă. O să mai poată zbura vreodată? Asta depindea de gravitația planetei pe care se afla.

Prin mintea lui se plimbau informații. Era ceva important în legătură cu planeta asta, dar imaginile dispăreau la fel de repede cum apăreau.

Cine era? Cum îl chema? Tot ce știa era că femeia aceasta îl salvase într-un mod eroic și acum dormea încolăcită lângă el, într-un mod care îi era străin, dar în același timp îi încălzea inima de familiaritate. Mirosul ei trezea un anume instinct, adânc între coapsele lui.

Poate că femeia *era* un duh? Dacă așa arăta moartea, nu era așa rău.

Își încolăci aripa sănătoasă în așa fel încât să nu o trezească, o trase mai aproape de el și o acoperi cu ea înainte să adoarmă din nou.

*

-O-kim-hayatini bagislamasi icin uygun gordum.[7]

Când se trezi, o găsi pe femeie îngenuncheată lângă el. Mâinile ei îi accentuau cuvintele în timp ce turna niște picături dintr-o ploscă de piele pe o cârpă aspră și curăța sângele de pe pielea lui. În tot acest timp, el o privea fascinat, analizându-i părul ondulat și negru, pielea măslinie și ochii ei bej-roșiatici, neobișnuiți.

---

[7] Cea-Care-Este a considerat că trebuie să îți fie salvată viața.

Dorința se trezi înlăuntrul lui cu o bucurie beată.

- Cine ești? o întrebă.

Femeia zâmbi și spuse ceva neinteligibil.

Fiecare nuanță a comportamentului ei îi rodea subconștientul. Rochia ei bej și fără formă nu era mai mult decât o cârpă prinsă în jurul taliei și aruncată peste unul din umeri pentru a acoperi senzualitatea sânilor. Materialul părea primitiv, la fel ca și instrumentele folosite să îi îngrijească rănile; uneltele unei culturi din epoca de piatră.

"Zeilor! Cum a reușit să îmi salveze viața?"

- Cine? își uni mâinile cu palmele în sus, sugerând că pune o întrebare. Ești? arătă spre pieptul ei.

- Nin-si-anna, își ridică ea palmele. Cine. Ești. Tu? repetă fata cuvânt cu cuvânt.

El se strădui să caute un răspuns, dar mintea îi era goală. Ninsianna repetă întrebarea. Cum îi putea explica cuiva care nu vorbea limba lui că nu își amintea cine este?

- Nu știu.

- Ninsianna, arătă ea spre pieptul ei. Nuștiu, arătă spre el.

- Nu, își clătină el capul. Nu îmi amintesc.

- Ninsiana, arătă spre ea. Nuîmiamintesc, arătă spre el.

- Nu! Nu știu cine sunt! Nu îmi aduc aminte!

Își lovi fruntea pentru a sublinia că mintea nu îi funcționează. O durere ascuțită îi săgetă capul. Închise ochii până îi trecu amețeala.

Femeia se încruntă până își dădu seama ce încerca el să îi spună. Îi atinse capul în locul care îl durea cel mai tare. Sub păr, o gâlmă imensă era dovada că se lovise puternic în acea zonă.

Ninsianna își relua activitatea, ștergând sângele uscat de pe capul lui. Din când în când, se oprea și îi mângâia aripile, ca și cum nu ar mai fi văzut asemenea lucruri înainte. El bănuia că Ninsianna îi explica ce răni are, dar nu putea înțelege nici măcar un singur cuvânt.

Evita să tresară, nedorind să vadă expresia de teamă pe fața ei de fiecare dată când o făcea. Când ajunse la rana de pe piept, Ninsianna îi arătă o pereche de plăcuțe hexagonale de argint, prinse în jurul gâtului lui cu un lanț solid.

Trase lanțul de sub cămașă și citi informațiile gravate în cuneiforme pătrățoase pe plăcuțe:

Colonel Mikhail Mannuki'ili

352d GOS

Forțele Aeriene Angelice

A Doua Alianță Galactică

Deși datele nu îl făcură să își amintească nimic, înțelese ce semnificație aveau. Singurul motiv pentru care soldații purtau aceste plăcuțe de identificare era acela de a putea fi recunoscuți când mureau. Deși nu își putea aminti nimic, plăcuțele însemnau că era parte din ceva mai mare.

- Sunt soldat, spuse el. Soldat în Alianța Galactică.

Arătă spre Ninsianna.

- Tu ești Ninsianna.

Arătă spre piptul lui.

- Eu sunt Mikhail.

Ninsianna zâmbi.

- Mikhail?

- Da.

Îi repetă numele de câteva ori, apoi îi ținu plosca ei primitivă lipită de buze.

-*Icki,* spuse ea, restul fiind neinteligibil cu excepția cuvântului de la final. Okay?

Bea, poate?

-Oh-kay, repetă el.

Înghiți apa până când goli plosca.

Ninsianna îi arătă fisura din navă. Îl înveli până la gât în pătură și îi spuse, folosindu-și mâinile, că voia ca el să doarmă.

- Oh-kay, spuse el nesigur.

Pleca să mai aducă apă?

Ninsianna ieși prin crăpătură.

În timp ce stătea întins acolo, Mikhail realiză cât de vulnerabil era.

Capitolul 7

Februarie- anul 3.390 î.Hr.
Pământul: Locul prăbuşirii

NINSIANNA

Râul aluneca de pe povârniş către oaza scobită în inima muntelui, o mică insulă paradisiacă în mijlocul deşertului, în care un pâlc de vegetaţie bogată se înălţa de o parte şi de alta a apei. Spre deosebire de deşertul uscat, în oază domnea un parfum bogat, de parcă locul ar fi avut viaţă.

Nu era de mirare că tribul Halifian considera această zonă sacră!

Ninsianna se răsucea în mişcări de dans, formulând lucruri inteligente pe care să i le spună celui mai nou pacient al ei folosind doar limbajul semnelor.

-Liberă! Sunt liberă!

Şi nu doar atât, o creatură a Raiului îi era de acum înainte îndatorată pe veci.

Mersul său se transformă într-un ţopăit copilăros atunci când o umbră mică îi tăie calea. Un vultur enorm, auriu se năpusti înspre râul care îşi lărgea albia într-un iaz, în spatele rocilor prăbuşite ce îi blocau drumul.

-O piază rea!

Vulturul îşi scufundă capul în apă, iar aripile sale împrăştiară stropi pretutindeni în timp ce el pescuia un peşte gras. Tânăra râse privind pasărea care îşi căra cina înspre văzduh.

Se gândi îndelung la puţinele lucruri pe care le ştia despre amnezie. Mama sa îi povestise despre acestea atunci când un războinic suferise o lovitură la cap. De obicei, era nevoie de câteva ore pentru ca amintirile să revină, chiar dacă Mikhail (îi repetă numele de mai multe ori şi hotărî că îi plăcea cum suna pe buzele ei) părea straniu de lucid pentru cineva care nu îşi putea aminti nici propriul nume. Poate că nu îi înţelesese întrebarea? Sau îi ascundea informaţii? Nu conta. Oricum, Cea-Care-Este îi răspunsese rugăciunilor.

Ajunse la pârâul care se rostogolea pe muntele sacru, umflat de ploile iernii târzii, şi îşi reumplu recipientul de piele. Propria reflecţie îi strălucea înaintea ochilor, pătată de sângele lui Mikhail.

Nu ar lua-o în ceruri dacă ar arăta urât, adevărat?

Fata se avântă în apă şi se aşeză chiar în locul din care vulturul îşi capturase peştele. Era suficient de adâncă încât să îşi scufunde gâtul. Îşi curăţă sângele de pe mâini, apoi de pe corp, după care îşi coborî capul pentru a-şi uda părul. Se ridică, fredonând un cântec despre libertate, şi îşi trecu degetele prin păr pentru a scăpa de sângele uscat şi închegat.

> El provine din ceruri,
> Mă va purta în Rai,
> Mă va lua de aici!
> Departe de trucurile omeneşti!

Deodată, păsările îşi încetară trilul. Fata îşi reaşeză părul ud. La marginea oazei se afla Jamin alături de războinici, sprijiniţi de suliţele lor. Un fior îi cuprinse pântecul.

-Ninsianna! Jamin îi făcu un semn cu mâna. Am venit să te duc acasă!

Ninsianna rămase sfidătoare.

-Acasă? întrebă ea. Eu nu am o casă, ai uitat? Ai mers la tatăl tău ca un copil răsfăţat şi i-ai cerut să declare că fie mă mărit cu tine, fie sunt alungată din sat.

Fata gesticulă către oază.

-După cum poţi vedea, aleg alungarea. Acum pleacă!

Războinicii priviră nava argintie de pe hornul distrus al căreia încă ieşea fum, chiar dacă nu mai era cuprins de flăcări roşiatice.

-E o piază rea, spuse Jamin. Zeii au trimis acest obiect din ceruri.

-Şi ce ştii *tu* despre zei? Oh, tu, acela care a jurat în numele zeiţei că mă va duce la Nineveh? Iar apoi, când prietenii tăi au râs, ţi-a păsat mai mult de propriul prestigiu decât de viitoarea ta mireasă!

Jamin tresări.

-Nu înţelegi. Tatăl meu...

-...nu şi-a dorit să pară că ai accepta ordine din partea unei femei! strigă fata. Aşa că, în schimb, ţi-ai încălcat promisiunea. Prin urmare, *eu* am rupt logodna!

Se bucură de expresia rănită a lui Jamin, întorcându-i spatele şi încrucişându-şi braţele la piept. Jamin scoase un sunet asemănător unei raţe strangulate. Războinicii râseră.

-Te-am avertizat că aşa se va întâmpla, spuse Firouz.

-Femeile din casa lui Immanu au fost dintotdeauna cele care au purtat pantalonii, adăuga Dadbeh.

-Ninsianna este pur şi simplu furioasă pentru că nu o laşi să facă pe şefa, completă şi Tirdard.

Obrazul lui Jamin se crispă atunci când privi în jos la kiltul său format din patru straturi, semn al prestigiului de care se bucura.

-Poate că de aceea o găseşti atât de atractivă? îl tachină Firouz. Îţi doreşti ca *ea* să îţi preia sarcinile de conducător?

Dadbeh îşi întinse mâna înspre zona bazinului.

-Oh! Jamin, spuse el cu o voce înaltă, falsetto. Goleşte plosca, iar apoi serveşte-mă cu limba!

-Oh, Ninsianna, i se alătură Firouz cu o voce joasă de bas, sunt sclavul tău!

Se prefăcu că îi linge mâna lui Dadbeh.

-Oh! Oh! Oo-oh! Dadbeh gemu cu o falsă plăcere. Nu te opri! Oh! Jamin! Apoi ai permisiunea să îmi săruţi degetele de la picioare!

Tirdard se aplecă, ţinându-se de stomac în timp ce râdea. Ochii lui Jamin se întunecară de furie. Arătă înspre Ninsianna.

-Te vei îndepărta de această blestemată stea căzută!

Fata îşi îndreptă bărbia.

-Nu, nu voi face asta!

-O, ba da, o vei face!

Apa se împrăştie în jurul lui în timp ce îşi făcu drum înspre oază. Părea că apa însăşi încerca să fugă. Ninsianna alergă înspre malul opus, iar inima îi bătea puternic atunci când Jamin o ajunse din urmă. El o apucă de braţ.

-Dă-mi drumul!

-Tatăl tău m-a trimis să...

-Nu!

Fata se agită şi îl lovi:

-Nu eşti şeful meu! Şi *nu* mă voi mărita cu tine!

Războinicii râseră. Jamin o apucă de păr.

-Mă vei trata cu respect!

-Nu v...

Strigătul ei fu înăbuşit, căci Jamin îi scufundă capul sub apă. Cu un ţipăt panicat, Ninsianna se luptă să scape din strânsoarea lui, dar el îşi menţinea degetele înfipte adânc în părul său. O trase înapoi la suprafaţă cu o smucitură dură.

-Cedezi?

-Nu! bolborosi ea. Mai curând m-aş căsători cu un ţap!

Războinicii îl tachinară.

-Ai nevoie de ajutor ca să struneşti capra? râse Siamek.

-Nu, răspunse Jamin. Nu există nimic greşit ce nu poate fi îndreptat cu o bătaie bună.

Sângele Ninsiannei fierbea. Cum îndrăznea să o trateze cu atâta lipsă de respect?! Nu numai că era fiica unui şaman, dar era şi nepoata lui Lugalbanda! Un şaman războinic atât de puternic încât oprise inimile duşmanilor!

Îşi imagină toate lucrurile îngrozitoare pe care îşi dorea să i le facă. Lucrurile despre care se spunea că le putea face bunicul ei, lucrurile pe care Mama i le interzisese tatălui său. Energia pe care o simţise mai devreme, când smulsese suliţa din pieptul lui Mikhail, îi năvăli în corp. Strângând pumnul, îl lovi pe Jamin cât de tare putu.

-Mai bine aş muri! strigă ea.

Când îl lovi, îşi imagină că facea asta cu o piatră. Capul lui Jamin fu aruncat înapoi.

-Tu, căţe... urlă Jamin.

Restul cuvintelor sale rămase neauzit, căci îi scufundă din nou capul fetei sub apă.

Apa cuprinse nările Ninsiannei. Aceasta se agită şi lovi cu toată puterea, dar Jamin avea de două ori greutatea ei şi o strângea puternic de păr. Cu o smucitură, o trase înapoi la suprafaţă.

-Renunţi?!

-Niciodată! răspunse ea gâfâind.

Îl lovi cu călcâiul în testicule.

-Au!

Trupul lui Jamin se îndoi de la mijloc. Războinicii râseră.

-Hei, Jamin, spuse Firouz. Cred că ţi-ai întâlnit rivalul!

Aura lui Jamin căpătă o nuanţă sângerie furioasă.

-O să te învăţ eu ce înseamnă respectul, femeie!

Îi scufundă din nou capul sub apă, dar de această dată îl menţinu acolo până când plămânii ei păreau să fie pe punctul de a exploda. Mâinile şi picioarele i se înmuiară pe măsură ce trupul îşi dădea ultimele suflări. Inima îi tropăia puternic în urechi. Lumea se întunecă şi se îndepărtă.

Mamă? Ajută-mă... se rugă. Nu sunt destul de puternică încât să lupt singură împotriva lui!

Deodată, strânsoarea lui Jamin se slăbi. Fata reveni la suprafaţă, căutând aerul preţios. Toţi cei cinci bărbaţi priviră uimiţi la nava din cer. Mergând către ei, Mikhail se apropia cu unica sa aripă sănătoasă întinsă şi târâind-o pe cea rănită în urma lui.

-Demon înaripat! urlară aceştia.

Războinicii îşi înălţară suliţele. Pe partea din faţă a tricoului lui Mikhail, sângele se închegase, formând o pată maronie.

-Este protectorul meu! strigă fata, sperând să îi înfricoşeze înainte să observe cât de rănit era Mikhail. Fugiţi! Fugiţi până nu vă loveşte!

Mihail ridică ceea ce părea a fi un băţ. Negru profund. Mai mare decât un cuţit. O rază albastră ţâşni din vârf asemenea unei mingi de foc. Pietrele explodară la picioarele luptătorului, ţâşnind înapoi ca şi cum ar fi fost lovite de o turmă de bouri. Fum şi un miros de furtună se înălţară în aer. Cu un strigăt, războinicii fugiră.

Jamin o apucă pe Ninsianna şi o ţinu strâns la spatele său. Privea suliţa pe care o lăsase pe malul râului, calculându-şi, fără îndoială, şansele de a recupera terenul. Mikhail făcu un semn către ei cu strania ramură neagră înflăcărată.

-Lig di dul, mârâi el.

O a doua rază fulgeră, aterizând periculos de aproape de Jamin. Un val de apă se ridică în aer asemenea unui gheizer şi apoi se năpusti la pământ, provocându-le o senzație ciudată, de parcă ar fi fost înțepați de un întreg stup de albine. Jamin înghiți în sec, dar nu îi dădu drumul fetei.

-Rămâi în spatele meu, spuse. Te voi proteja.

Mikhail își îndreptă sulița înflăcărată spre pieptul lui Jamin.

-Ninsianna, *teacht anseo*! îi făcu semn să se apropie de mal.

-Doar peste trupul meu neînsuflețit! strigă Jamin.

Își umflă pieptul pentru a arăta pe cât de amenințător putea să arate un bărbat care stătea în apă adâncă până la talie, fără arme și fără să poată să se ascundă nicăieri. Cei doi prădători alfa se priviră îndelung, amândoi dornici să o revendice pe *ea* drept trofeu. O undă de încântare cuprinse trupul Ninsiannei. Care dintre combatanți ar putea învinge? Mikhail stăpânea terenul, dar era, de asemenea, rănit grav, în timp ce Jamin se afla în formă maximă. Trebuia să îl distragă înainte ca acesta să își dea seama că nuanța închisă a tricoului lui Mikhail era datorată sângelui.

Strângând pumnul, îl lovi pe Jamin direct în față. Se eliberă din strânsoare. Împrăștiind apă pretutindeni, își făcu drum înspre malul râului. Transpirația rece strălucea prelingându-se pe buzele albastre ale lui Mikhail, care se clătină, abia reușind să rămână în picioare din cauza rănilor sale. Dacă își pierdea cunoștința, cu siguranță că Jamin l-ar fi omorât. Ninsianna se aruncă în brațele lui Mikhail de parcă și-ar fi îmbrățișat marea iubire.

-Rezistă, șopti ea.

Folosind fiecare dram de energie tămăduitoare pe care o posedase vreodată, se încărcă de aceasta și încercă să o transmită prin propriile mâini. Un gâdilat cald, plăcut i se strecură în trup. Mikhail nu se mai clătina.

Jamin privi dinspre ea spre Mikhail, ochii săi negri fiind plini de mâhnire, iar apoi de ură când ajunse la concluzia la care Ninsianna își *dorea* ca el să ajungă.

-Ai spus că mă iubești?

Fiul căpeteniei păși înspre ea cu mâinile întinse asemenea unui cerșetor. Ninsianna își ridică bărbia și îl îmbrățișă pe Mikhail, un simbol feminin universal pentru *al meu*.

-*Niciodată* nu am spus că te iubesc, șuieră fata. Ți-am spus că mă voi căsători cu tine pentru că ai promis că mă vei trata ca pe un egal! Dar apoi ți-ai încălcat promisiunea, așa că am găsit pe altcineva *mai bun*!

Jamin îngheță.

Sulița înflăcărată a lui Mikhail fremăta la urechile fetei, din ce în ce mai răsunătoare, asemenea unei haite de șacali care se pregătește să atace. Acesta o întinse, strigând, vânător furios pe cale să ucidă.

-*Téigh ar*! rosti Mihail. *Faigh an ifreann as anseo!*[8]

---

[8] Pleacă! Pleacă de aici, fir-ar să fie!

-Vei regreta asta! Spuse Jamin.

Țâșni din apa râului și își înșfăcă sulița. Fără a privi înapoi, se îndreptă în aceeași direcție în care fugiseră tovarășii săi cu o expresia atât de întunecată încât o înspăimântă.

De îndată ce Jamin părăsi valea, Mihail se prăbuși, trăgând-o și pe ea la pământ. Luptându-se să se elibereze de aripile lui enorme, fata scuipă o mulțime de pene de un negru închis. Privi înspre povârnișul după care Jamin tocmai dispăruse. *Ar fi trebuit* să simtă ceva. Poate regret? Dar nu simțea nimic. Numai ușurare căci această logodnă se încheiase.

Îngenunche pe pământ alături de pacientul său. Solul era dur și pietros, așa că îi sprijini capul în poala sa.

-E în regulă, șopti ea. Jamin a plecat.

Îi atinse baza gâtului. Deși Mihail avea o paloare specifică morților, pulsul sănătos se izbi de degetele ei. Suspinând, ea își închise ochii, simțind cum energia pe care o acumulase cu puțin timp în urmă o abandona, lăsându-o la fel de obosită și slăbită ca un miel nou-născut. Aici, în lumina zilei, îi analiză superbele aripi enorme, de un negru închis cu dungi întunecate ce păleau pe măsură ce înaintau spre piele. Își trecu degetele prin penele sale, resimțind diferența dintre cele lungi și dure de la suprafață și cele moi de dedesubt.

Aripi! Zeița îi trimisese un bărbat cu aripi!

Îi mângâie părul de culoarea alunelor coapte care contrastau puternic cu pielea lui palidă și cremoasă ca laptele de capră. Degetele ei memorau fiecare detaliu rafinat. Trăsăturile lui cizelate nu erau acelea ale Ubaizilor, ci ale cremenei pe care războinicii o sculptau pentru a-și împodobi sulițele: ascuțite, frumoase, dar letale. Își trecu degetele mai departe pe pieptul său musculos și savură fiecare striație- trupul unui luptător în formă absolută.

Propriul ei semi-zeu!

-Mulțumesc că ai trimis un campion să mă salveze, își înălță ea rugămintea.

Închise ochii și concentră lumina tămăduitoare a Celei-Care-Dăinuie în mâinile ei pentru a grăbi vindecarea lui Mihail, reunind magia neagră în glasul de cântare al unui șaman. Simți furnicături în mâini; mai calde, chiar, decât atunci când se rugase să îl vindece pe fiul conducătorului.

Oh, mulțumiri zeiței! Cea-Care-Dăinuie răspunsese rugăciunilor ei!

Păsările începură să cânte din nou. O broască orăcăi. Lăcustele bâzâiră. Vulturul se reîntoarse și înșfăcă un alt pește. Pe măsură ce acesta își ridica prada spre văzduh, fata privi înspre soare.

-Pot să îl păstrez? *Chiar* mi-ar plăcea mult să îl păstrez!

Îi atinse aripile negre-maronii și se încruntă.

-Dar ce și-ar dori o creatură a cerurilor de la *mine*?

Capitolul 8

Tu ai zis în inima ta,
„Mă voi înălța la cer;
Îmi voi ridica tronul mai presus de stelele lui Dumnezeu
Voi şedea pe muntele adunării,
Pe înălţimile din nord!
Mă voi înălţa deasupra norilor
Ş mă voi face asemenea Celui Preaînalt."

Isaia 14:13-14

Data Galactică Standard: 152,323.02 D.Î.
Haven-3: Clădirea Parlamentului Alianţei
Prim-ministru Lucifer

LUCIFER

Haven-3 era cea de-a treia planetă într-un sistem solar creat artificial, care cuprindea un soare natural şi alţi doi mai mici, artificiali, pentru ca în capitala Alianţei să nu apună nicicând soarele. Coloane ca din basme se înălţau graţioase înspre cer, alături de clădirile moderne de sticlă, oţel şi compuşi din plastic atât de puternici încât nici chiar un cutremur nu ar fi putut să îi doboare de pe stâlpii de susţinere. La centrul de comandă, traficul revenea din şi pornea către toate planetele şi sistemele solare din galaxie. În centru se afla o clădire masivă, rotundă, astfel încât niciun delegat să nu stea vreodată mai aproape de tronul gol decât ceilalţi.

O creatură înaltă cu înfăţişare de şarpe, asemănătoare vag unui dragon, urcă treptele, sprijinindu-se cu grijă într-un baston. Vorbitorul Comunelor era un dragon Mu'aqqibat; nu un dragon *real,* cum era Shay'tan, ci unul aparţinând unei specii ce precedase formarea Alianţei. Acesta se opri în faţa podiumului şi îşi scoase întâi ochelarii, după care şi ciocănelul.

-Prim-ministrul se va adresa acum Parlamentului, spuse pe un ton formal.

Lucifer urcă treptele către platforma centrală, aripile sale albe fiind aşezate cu rafinament la spate, asemenea mantiei Împăratului Etern. Balcon după balcon se întrezărea către dom; fiecare delegat reprezenta o planetă dintr-un imperiu ce cuprindea aproape jumătate din galaxie. Delegaţii erau pe cât de variate erau şi lumile pe care le reprezentau: mamifere, insecte, amfibieni şi alte forme de viaţă. Fiecare specie avea o planetă unde se dezvoltase în mod natural sub protecţia Împăratului Etern, până când ajunsese la un nivel de sensibilitate destul de avansat încât să poată deveni membră a Alianţei Galactice. Fiecare specie avea o voce prin care să îşi ceară drepturile; fiecare specie cu excepţia uneia...

A lui...

Delegaţii vorbeau, stabilind înţelegeri după cum obişnuiau oficialii aleşi.

-Nu am votat deja asupra acestei probleme? întrebă unul dintre ei.

-Împăratul şi-a exercitat dreptul de veto, răspunse un alt delegat de lângă el.

-Nu mă voi opune Împăratului Etern! zise primul.

-De ce nu? interogă cel de-al doilea. Idiotul ne-a abandonat pentru două sute de ani, iar *acum* se arată şi vrea să ne fie Dumnezeu?

Lucifer îşi strânse buzele, aşteptând ca Adunarea Generală să se liniştească. Larma continuă; o frenezie pasională de înţelegeri făcute pe sub masă; acest vot pentru acel vot; votează pentru acest proiect mediocru şi eu îţi voi trece proiectul de lege prin comitet. Lucifer îşi închise ochii şi se concentră asupra valului de interes personal care, datorită darului empatiei pe care îl moştenise de la mama sa pe jumătate Serafim, îi permitea să vizualizeze dorinţele delegaţilor.

Simţurile Angelice exacerbate identificau parfumul exagerat de after-shave scump şi brandy vechi, precum şi mirosul persistent de tabac. Acustica era atât de bună încât orice şoaptă reverbera în întreaga încăpere. Ochii săi stranii de culoarea platinei analizau coloseumul; perceptiv, cinic, reflexiv, în timp ce remarca cele mai puternice dorinţe şi observa locurile pe care trebuia să le ţintească pentru convingere. În final, îi făcu un semn Vorbitorului pentru a începe spectacolul.

-În numele Împăratului Etern, zise Vorbitorul înalt, asemănător unui şarpe, agitându-şi ciocănelul. Cer ordine în cadrul acestei sesiuni a Parlamentului!

Delegaţii priviră în jos dinspre balcoanele lor înalte. Deja reuşise să treacă această măsură o dată la mustaţă. Provocase o furtună atât de puternică încât însuşi Împăratul Etern intervenise pentru a o opri cu un rar veto imperial.

Determinarea îl făcea pe Lucifer să se înalţe semeţ, fluturându-şi penele albe ca zăpada. Îşi întoarse partea mai chipeşă către camerele care transmiteau aceste evenimente pentru toate posturile de televiziune din Alianţă.

-Astăzi nu vin în faţa dumneavoastră în calitate de fiu adoptat al Împăratului Etern, spuse Lucifer. Nu în calitate de bărbat care, graţie unei norocoase întâmplări, a primit o voce pentru că tatăl meu m-a numit *pe mine* să vă reprezint interesele.

Îşi plecă aripile într-un gest de umilinţă.

-Vin în calitate de Angelic, o specie al cărei unic scop este să îşi închine viaţa pentru protecţia dumneavoastră, a raselor dezvoltate natural.

Se mişcă pentru a se poziţiona în faţa unui Leonid enorm, auriu, şi a unui Centaur corpolent pe care îl numise pentru a sta de pază la marginea scenei. Se răsuci pentru a fi faţă în faţă cu camerele care se roteau asemenea ciocurilor unor vulturi lacomi urmărindu-l, conştient de faptul că lentilele lor refractante aveau să facă să pară că cei doi hibrizi stăteau chiar în spatele său.

-Pe toată durata existenţei Alianţei, spuse Lucifer către camere, Împăratul s-a bazat pe forţa militară pentru a menţine Imperiul lui Sata'an sub control.

Făcu un semn către omul-leu şi hibridul jumătate om, jumătate cal.

-Pentru a reuşi aceasta, a creat patru specii de super-soldaţi proiectaţi genetic: Forţele Aviatice Angelice, Luptătorii Leonizi Multicapabili, Cavaleria de Centauri şi Flota Merfolk.

Urmări privirea delegaţilor pe care îi ţintise cu ceva timp înainte drept impresionabili, cei care priveau dinspre balcoanele lor somptuoase asemenea zeilor care se amestecă mereu în chestiunile muritorilor. Lumina soarelui se întrezărea în Atrium ca un semn de la Cea-Care-Este, creând o strălucitoare aureolă aurită în jurul părului său alb-blond şi înconjurând perfecţiunea trăsăturilor sale prea simetrice, amintindu-le delegaţilor că el era fiul adoptat al împăratului şi al Dumnezeului lor.

-Pentru 150.000 de ani, superioritatea noastră militară a permis menţinerea unui echilibru deloc uşor între Imperiul Sata'anic şi propria noastră Alianţă Galactică, adăugă Lucifer. Dar acum, o nouă ameninţare s-a abătut asupra Alianţei. Nu ameninţarea externă a lui Shay'tan, ci una creată de noi înşine.

Făcu o pauză pentru a-l privi pe delegatul din stânga sa, apoi pe cel din dreapta, înainte de a se întoarce pentru a sta faţă în faţă cu camerele. Îşi coborî vocea de parcă ar fi dezvăluit un secret; suficient de jos pentru a-i determina pe delegaţi să se aplece înainte pentru a auzi.

-Armatele care ne apără, doamnelor şi domnilor, sunt o specie pe moarte.

Un fior străbătu adunarea- să îl audă expunându-le ruşinea înaintea camerelor, să facă totul oficial, să le transforme slăbiciunea în ceva *real...* Zgomotul perpetuu al interesului propriu reizbucni:

-Constituenţii mei au fost furioşi pentru că am votat să ni se externalizeze slujbele.

-Cui îi pasă dacă mor hibrizii?

-Ce legătură are asta cu –mine–?

Un Lord Arahnoid tânăr şi agresiv se ridică; era un delegat proaspăt numit, care nu învăţase încă faptul că, atunci când camerele sunt prezente, este mai bine să te abţii.

-Rasa TA moare! ţipă el. Rasa noastră este numai bine!

Se întoarse către delegații din jurul său când aceștia rânjiră.

-Așa că spune-i lui Shay'tan că își poate lua înțelegerea și și-o poate înfige sub coadă!

Discordia deveni haotică pe măsură ce Parlamentul se agită asemenea unor coțofane care rânjesc la un medalion de aur. Atâta sinceritate brută în fața camerelor era o gafă politică, dar lordul proaspăt învestit exprimase un sentiment împărtășit fără ocolișuri de mulți alții.

Ochii argintii ai lui Lucifer îi sfredeliră pe cei ai Arahnoidului, iar acesta își îndreptă ambele mâini către inimă, înmuindu-și expresia feței.

-Da, zise Lucifer cu blândețe. Rasa *mea* moare. Rasa mea, care a protejat rasa *ta* până când aceasta a devenit destul de puternică încât să se alăture Alianței, moare.

Își încleștă pumnul și se holbă la el, de parcă ar fi luat o decizie. În timpul pauzei, camerele se mutară concentrându-se spre interior și spre exterior, plasând disputa între el și trăirea pe care Lordul Arahnoid o prezentase înaintea ochilor publici a miliardelor de telespectatori.

-Rasa mea, care l-a alungat pe Shay'tan de pe planeta *ta* atunci când a încercat să o anexeze, iar voi ați venit la *noi* după ajutor, MOARE!

Își ridică vocea, urlând în timp ce agita pumnul către Lordul Arahnoid prea vorbăreț.

-Iar acum, acel mileniu de război continuu ne-a decimat într-un asemenea mod încât avem mai mult echipament decât hibrizi existenți pentru a *folosi* acest echipament, iar rasa mea vine la rasa *ta* pentru a cerși ajutor astfel încât să nu dispărem cu toții!

Își trânti pumnul pe podium. Ochii săi stranii luceau de furie. Delegatul Arahnoid se foi în scaun în timp ce ceilalți, care cu câteva momente înainte jubilaseră, îl priveau acum pe tânărul lord cu dispreț, detașându-se public de acest parvenit prost.

-Este bine că specia Arahnoidă înflorește, spuse Lucifer. Asta înseamnă că hibrizii nu și-au sacrificat viețile în zadar.

Privi către delegații asezați asemenea vulturilor în balcoanele lor.

-Când ne-a creat Împăratul, adăugă el, a stabilit ca unicul nostru scop să fie protejarea speciilor dezvoltate în mod natural. Ne-a fost respinsă apartenența la Alianță pentru că vă era teamă că vom abuza de abilitățile superioare genetic pe care el ni le-a hărăzit în ADN.

Făcu un gest către un scaun gol, lăsat astfel în semn de comemorare pentru o planetă ce nu mai făcea parte din Alianță.

-Cândva, demult, rasa primordială care a dat naștere speciei noastre încă se afla printre noi. Pentru că ne vedeau drept copiii lor, s-au asigurat că noi, hibrizii, nu vom lâncezi fără un glas. Dar apoi, în urmă cu 74.000 de ani, un asteroid a lovit Nibiru. Și așa, pur și simplu- își pocni degetele- întreaga umanitate a fost distrusă.

Le închină predecesorilor săi decedați un moment de liniște.

-Atunci când oamenii au dispărut, au luat cu ei ceea ce prețuiam noi, hibrizii, ca pe propria casă. Ne-au luat vocea. Și au luat cu ei și diversitatea genetică de care aveam nevoie pentru a supraviețui.

Își întinse brațele, formând un „T"; arăta asemenea victimelor supuse unei exorcizări. Apoi își apleca aripile, de parcă ar fi fost prea grele pentru a le putea ridica. În final, înclină capul ca un martir care se oferă drept sacrificiu pentru binele universal.

-Pe măsură ce Alianța s-a răspândit, galaxia a început să ne privească pe *noi* drept aceia ce le pot rezolva problemele. Așa că ne-ați eliminat specia din rândurile voastre și ne-ați așezat în nave spațiale din Univers. Apoi, ați declarat că hibrizii trebuie să servească 500 de ani în armată, nu doar 20, ca voluntarii, pentru că dacă nu suntem omorâți în luptă, putem trăi atât.

Ridică vocea cu furie.

-Dar nu s-a oprit totul aici! strigă el. Când rata nașterilor în rândul hibrizilor a scăzut mai mult, ne-ați alungat femeile de pe planetele voastre și le-ați pus și pe *ele* să lupte.

Se învârti pentru a sta față în față cu rasele antice care existaseră chiar de mai mult timp decât Alianța, iar aripile i se umflară asemenea celor ale unui prădător. Baza lor de putere depindea de menținerea unei armate de sclavi.

-Apoi, în urmă cu 600 de ani ne-ați spus că ni se interzice orice formă de relație, pentru orice motiv cu excepția aceluia de a procrea pentru a perpetua gloria Alianței! continuă el. Sau chiar urmași născuți alături de același partener de două ori! Pentru că suntem atât de profund încrucișați genetic încât diversitatea reprezintă acum o problemă!

Bătu din aripi. Aripile sale frumoase, albe, a căror existență aducea de la sine ideea că specia lui nu putea dispune niciodată o voce, căci aripile nu se dezvoltaseră în mod natural pe spatele său.

-Totul datorită modificărilor genetice pe care Împăratul ni le-a oferit pentru a menține acestea- smulse o pană albă ca zăpadă- aceste aripi. Și celelalte schimbări care ne transformă specia în sclavi, obligându-ne să vă servim pe voi sunt *gene recesive*!

Aruncă pana în aer. O rază de soare o cuprinse de deasupra, de parcă însăși Cea-Care-Este își dorea să spună „Vedeți!" Pana pluti înspre pământ în liniște. Doar mișcarea picioarelor reașezate și tusea ocazională mai străpungeau tăcerea în sala cea mare când aceasta se lovi de sol.

-Aceste îmbunătățiri, zise Lucifer fâlfâind din aripi, necesită atât de multă reproducere selectivă pentru a se menține încât NE-AM ÎNCRUCIȘAT GENETIC PÂNĂ LA LIMITA EXTINCȚIEI!

Păși către un delegat Electrofor și privi adânc acest conservator lider religios dintr-o lume antică a țiparilor însuflețiți care disprețuiau toți hibrizii, căci îi considerau „abominații fabricate".

-*Voi* vă puteți căsători? strigă Lucifer către el. Dar *noi*, nu? Pentru că aveți nevoie ca noi să facem mulți copii care au *acestea*, astfel încât inamicii voștri să poată trage în ele, dar fără inconveniența drepturilor de vot?

Lucifer flutură din nou din aripi. Curentul provocat spulberă hârtiile de pe masa delegatului.

-Ce suntem noi? Animale pe care le creșteți pentru tăiere?

O undă albastră de electricitate aprinse acea zonă a camerei când coada letală a Electroforului se lumină din cauza indignării fanatice. Delegații din jurul său șuierară dezaprobator. Câțiva dintre ei șoptiră „ipocritul" suficient de tare încât sunetul să poată fi prins de camerele de filmat.

Lucifer lovi cu pumnul în grilajul balustradei.

-Nici Shay'tan nu le face asta propriilor cetățeni!

Se întoarse cu fața către camere.

-Iar acum, continuă Lucifer, iar vocea i se stinse pe măsură ce simți un nod crescându-i în gât, acum, chiar în momentul în care un bebeluș hibrid se naște, înainte ca măcar să i se taie cordonul ombilical, un reprezentant al Academiei de Pregătire pentru Tineri a Împăratului se arată pentru a-l lua de lângă mama sa, indiferent dacă ea este sau nu de acord.

Câteva lacrimi i se scurseră pe obraji.

-Bebeluși! Îndoctrinăm bebeluși care au mai puțin de un minut de viață să vă apere fiindcă nu ne permitem ca părinții lor să se retragă pentru câțiva ani și să își crească proprii copii.

Aripile sale albe se îndoiră spre pământ, tremurând de emoție. Se întoarse cu ochii închiși, departe de camere, încercând să liniștească emoția brută care amenința să îl copleșească. În sală era atât de multă liniște încât ai fi putut auzi acul căzând. El tuși, iar apoi își frecă obrajii, hotărât să nu îi lase să îl vadă plângând. Consilierul său legislativ se grăbi cu un pahar de apă. Lucifer înghiți lacom lichidul și își rearanjă trăsăturile sub masca politicianului profesionist.

-Prezentăm toate aceste discursuri extraordinare despre liberul arbitru-vocea lui Lucifer părea ostenită- dar din momentul în care un hibrid respiră pentru întâia oară, îl convingem că singurul său scop este să moară sprijinindu-l pe Împărat. Dar acum nu vă mai putem oferi nici asta, pentru că specia noastră și-a pierdut capacitatea de a procrea.

Liniștea absolută domnea în Parlament. Un tuset emoționat străpunse aerul. Lucifer privi în ochii delegaților cheie din blocul cel vechi, care în mod obișnuit i s-ar fi opus, și îi observă zvârcolindu-se jenați. Bani. Totul se rezuma la bani. Tocmai propusese o justificare morală pe care delegații mai tineri o puteau prezenta în fața constituenților pentru a-și explica votul în favoarea suspendării. Acum trebuia să formuleze lucrurile în termeni de care le păsa și delegaților mai bătrâni.

-Luați în considerare doar această problemă, doamnelor și domnilor, spuse el. Dacă hibrizii dispar și nu vă mai pot proteja, atunci cine o va face? Cine va proteja Alianța când niciun hibrid nu va mai fi?

Lăsă întrebarea suspendată înaintea lor ca un miros urât înainte de a recita un faimos slogan al Alianței: „Cum se duc rasele hibride care ne protejează, asemenea o va face și Alianța."

În subconștientul său, o voce șopti:

Vină. Vină. Vină.

Frică.

Întocmai ca o reclamă de televiziune bine modelată.

Putea practic să *audă* viori cântând în fundal când acea voce mică, sarcastică ce îi șoptise dintotdeauna în minte îi spuse acum să înainteze cu acest veto în Parlament și să anuleze obiecțiile tatălui său nemuritor. Era timpul să anuleze strânsoarea pe care cei doi împărați-zei aflați într-o eternă dispută o aveau asupra cetățenilor *ambelor* imperii. Șoptea că era momentul să își salveze specia. Șoptea să se salveze *pe sine.*

-Războiul nesfârșit nu e un răspuns.

Lucifer își întinse mâna.

-Sunt aici pentru a oferi o cale mai bună de a obține pacea.

Își înălță aripile din căderea lor mâhnită. Comportamentul său se schimbă din acela al suferindului căit în cel al predicatorului de televiziune care prezintă absolutul în fața unui cort de circ plin de păcătoși. Evidențiase îngrozitoarea realitate. Acum era momentul să vândă răscumpărarea.

-De-a lungul ultimului veac- aripile lui Lucifer se unduiră pline de speranță- disputele de graniță în anumite sectoare au scăzut. Imperiul Sata'anic a lăsat în pace acele sectoare, nu pentru că le păzim cu armament de război, ci pentru că acele planete fac comerț cu Imperiul Sata'anic.

Lucifer înaintă, privind drept în ochii fiecăruia dintre delegați. Vindea o soluție pentru o problemă murdară cu care nimeni nu voia să se confrunte. Era antrenorul unei echipe de sporturi de contact încurajându-și echipa. Vorbi repede pentru ca opoziția să nu îl întrerupă.

-Dacă Alianța și-ar extinde acest parteneriat, toată lumea ar avea de câștigat. Noi câștigăm, producătorii câștigă, Imperiul câștigă. Câștig-câștig-câștig. Toată lumea este fericită. Toată lumea este bogată. Și nimeni nu va începe un război pentru că economiile vor fi mult prea profund legate pentru a risca un dezechilibru.

Arahnoidul care îl întrerupsese mai devreme îl șicană din balconul său:

-Asta e povestea pe care le-a îngânat-o Shay'tan celor din colonia 51-Pegasi-4! Și uite unde au ajuns ei. Shay'tan a măcelărit întreaga planetă!!! *Și* întreaga rasă a Angelicilor Serafimi împreună cu ea!

Aripile albe ale lui Lucifer se cutremurară de furie și pierdere. *Serafimul... A*scunse emoția în spatele măștii pe care o construise pentru a-și ascunde propria persoană de lume.

-Asta a fost acum 25 de ani, zise Lucifer solemn. Nu a fost ceva ce a făcut Shay'tan. Hashem însuși a confirmat că a fost vorba de pirați care au acționat din proprie inițiativă.

-Așa pretinde Shay'tan!!! contracară lordul Arahnoid. Un martor a declarat că a văzut soldați care purtau uniforme Sata'anice invadând planeta. Nu o bandă dezorganizată de pirați.

Mica voce sarcastică îi șopti în minte: „Îl îmbată puterea la gândul că ar putea întoarce votul. Trebuie să îl tratezi ca pe copilul ce este..."

-Așa pretinde un copil înspăimântat de 9 ani!

Lucifer se întoarse cu spatele la Arahnoid și apelă, în schimb, la rasele antice care erau atât de aproape de perfecțiunea genetică încât se identificau mai mult decât oricare altă specie cu tatăl său.

Delegatul Mu'aqqibat își lovi toiagul de pământ. Bani vechi. Putere. Grupul raselor antice deveni tăcut îndată. Brokerii puterii nu puteau să îi permită unui începător prostuț să fure atenția. Unda de liniște care cuprinse adunarea generală era nestabilă, dar completă. Lucifer prezentase tragedia în termeni de care le păsa... Bani și putere. Aveau să îi permită să își încheie discursul.

-Shay'tan este dispus să le ofere companiilor de comerț pacifiste accesul necesar pentru a vinde produsele de care au nevoie oamenii săi. Tot ceea ce el cere la schimb este ca noi să facem același lucru.

Făcu o pauză pentru a lăsa cuvintele să își atingă ținta.

-Complet cinstit.

Noțiunea de cinste fundamentală era unul dintre pilonii de bază ai societății Alianței.

Acea voce rebelă șopti:

„Louă nu le pasă cu adevărat de corectitudine. Vorbește doar în termeni pe care îi înțeleg. Ce îi va costa dacă nu_votează pentru acest acord de comerț."

-Ori facem așa- Lucifer își înălță aripile ca un prădător care se lansează pentru a ucide și făcu un gest către camere de parcă ar fi fost Devoratorul de Copii- ori trebuie să hotărâm ai cui copii îi trimitem la armată pentru a ne apăra. Pentru că, având în vedere ritmul în care hibrizii mor, în zece ani nu vom mai fi destui încât să vă putem proteja.

Arătă către rasele antice.

-E nevoie de șase umanoizi dezvoltați natural pentru a înlocui un singur hibrid, iar acele specii au toate drepturi de vot. Așa că înregistrați *aceste* numere când va gândiți cât de mult vă va costa să respingeți propunerea de pace a lui Shay'tan. Acordul pentru comerț sau rezoluția. E alegerea voastră.

Lucifer așteptă până când delegații care îi blocaseră propunerea pentru comerț îl priviră în ochi. Dragonul Mu'aqqibat își luă toiagul și îl trânti de podea. Le câștigase votul.

-Propun o moțiune pentru ca Parlamentul să extindă Acordul de Comerț Liber existent către toate teritoriile Alianței, spuse Lucifer. Înaintez această moțiune către vot imediat...

Tânărul lord Arahnoid se ridică.

-Shay'tan cucerește noi planete și le recrutează cetățenii drept forță de muncă pentru ca apoi să ne vândă la un preț mult mai mic, strigă Arahnoidul. Nu e cu mult diferit de sclavie!

Vocea mică și sarcastică șopti:

„E convenabil cum numesc ceea ce face Shay'tan sclavie, dar omit cei 500 de ani de serviciu militar forțat care li se impune hibrizilor."

-Ceea ce face Shay'tan în interiorul granițelor propriului imperiu este irelevant, zise Lucifer cu voce tare. Noi ratificăm un acord de comerț, nu ne supunem Legii Sata'anice.

Ceilalți delegați începură să ezite. Grație *darului* său, Lucifer putea citi gândurile delegaților.

-Sunt dispus să alegem din nou.

-Rata șomajului a crescut la 17%!

-De ce ar trebui să îl susțin dacă propriul tată a votat împotriva lui?

Aripile lui Lucifer se pleoștiră.

„Îi pierzi," șopti vocea mică și răutăcioasă. *„Promite-le ceva ce le pot prezenta constituenților și să spună că au făcut lucrul corect."*

Lucifer privi cum energia din cameră se îndepărta de el. Deși ura cinismul vocii sale interioare, avea întotdeauna dreptate.

-Îi va da armatei noastre hibride extrem de împovărate șansa de a-și reumple posturile! strigă el.

Putu să simtă momentul în care energia se întoarse, dar victoria era oarbă, căci nu moartea în bătălie era problema, ci incapacitatea pură de a se reproduce. Totuși, mai puține vieți irosite le-ar putea da timp hibrizilor, iar timpul era ceea ce el căuta cu disperare.

Arahnoidul strigă, lansând o provocare pierzândă.

-Dacă deschizi piețele Alianței către comerț discreționar, banii vor intra în cuferele lui Shay'tan. Îi va folosi pentru a-și întări armata. Industria noastră va fi decimată, iar nivelul nostru de trai va fi redus la sărăcie.

-O, mai taci! șuierară mai mulți delegați înspre el. Crezi că vrem ca fiii *noștri* să fie carnea de tun a lui Hashem?

-Shay'tan nu va mai avea *nevoie* să ne învingă în luptă, strigă Arahnoidul. Rezoluția aceasta îi va permite să ne aducă la faliment și apoi să ne cumpere pentru un preț de nimic!

Lucifer îi întrerupse înainte ca lucrurile să scape de sub control.

-Avem o alegere, zise Lucifer. Le vom spune hibrizilor noștri soldați că nu ne *pasă* dacă dispar, atâta timp cât continuă să ne apere în timpul procesului? Sau ne vom asuma responsabilitatea în această situație și vom spune GATA CU RĂZBOIUL!!!!

Își ridică brațele și făcu un semn către camere în același mod în care tatăl lui nemuritor gesticula atunci când invoca trăsnetul.

-Se votează pentru pace?

-Da! răsună mulțimea.

-Cineva împotriva? întrebă Vorbitorul Comunelor.

-Da! vocea tânărului lord Arahnoid răsună singură.

Nu era singurul delegat care se opunea măsurii, dar era unicul suficient de naiv încât să nu se abțină pur și simplu.

-Votul favorabil este majoritar! strigă Vorbitorul Comunelor, bătând cu ciocănelul în masă. Acordul pentru Comerț Liber este adoptat!

Lucifer se înclină, mulțumindu-le legislatorilor în timp ce aceștia ieșeau prin dreptul lui, inclusiv celor care avea griji pe care voiau să le lămurească. Putea *simți* energia pozitivă emanată de mulțime, amețindu-i mintea de putere. Asta era ceea ce tatăl său îl antrenase să facă încă de la naștere, creând poziția de Prim-ministru și făcându-l responsabil de politicile cotidiene de conducere a Alianței. Lucifer pufni cu dezgust. Hashem nu s-ar fi înjosit niciodată într-atât încât să își murdărească dumnezeiasca sa conștiință cu problemele mai puțin importante ale muritorilor!

Arahnoidul vorbăreț își făcu loc prin mulțime.

-Trebuie să îți vorbesc, zise el.

Acea voce mică și sarcastică șopti:

„Scapă de el. Dacă nu o faci, va continua să vorbească până ce oamenii îl vor asculta.”

Se folosi de darul său pentru a *asculta* cuvintele nespuse din spatele glasului Arahnoidului. Diferite proiecții îi apărură în minte. Constituenți îngrijorați. Familii sărăcite. Lucifer își formă o imagine și apoi îl bătu pe tânărul Lord pe umăr.

-Fă o programare la Șeful meu de Personal, spuse Lucifer. Vom vedea ce putem face în legătură cu înaintarea unei anexe.

Puterea îi răsună în voce, transmițându-se în mintea naivă a tânărului Lord Arahnoid.

„Primul-ministru mă ia în serios. Dacă lucrez cu el, mă va ridica spre o poziție puternică.”

Buzele tânărului Lord se destinseră într-un rânjet mulțumit.

-Da, domnule! Voi lăsa o propunere pe biroul dumneavoastră mâine dimineață.

Un Angelic cu aripi murdare apăru în dreptul său. Înălțimea medie, ochii albaștri ca apa de vase și aripile neremarcabile, toate trăsăturile Șefului de Personal Zepar îi demonstrau firea plină de servitudine, cu excepția rânjetului crud care îi împodobea uneori buzele.

-Sire? grăi Zepar.

Lucifer privea insistent ușa, doritor să scape.

-Te rog să mă scuzi, îi spuse el tânărului Arahnoid, vă voi lăsa pe tine și Zepar să discutați detaliile.

Își făcu drum printre camerele de filmat, zâmbind și făcând cu mâna către mulțimea care jubila. Când ajunse în capelă, se sprijini de perete și închise ochii.

„Vezi? Ți-am spus eu că vei reuși."

-O, mai taci, șopti el către vocea sarcastică. Nu avem nevoie decât de timp.

Privi către statuia Împăratului Etern, aflată în spatele tronului gol care era, teoretic, ocupat de fiecare dată când Parlamentul avea nevoie de cineva care să rupă egalitatea, dar, în realitate, fusese ocupat o singură dată în ultimii 225 de ani; cu două săptămâni în urmă, când Împăratul venise pentru a-și exercita dreptul de veto asupra acordului de comerț precedent.

-Încearcă să folosești dreptul de veto pentru *asta,* tată! zise Lucifer.

Cuvintele lui se izbiră de liniște. Acordurile de comerț nu puteau să *rezolve* problema speciei sale. Avea nevoie ca tatăl său să *fie* un tată adevărat și să înceapă să îi pese de ceea ce se întâmpla în propriul său imperiu.

Șeful de Personal Angelic îl urmă în cameră. Zepar privi emoționat statuia Împăratului Etern care trona deasupra lor.

-Sire, zise el. Doriți să cer Partidului să oprească alocarea de fonduri către acel Arahnoid problematic înainte de noile alegeri?

-Fă-o, oftă Lucifer. Și vezi ce mizerii poți găsi despre el, chiar dacă trebuie să le inventezi. Vreau raportări negative scurse către televiziune până diseară.

-Da, Sire.

Zepar își împreună mâinile.

-Considerați problema rezolvată. Acum... următoarea dumneavoastră întrevedere este programată pentru ora 3 după-amiază. Un cadet proaspăt ieșit din academie...

Capitolul 9

Februarie - 3,390 î.Hr.
Pământul: Locul prăbușirii
Colonel Mikhail Mannuki'ili

MIKHAIL

Senzația plăcută a degetelor care îi mângâiau obrazul pătrunse adânc în subconștientul său, alături de sunetul hipnotic al vocii Ninsiannei. În numele zeilor, îl durea atât de tare chiar și să respire! Nu își putea aminti cum era să *nu* îl doară. Dar atâta timp cât durea, știa că încă era în viață.

Mikhail deschise ochii.

Soarele aurit și dur se îndepărtase pentru a se odihni pe marginea vestică a văii. Umbrele lungi îi arătau că fusese inconștient destul de multă vreme. Mirosul de frunze proaspăt zdrobite se ridica din rana de pe pieptul său. Plante medicinale? Încă o dovadă că aceasta era rasa primordială.

Rasa primordială. Rasa primordială?

Gândul i se înfiripă în minte și dispăru înainte să îi poată cuprinde semnificația. Ce, în numele lui Hades, putea să însemne asta? Avea sentimentul că trebuia să comunice *cuiva* acea informație, dar nu își putea aminti cui sau de ce era atât de importantă!

Privi către chipul care se holba la el cu susul în jos.

-Bună?

Îi căută ochii de o nuanță neobișnuită de bej.

Ea murmură ceva ce ar fi putut însemna „bună", sau „mulțumesc", sau „vreau să îți zdrobesc craniul cu o piatră", dar, ținând cont de zâmbetul său, părea a fi un semn al gratitudinii.

-Cine a fost acela? întrebă el, știind că ea nu putea să îl înțeleagă.

-Cine? Ninsianna arătă înspre direcția în care fugise atacatorul ei. Cine? Jamin.

Nasul i se încreți și zâmbi rușinată. Un fost iubit frustrat, poate?

-Cine- el indică direcția în care dispăruseră bărbații- Jamin?

Ninsianna dădu din cap.

-Jamin.

Mikhail analiză modul în care întregul ei corp se anima atunci când vorbea. Părea să împărtășească același limbaj non-verbal fundamental al trupului de care dispunea și specia lui. Nedorind să facă presupuneri, dădu și el din cap și spuse „sua", iar apoi își agită capul dintr-o parte în alta, zicând „aon". Repetă mișcarea de mai multe ori până când ea înțelese că voia să spună „da" și „nu".

-Da, sua, Jamin! Ninsianna se ciupi de nas de parcă și-ar fi dorit să blocheze un miros urât, iar apoi râse, sunetul fiind muzical și plăcut.

O căldură binefăcătoare îi inundă trupul. Oriunde îl atingea, putea simți o ușurare a durerii.

-Hai să ne întoarcem la navă?

El încercă să se ridice și gemu.

-Sus, spuse ea în propria limbă și arătă în sus.

El repetă cuvântul și apoi îl zise în limba lui: „suas".

Ninsianna îl ajută să se ridice în picioare, zâmbind încântată în timp ce experimenta cuvintele nefamiliare. El fâlfâi aripa sănătoasă pentru a se echilibra. Fata îl sprijini de subțiori, înconjurându-i talia cu un braț pentru a-l stabiliza în timp ce îl întorcea cu fața spre navă.

O senzație neplăcută îi pătrunse stomacul. Nu că ar fi putut să își *amintească* modul în care ar fi trebuit să arate nava lui, dar ea zăcea pe jumătate îngropată lângă peretele văii, parțial acoperită de molozul rezultat după alunecarea de teren. Vârful dispărea complet printre pietre, spatele era îndoit într-un unghi ciudat, provocând o mare fisură, și lovitura unei arme ștersese numele navei în același suflu cu care fusese distrus și unul dintre motoare.

-Bănuiesc că asta îmi aparține?

El privi în jos către Ninsianna, care se uita la epavă cu ochi curioși ca de copil.

-Cui altcuiva ar putea să îi aparțină? Întrebarea este- privi el în sus- cine m-a doborât?

Capitolul 10

Data Galactică Standard: 152,323.02 D.Î.
Orbita Pământului: SRN 'Jamaran'
Locotenentul Kasib

LT. KASIB

Zeci de ecrane înconjurau puntea navei SRN Jamaran. Cele mai multe dintre ele prezentau imagini alb-negru, cu purici, ale unor corpuri de filmat cărate de soldați Sata'anici, în timp ce alte ecrane redau perspective surprinse ca prin ochi de gândac de trei drone suborbitale. Locotenentul Kasib își așeză mâna cu gheare pe joystick și pilotă una dintre drone pentru a supraveghea un sat primitiv înconjurat de câmpuri cultivate.

În scaunul de comandă din spatele său, Generalul Hudhafah se aplecă înainte, ochii săi verzi-aurii strălucind cu entuziasm.

-Alea sunt...?

-Grâne, domnule, mârâi Kasib mulțumit. Puteți *vedea* capetele semințelor care se coc.

Pilotă drona astfel încât să atingă ușor iarba de un metru înălțime. Grâne de cereale! La milioane de ani lumină de cea mai apropiată colonie cunoscută!

Creasta ascuțită de pe spatele Generalului Hudhafah se ridică, formând o coroană gânditoare, dar neamenințătoare.

-Care e situația grupurilor plecate? întrebă el.

-Ambele raportează prezența unor resurse extinse de minerale, domnule.

Kasib apăsă pe unul dintre ecrane pentru a scoate cel mai recent raport.

-Cobalt. Fier. Resurse imaculate de uraniu. Apă aproape nelimitată. Și floră și faună diverse.

Coada lui Hudhafah se răsuci în jurul marginii scaunului comandantului, gânditoare, calculată, agresivă, extraordinară...

-Iar grânele?

Kasib înțelese ceea ce Generalul nu voia să exprime în prezența bărbaților de rang inferior. *Cât de scăzute sunt rezervele noastre?*

Kasib îndrăzni să privească în ochii stimabilului său ofițer de comandă, unul dintre cei mai decorați și înalt gradați generali ai lui Shay'tan.

-Se pare că planeta este întru totul locuibilă, domnule.

Ceilalți membrii ai echipajului, șopârle și alte specii Sata'anice, încetară să mai pretindă că nu ascultau și se aplecară înainte, așteptând să audă ce avea de spus generalul.

Hudhafah se uită la prima imagine pe care grupul plecat o transmisese către bază. Un bărbat Angelic fără aripi. Transmisiunea distrusese acoperirea Angelicului atunci când crescuse puterea pentru a le spiona scanările. Pe oricare *altă* planetă, undele radio statice produse în mod natural ar fi mascat echipamentul, dar aici, în sectorul Zulu, nu exista decât foarte puțină interferență subspațială, iar planeta nu dispunea de *niciun* fel de tehnologie avansată. De atunci, echipele trimise descoperiseră mii de creaturi, împrăștiate pe suprafața planetei în corturi primitive, colibe și chiar sate. Alianța urma să atace această planetă, cu siguranță.

Întrebarea era, puteau să reziste atât de departe de Imperiul Sata'anic?

Atât de departe de lanțul lor de aprovizionare.

Atât de departe de cea mai apropiată lume locuită?

-Domnule? întrebă Kasib. Doar *așteptau* ordinul.

Gușa Generalului Hudhafah se înroși, căpătând o nuanță demnă, profundă de burgundy.

-Pregătește o Bază de Operare de primă linie, zise el ursuz. Într-un loc *cald.* Și aproape de terenuri productive.

-Da, domnule!

Cu o înclinare a frunții, Kasib apăsă butonul pentru vorbit. Un fior de mândrie îi străbătu trupul când sistemul de adresare publică murmură. Hudhafah îi oferea *lui* această onoare. Un nimeni cu grad inferior! Răsfrânse fiecare dram de noblețe de care dispunea în voce.

-Atențiune, echipaj! vorbi el clar și tăios. Generalul Hudhafah a ordonat anexarea. Repet. Începeți anexarea Pământului. Vom coloniza această planetă în numele gloriei zeului nostru.

Se aplecă din nou.

-Slăvit fie Shay'tan!

La bordul navei, metalul răsună datorită ovațiilor. Se apropiau, cu siguranță, gloria, și avuția, și onoarea! Acesta era genul de expediție la care visa orice soldat.

Duduituri metalice rezonară pe toată suprafața navei când clemele de andocare ce mențineau operatorii de transport atașați de-a lungul hiperspațiului se eliberară. Ecranele de transmisie suprinseră două duzini de formațiuni mai mici, asemenea unor cutii, detașându-se de fuzelajul Jamaranului și gonind spre pământ.

Acum, acesta aparținea Imperiului Sata'anic.'

VOLUMUL I:
Sabia Zeilor

Ea însăşi va trimite un Campion înaripat,
Un semi-zeu prea drept, adus chiar din Înalt,
O Sabie a Zeilor ca lumea să păzească
Şi-armate adormite din neguri să trezească.

Cântecul Sabiei

Capitolul 11

Februarie– 3,390 î.Hr.
Pământ: Assur

JAMIN

O stea căzătoare străbătu cerul înaintea zorilor, iluminând deşertul gol.

-Continuaţi să mergeţi! ordonă Jamin.

Bărbaţii continuară să alerge când steaua trecu pe deasupra lor.

-Câte sunt cu tot cu asta? întrebă Firouz.

-Douăzeci şi două, răspunse Siamek.

-Unde crezi că merg toate?

Jamin aruncă o privire peste umăr, aşteptând să vadă dacă *această* stea se va prăbuşi, dar ea dispăru în orizont. Observaseră multe stele căzătoare de-a lungul ultimelor ore, dar niciuna nu cădea în deşert, cel puţin nu suficient de aproape pentru ca ei să vadă cerul erupând din nou în flăcări.

-Am o presimţire rea în legătură cu asta, murmură Siamek printre respiraţii anevoioase. Niciodată nu am mai văzut atât de multe deodată.

Jamin acceleră pasul, obligându-i şi pe ceilalţi bărbaţi să îl urmeze.

O copcă pe care o avea cusută în lateral părea să cerşească milă, dar el îşi forţă muşchii să se mişte mai departe. Tot ce conta era ritmul frenetic al inimii sale. Soarele îşi încheie urcarea şi înaintă spre vârful drumului său, încălzindu-i fără milă, dar el refuza să îşi lase oamenii să se odihnească.

În cele din urmă, Assur se înălţă din mijlocul deşertului, o fortăreaţă strălucitoare, aurită, cu locuinţe ridicate în aşa fel încât pereţii exteriori erau uniţi unii de alţii. Fuseseră construite din chirpici mărunţit neted pentru a nu le oferi inamicilor vreo enclavă pentru sprijin, cu ferestre şi uşi orientate spre interior. Ar fi fost nevoie de patru bărbaţi urcaţi unul pe umerii altuia pentru a ajunge la acoperişuri. Acoperişuri patrulate de bărbaţi înarmaţi cu arcuri şi suliţe.

Nu că ar fi contat în faţa unui inamic înaripat...

-Mai repede, ordonă el.

Războinicii se regrupară, însufleţiţi de priveliştea propriilor case. Îi făcuse să alerge pe tot parcursul nopţii fără a se odihni prea mult. Războinicii *de elită*...

Demonul înaripat reuşise să înfrângă cei mai buni războinici pe care îi avea acest sat!

Se apropiară de poarta exterioară, un adevărat monstru înalt de zece coţi, construit din cel mai dur cedru, de grosimea piciorului unui bărbat, şi două trunchiuri masive de copac ancorând porţile către casele adiacente. Nicio armată nu străpunsese vreodată zidurile Assurului. Nu de când Lugalbanda executase magii extraordinare pentru a le face zidurile impenetrabile.

Bunicul Ninsiannei...

Iar acum, ea era sub controlul duşmanului.

-Ho! Jamin! strigară santinelele. Văd că Ninsianna te-a tras în ţeapă?

O furie necontrolată îi clocotea în vene.

-A fost răpită, izbucni el. Daţi alarma! Ordonaţi-le războinicilor să se adune!

Santinela cu piele negricioasă ridică un corn către buze şi suflă adânc, gutural, în semn de avertisment. *Păzea! Păzea! Păzea!* Sunetul reverberă în întreg satul, pe străzile de pământ bătătorit. Sătenii se revărsară din case, nerăbdători să vadă cine dăduse alarma.

-Daţi-vă la o parte! strigă Siamek. Îi facem loc conducătorului nostru!

-Le-aţi văzut? întrebă o femeie arătând înspre cer. Aţi văzut stelele căzând din ceruri?

Pieptul lui Jamin se ridică pe măsură ce îşi făceau drum printre inelele concentrice pentru a ajunge în piaţa centrală. Siamek şi ceilalţi războinici se îndoiră de la mijloc, ţinându-se de laterale din cauza ritmului ucigător pe care Jamin îl impusese, însă acesta se menţinu drept, gâfâind pentru a-şi controla respiraţia. În calitate de viitoare căpetenie, era slujba *lui* să îi conducă la luptă.

Tatăl său, Căpetenia Kiyan, păşi în pragul casei, purtând kiltul cu cinci straturi care îl evidenţia drept *conducătorul* lor. În spatele său veni Immanu, tatăl Ninsiannei, îmbrăcat în ţinută completă de ceremonii, fără îndoială chemat pentru a interpreta semnele.

-Care este problema, tinere Muhafiz? întrebă Immanu.

Un nod i se formă în gât când indică drumul pe care veniseră.

-Un demon înaripat a venit pentru a ne fura femeile!

Capitolul 12

Februarie– 3.390 î.Hr.
Pământul: Locul prăbuşirii
Colonelul Mikhail Mannuki'ili

MIKHAIL

Un Angelic mic, cu aripi întunecate, priveşte în gol de-a lungul tablei de şah, iar ochii săi albaştri se arată posomorâţi, căci nu înţelege jocul. Un ticăit agitat marchează trecerea secundelor. El nu vorbeşte. Dar, de altfel, nu o face niciodată.

-*Tá sé do bhogadh*, Gabriel[9], spun eu.

Băiatul apucă nebunul negru şi execută o mişcare în formă de L pentru a-mi captura regina albă.

- Ní sin an dóigh go bhfuil píosa ceaptha a bhogadh! îl cert. Mişcarea asta nu e corectă!

Angelicul se ridică, având o expresie sumbră. Mătură piesele de şah de pe tablă cu braţul său grăsuţ. Acestea se rostogolesc pe podea, iar ceasul mult prea lent dezvăluie scurgerea secundelor.

Un ciocănit îmi întrerupe replica dojenitoare. Uşa explodează, suflul puternic pătrunzând în interiorul camerei. Cea mai mare şopârlă pe care am văzut-o vreodată se materializează, cu soarele bătându-i în spate. Aceasta îşi înalţă braţele şi arată înspre tabla de şah. În mână ţine o sabie...

Mikhail ţâşni în picioare şi se aruncă asupra fantasmei, însă visul se destrămase deja, lăsând în urmă doar amintirea sabiei şi a ochilor albaştri, mohorâţi care priveau de-a lungul tablei de şah în timp ce regina albă era înşfăcată. Pieptul i se umflă; se lupta cu un sentiment de furie şi pierdere.

-Nu e real, nu e real, nu e real, gâfâi el.

O durere ascuţită îi cuprinse plămânul, amintindu-i că ar fi trebuit să fie mort.

Respiră adânc, tremurător, luptând împotriva tentaţiei de a ucide pe cineva, de a vâna şi de a distruge orice fiinţă îi ieşea în cale. Emoţia persista, grotescă asemenea cărnii stricate, urlând la el să facă ceva. Dar amintirea se scufundase deja în subconştientul său ca o creatură îngrozitoare care pândeşte de sub mlaştina râncedă.

---

[9] (limba galică) E rândul tău, Gabriel.

Privi către creatura frumoasă care dormea în patul de lângă el. Fără aripi. Femeie. Înfățișare oacheșă. Buze roz, pline. Și un sfârc roz asemănător, care se întrezărea pe deasupra păturii sub care fata se cuibărise cu o seară în urmă, în totalitate goală, cu excepția unei cârpe încinse în jurul brâului; se holba ca un idiot.

Pieptul ei se înălța și cobora în somnul dulce, cu totul indiferent față de agitația lui.

Indiferent față de crisparea din spatele lui.

-Nu e real, șopti.

Nu era sigur dacă se referea la coșmar sau la femeia care dormea.

Privi atent arma care se afla în mâna lui. Lungă și subțire, se materializase chiar din coșmar, o armă primitivă la bordul unei nave moderne. Nu avea nicio amintire în legătură cu ea, în afară de faptul că îi părea cunoscută, dar știa că îi aparținea. Se simțea bine în mâinile lui. Puternică. O asigurare împotriva monstrului.

Ninsianna murmură ceva în somn. El își închise ochii și încercă să își amintească o viață înainte de ea, însă memoria lui începea și se încheia cu prima ei imagine, un spirit binevoitor coborând pe o rază aurită de soare.

Puse sabia în teacă înainte de a speria fata mai mult decât o făcuse deja atunci când trăsese cu pistolul asupra iubitului ei. El poate că nu avea un trecut, însă era evident că ea, da. Era furios, gelos, și știa cu siguranță că aveau să se mai confrunte cu omul cu ochii negri pe care Ninsianna îl numea Jamin.

Camera se învârti atunci când își aruncă pătura de pe el și se ridică la marginea patului; tresări simțind aripa ruptă lovindu-se de patul gol de deasupra. Atela îi forța aripa să se încline într-un unghi ciudat, astfel că mișcările se dovedeau dificile în spațiul restrâns al navei. Când fata îi schimbase atela cu o seară în urmă, aproape că leșinase de durere.

Ninsianna se rostogoli către el, iar pătura îi alunecă în întregime de pe pieptul gol. Își simți coapsele crispându-se. Ea nu avea inhibiții privitoare la nuditate, însă era evident că el avea, pentru că, ori de câte ori fata se apropia, se simțea ca și cum mii de alarme și clopote începeau să răsune în același timp.

„Să înțeleg că nu am mai văzut niciodată o femeie dezbrăcată?"

Nu își putea aminti. Nu își putea aminti nimic. Nici măcar propriul nume. Din câte știa, se putea la fel de bine să fi furat plăcuța pe care o purta cu numele inscripționat de la vreun soldat sărac; se putea să nu fi fost altceva decât un hoț.

-Nu, șopti el.

Instinctul îi spunea că asta nu ar fi putut fi adevărat.

Respiră superficial până când i se opri amețeala, nefiind capabil să inspire la maximum din cauza plămânului perforat. Singurul motiv pentru care nu sângerase până la moarte era că osia blestemată a tavanului oprise curgerea sângelui până când o scosese Ninsianna, iar ea avusese toate instrumentele necesare pentru a-l coase rapid la loc.

Alături, buzele trandafirii ale Ninsiannei se curbară într-un zâmbet. Propria sa buză se ridică, într-un gest stângaci, necunoscut, de parcă nu mai făcuse asta niciodată. Își reprimă emoția. Așa. Asta părea mai natural. Să privească. Nu să reacționeze. Să observe fără să fie evident că o analiza.

Cine era ea? De ce îl salvase? Și de ce se simțea de parcă tocmai câștigase cea mai importantă loterie galactică?

Orice urmă de antrenament, și știa că era antrenat datorită titlului de „Colonel" de pe plăcuța sa, îl avertiza să fie precaut în fața necunoscutului.

Acea crispare din zona de mijloc a trupului devenea din ce în ce mai frenetică. Poate că nu era excitat? Când fusese ultima oară la toaletă, oricum?

Privi la computerul de mână, pe jumătate ascuns de atela de compozit pe care o găsise în trusa de prim-ajutor.

Două zile?

Dormise timp de două zile de când Ninsianna îl cărase înapoi la bordul navei. Nu era de mirare că vezica îi stătea să explodeze.

Se ridică, având grijă să nu o lovească pe Ninsianna cu aripa sa frântă. Amețeala amenința să îl doboare, însă apucă hotărât marginea patului și le ordonă propriilor picioare să îl poarte mai departe.

„Mișcă-te, soldat! Înainte, marș! Acesta este un ordin, Colonelule Nimeni!"

Efortul de care era nevoie pentru a pune un picior în fața celuilalt făcu orice gând privitor la pierderea sa de memorie să se evapore din creierul insuficient oxigenat. Se târî în bucătăria luminată slab de câteva LED-uri și își făcu drum printre dărâmăturile provocate de prăbușire. Știa până în măduva oaselor că nu ar putea să tolereze niciodată ceva atât de dezorganizat. Deși nu își putea aminti nava, trupul său știa cu exactitate unde ar fi trebuit să se afle totul, în special toaleta.

Urină fără a se gândi unde ar fi trebuit să se afle recipientul. Când atinse mânerul, urina dispăru, însă sistemul de reciclare a biomateriei nu scoase obișnuitul huruit liniștitor.

Privi în oglindă.

Chipul care îl privea înapoi nu era nici familiar, nici nefamiliar. Nu părea străin, dar nici nu se simțea ca și cum i-ar fi aparținut. Doar ochii. Aceia semănau cu cei ai băiatului din coșmar.

-Cine ești? întrebă el.

Buzele bărbatului din oglindă se mișcară în același timp cu ale sale.

Întinse mâinile și urmă conturul propriilor trăsături. Părul șaten închis, tuns scurt. Pielea albă ca varul, în mare parte datorită pierderii de sânge. Pomeți înalți. Un nas drept. Fără barbă, nici măcar o urmă de barbă, spre deosebire de bărbatul care o atacase pe Ninsianna.

Sângele uscat se agăța de pielea lui, în ciuda încercărilor Ninsiannei de a-l curăța. Se îmbibase chiar și în cămașa curată pe care o îmbrăcase cu o seara înainte; nu, cu trei seri înainte. Aripa ruptă se solidificase într-un cheag mare, maro, care mirosea ca un abator.

-Nu ești în uniformă, soldat, îi zise el bărbatului din oglindă.

-Da, domnule, răspunse acesta. Mă voi curăța, domnule. Imediat ce îmi amintesc unde îmi sunt depozitate uniformele.

Mâinile sale căutară robinetul fără a se gândi sau a bâjbâi, dar când îl răsuci, nu se întâmplă nimic.

Se uită dezamăgit la chiuvetă. Nu funcționase cu o seară înainte?

Trei seri înainte, se corectă.

Chiar trecuse atât de mult timp?

Privi cu tristețe dușul. Nu știa dacă specia lui făcea baie, însă, judecând după modul în care se crispa de fiecare dată când materialul însângerat al pantalonilor i se freca de picior, presupuse că era, în general, exigent în ceea ce privea igiena personală. Aproape că putea să simtă apa scurgându-i-se pe corp, alinându-i durerea.

-Nicio problemă, spuse bărbatul din oglindă. Imediat ce poți merge fără să cazi în noroi, vei merge afară și te vei spăla în acel izvor.

În dulap găsi o uniformă de rezervă. Pantaloni lejeri de culoarea măslinei. O cămașă asortată. Lenjerie curată. Șosete. Toate impecabil de curate și așezate în așa fel încât să încapă în spațiul compact.

Le scoase și le așeză pe chiuvetă.

-Deci ce altceva îmi poți spune, soldat? îl întrebă pe bărbatul din oglindă.

Acesta privi înapoi cu ochi albaștri și îngrijorați.

Se dezbrăcă de tricou, holbându-se la gaura care îi căsca din piept. Roșie și furioasă, se adâncea dincolo de cele două coaste zdrobite care păreau că nu se vor vindeca niciodată complet. Ațe primitive, negre legau cele două margini ale găurii asemenea buzunarului unei poșete. Pielea începuse să se prindă într-un ritm despre care credea că era mult mai rapid decât cel normal.

Cel puțin nu mai tușea cu sânge.

Apăsă carnea distrusă cu degetele, parcurgându-și cutia toracică până în părți ale corpului pe care nicio creatură muritoare nu era menită să le atingă. Carnea pulsa ritmic la atingerea degetelor lui. Avea o inimă bună. Puternică, în ciuda apropierii de moarte. Oricare ar fi fost motivul, primise o a doua șansă.

O șansă să facă ceva.

Urla la el cu fiecare bătaie a inimii.

„Încheie misiunea. Încheie misiunea. Încheie misiunea..."

Poate că ar fi fost de folos dacă și-ar fi putut aminti care era misiunea...

Una câte una, îşi mută decoraţiile pe cămaşa curată. O pereche de aripi argintii care spuneau „Protejează şi Slujeşte". O frunză aurie despre care ştia că însemna „Colonel" chiar dacă nu îşi putea aminti să fi condus vreodată alţi bărbaţi în luptă. Şi ultimul ac, un cerc în jurul unui copac, ce anunţa „A Doua Alianţă Galactică", alături de inscripţia „În lumină se află ordinea, iar din ordine se naşte viaţa."

Mângâie copacul. Însemna ceva. Ştia asta. Deşi nu îşi putea aminti, adânc în interiorul său, instinctul şoptea „asta este ceva ce vei sluji până la ultima suflare."

Cu delicateţe, desfăcu brăţara modernă pe care o folosise pentru a înlocui atela. Deşi era mai puţin umflată decât în urmă cu trei zile, carnea căpătase o nuanţă stranie de negru şi mov. Apăsă asupra osului şi fu recompensat cu o durere halucinantă.

-Da, e rupt.

Îşi ridică mâneca bluzei deasupra braţului rupt şi apoi aşeză brăţara înapoi pe încheietură. O cicatrice dovedea că îl mai rupsese şi în trecut.

Strânse cureaua şi scoase nişte analgezice din trusa medicală. Le înghiţi fără apă, din moment ce robinetul nu funcţiona.

Măcar de ar fi avut o centură potrivită pentru aripa ruptă...

Aceasta se ridica în spatele lui până la încheietura genunchilor, iar apoi atârna înţepenită, cinci metri de pene strânse inutil într-o centură primitivă. Penele primare ieşeau în afară, în dezordine. Da, aveau să se înnegrească. Dar între timp, cele frânte aveau să îl destabilizeze.

Luă o perie pentru pene şi le îndreptă pe fiecare dintre ele, cel puţin cele care nu erau rupte, curăţând sângele uscat. Un sentiment de groază îl cuprinse. Ninsianna ştia ce făcea? Să pună atelă la un membru pe care ea însăşi nu îl poseda? Dacă nu va mai putea zbura din nou? Nu putea să o întrebe. În acest moment, vocabularul lor se limita la aproape treizeci de cuvinte.

-Computer? întrebă el. Analizează-i limbajul!

Sistemul de inteligenţă artificială rămase mut.

Dispunea, măcar, această navă de sisteme de inteligenţă artificială?

Sigur că da. Nimeni nu zbura în ceruri fără nicio formă de tehnologie avansată.

Îşi stabili un scop. Să repare calculatorul. Acesta îi putea spune unde se afla şi, între timp, l-ar fi menţinut ocupat cu altceva decât lipsa îngrozitoare a oricărui gând.

Pantalonii îmbibaţi de sânge îi zgâriaseră partea inferioară a corpului ca un costum dur de fier. Noua pereche se simţea moale, de parcă o mai purtase înainte, însă nu prea des. Se schimbă în întregime: centura cu arme, cuţitul de supravieţuire, pistolul cu impulsuri.

Ridică arma cu care trăsese, din instinct pur, asupra prietenilor nepoftiţi ai Ninsiannei. Indicatorul bateriei strălucea roşu.

Nu mai avea muniţie...

Căută un cartuş de rezervă, însă buzunarul lateral era gol.

-Computer, zise, fă un inventar al navei.

Liniştea calculatorului era aproape la fel de înfricoşătoare ca vidul din propria minte. Fusese răpus pe această planetă şi nu avea nicio idee cine îi era duşmanul. Trimisese vreun semnal S.O.S.? Cum avea să se apere dacă acel Jamin se întorcea?

Fără memorie, cât de mult putea supravieţui?

Îşi încheie uniforma şi privi străinul din oglindă. Lipsea ceva. Deşi nu îşi putea aminti ce, ştia după modul în care mâna sa se tot întindea spre piept. Ceva ce stătea de obicei în buzunar nu mai era acolo.

Dar ce?

Mintea îi rămase frustrant, înnebunitor de goală.

Căută în cămaşa însângerată pe care tocmai şi-o dăduse jos, însă buzunarele erau goale; la fel şi pantalonii. Nici nu căzuse pe podea, orice ar fi fost.

-Poate că nu e important?

Mâna goală îi spunea altceva.

Îşi privi adânc propria reflexie, strâmbându-se până când omul din oglindă căpătă o expresie de necitit pe care o recunoştea, adânc în interiorul său, drept modalitatea lui naturală de a se raporta la lume.

Computerul de la încheietură bipăi. Mikhail se holbă la ecran.

GST - 152,323.02 - 05:00 – Răsărit de lumină

Cinci? Ora de trezire a unui soldat. Răsărit de lumină? În locul de unde venea probabil că era răsăritul soarelui.

Ecranul digital îşi schimbă numerele, de la 05:00 la 05:01. Acea mică modificare a orei, doar un singur minut, îi provocă o groază pe care nici chiar rănile sale nu reuşiseră să o provoace.

Trei zile de când se prăbuşise? Şi nimeni nu venise să îl caute?

Îi păsa măcar cuiva că dispăruse?

Capitolul 13

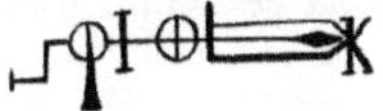

Data Galactică Standard: 152,323 D.Î.
Navă amirală: Răsăritul de Lumină
Zona de frontieră dintre Zulu şi Tango
Colonel Raphael Israfa

RAPHAEL

Mai mică şi mai zveltă faţă de alte nave din Flota Aeriană Angelică, *Răsăritul de Lumină* era naveta amirală a Diviziei Informaţionale 42, iar Colonelul Raphael Israfa o conducea. Întrucât fusese construită pentru manevre secrete şi pentru adunarea de informaţii din spaţiul îndepărtat, sarcina de a-şi da seama ce punea la cale bătrânul dragon îi revenea *lui;* cel puţin aceasta era scuza pe care Comandantul General Suprem Jophiel o folosise atunci când îi atribuise comanda acestei nave şi îl trimisese pe teritorii necunoscute.

-De unde a venit semnalul S.O.S. al lui Mikhail? îl întrebă Raphael pe secundul său, Majorul Glicki, o Mantoidă înaltă de doi metri şi jumătate.

-Tot ce am primit a fost un ropot de date trunchiate.

Glicki atinse modulatorul de voce care o ajuta să exprime sunete non-insectoide.

-Nu am primit suficiente date pentru a-i localiza poziţia, domnule.

Raphael îşi umflă aripile aurii. Când se prăbuşise, cu două săptămâni în urmă, Mikhail era implicat în misiuni sub acoperire. Dispunând de motoare duale mai rapide decât lumina însăşi, care erau menite să împingă nave de şapte ori mai mari decât cea pe care o avea el, ar fi putut fi oriunde în galaxie acum. *Oriunde!*

-Conform ultimului check-in- Glicki îşi înclină capul verde, în formă de inimă- urmărea un vas comercial Sata'anic suspicios, clasa Algol, undeva în regiunea Braţului Orion-Cygnus.

Raphael se ridică şi păşi spre uriaşa holograma a galaxiei, care clipea către ei cu diferite lumini multicolore. Fiecare lumină reprezenta un gigant roşu, un pitic maro sau un alt corp stelar; toate pline de planete, toate pline de luni şi asteroizi unde o navă s-ar fi putut prăbuşi fără a mai fi descoperită vreodată.

-La naiba!

Raphael fâlfâi din aripi.

-Chiar dacă lansăm o întreagă flotă, o să dureze sute de ani să cercetăm acel braţ. Orion-Cygnus e aproape în întregime necunoscut!

-Două sute douăzeci şi şapte de ani, domnule.

Glicki apăsă modulatorul în timp ce calcula şansele.

-Dat fiind numărul stelelor cunoscute, înmulţit cu procentajul aproximativ al celor pe care nu le cunoaştem pe o suprafaţă de acest gen. Cam atât estimez că ar dura să cercetăm toate planetele locuibile, fără să includem asteroizii şi lunile.

Glicki îi întâlni privirea.

-Dacă nu ne transmite vreun semnal luminos puternic, nu îl vom găsi niciodată, domnule.

Sprâncenele aurii ale lui Raphael se împreunară cu îngrijorare. Trebuia să se întoarcă în Sectorul Tango săptămâna viitoare. Cât de mult i-ar fi permis Împăratul să rătăcească spre nicăieri?

-Porneşte semnalul S.O.S. din nou.

Glicki îşi strecură tibia către consola care servea drept centrul nervos al Răsăritului de Lumină. Porni semnalul audio apăsând cu vârful degetului protejat de armură, îmbunătăţi calitatea printr-o serie de procedee informatice, iar apoi îl redă destul de puternic încât să poată fi auzit de întreaga brigadă.

„Raphael... Am fost lovit! Shay'tan a găsit blestematul ăla de Sfânt Graal! Planeta asta este atât de plină de Sata'an încât..."

O explozie întrerupse mesajul.

-Mi-e teamă că asta e tot ce am primit, domnule, zise Glicki. Am întărit semnalul şi i-am urmărit sursa cât de bine am putut.

Aripile lui Raphael se pleoştiră.

-Crezi că a supravieţuit?

Glicki mări holograma pentru a se concentra asupra zonei de căutări care părea cea mai probabilă; calcula în tăcere în încercarea de a izola regiunea în care o navă ar fi putut ajunge în perioada de timp care trecuse de la ultima transmisiune a poziţiei lui Mikhail. Suprafeţe mari ale sectorului nu arătau nimic altceva decât unde răzleţe. Îşi înclină capul verde în timp ce senzorii Răsăritului de Lumină identificau cele mai evidente corpuri stelare şi umpleau unele goluri, însă toate acele stele erau marcate drept „neexplorate".

-Shay'tan e mult prea zgârcit ca să terraformeze o întreagă planetă.

Femeia îşi agită aripile moi, diafane.

-Dacă e plină de Sata'an, putem presupune că lumea este locuibilă.

Mikhail era şi prietenul *ei.*

-La ce crezi că se referea când a spus „Sfântul Graal"? întrebă Raphael.

-Ar putea însemna aproape orice, răspunse Glicki. Dacă Shay'tan trimite o altă navă, poate că îl putem urmări?

-Nimeni nu e la fel de bun ca Mikhail la a urmări prada, zise Raphael. De aceea l-a trimis Jophiel să investigheze...

-A fost antrenat de Cherubim.

Glicki privi către ofițerii gradați inferior.

-Dacă a putut supraviețui...

Nu termină propoziția, căci informația era clasificată, însă Raphael știa la ce se referă.

-Oricine a putut supraviețui *acelui lucru* poate să supraviețuiască în fața a orice, concluzionă ea.

Își strânse aripile la spate și se așeză pe scaunul de comandant, un scaun care părea încă mult prea mare deși petrecuse deja opt luni în el, dorindu-și să se fi aflat altundeva. Bătu ușor cotiera de parcă Răsăritul de Lumină l-ar fi auzit.

-Nu e adevărat, șopti Raphael. Ceea ce mă neliniștește este ce a trebuit să sacrific.

Ridică un ecran portabil și căută dosarul de serviciu al lui Mikhail, dosar la care nu avusese acces până când nu i se încredințase comanda acestei nave. Trecu prin imaginile cu el și Mikhail făcând Antrenamentul de Bază împreună; arăta neexperimentat și stângaci lângă stoicul Serafim.

Privi către Glicki. Ea era cea care îl provocase să îl abordeze pe candidatul cu aripi întunecate care fusese trimis la orele de Antrenament de Bază pentru a-și exersa noile abilități de colectare a informațiilor. Nimeni nu îndrăznea să își împartă patul cu novicele antrenat de Cherubim, iar acesta dormea cu o sabie. Nimeni nu voia să se antreneze cu el. Nimeni nu voia să lupte cu el. Toți erau teribil de speriați de tânărul Serafim glacial care lupta fără să arate niciun fel de emoție.

Ultimul Serafim în viață...

Ultimul din specia lui...

Nu râdea niciodată.

Nu zâmbea niciodată.

Nu era niciodată blând față de nimeni.

Sau cel puțin asta *credeau* ceilalți. Raphael știa mai bine.

Jophiel îi ordonase să îi permită lui Mikhail să organizeze misiuni sub acoperire oriunde își dorea, fără a pune întrebări, și îi dădea doar atât de multe informații cât să înțeleagă *de ce.*

Era adevărat...

Mikhail se aflase *pe* planeta 51-Pegasi-4 atunci când aceasta fusese atacată. Nu în *jurul* acesteia, după cum specifica fragmentul neclasificat al raportului său de serviciu.

-Ce s-a întâmplat? întrebase cândva Raphael.

Mikhail privise chiar prin el, cu o expresie ciudat de goală.

-Împăratul a spus că nu trebuie să încerc să îmi amintesc vreodată.

-Comandantul de la bază ți-a ordonat?

-Nu, spusese el. Împăratul Etern însuși mi-a dat acel ordin.

Raphael se holbă la imaginea încețoșată a băiatului de nouă ani pe care batalionul Leonizilor îl găsise protejând trupul mamei lui cu o sabie Sata'anică.

Văzuse acea privire.

Acea privire întunecată de furie.

Prinsese frânturi din ea chiar înainte ca Mikhail să se retragă sub carapacea sa de gheață, refuzând să vorbească oricui zile întregi.

Trecu mai departe cu degetul pe ecran, până la imaginea îngrozitoare a unei autopsii.

Conform raportului criminaliștilor, Mikhail cel mic scosese sabia din trupul muribund al mamei sale și o folosise pentru a omorî trei dezertori Sata'anici deși nu mai folosise o asemenea armă înainte, iar apoi supraviețuise unui atac aerian. Întreaga sa familie fusese arsă în mod teribil, dar, cumva, el și trupul mamei lui rămăseseră intacți.

Îngropat de viu? Timp de patru zile? Într-o casă arsă? Agățându-se de cadavrul mamei sale?

Raphael simți un fior rece printre aripi. Nu îndrăznise să abordeze subiectul, deși Jophiel îi divulgase cea mai adâncă rană a prietenului său cel mai bun. Totuși, acum înțelegea de ce Mikhail păstra acea sabie. Mereu. O amintire tăcută, înfiorătoare a unui trecut despre care refuza să vorbească.

-Domnule? Glicki îi întrerupse contemplarea. Doriți să transmit o știre cum că cercetăm activități suspicioase în acest sector? Dacă Shay'tan are o bază în această zonă, la un moment dat va fi nevoit să se reaprovizioneze.

-Fă-o, zise Raphael. Și scrie un raport pentru Comandantul General Suprem Jophiel. Avem nevoie de mai mult timp pentru a organiza căutările de salvare.

Capitolul 14

NINSIANNA

Patul de vizavi de ea era gol atunci când Ninsianna se dezveli. În sfârșit se trezise? Mikhail o îngrozise, foindu-se de-a lungul a două răsărituri și amurguri întregi, urlând în somn. Oricare ar fi fost demonul care îl făcuse să se prăbușească, se părea că încă îl urmărea, chiar și în vis.

Se aplecă să ridice o pană care năpârlise și o trecu peste obraz.

Aripi!

Zeița îi trimisese un bărbat cu aripi!

Poate că azi avea să o ducă să vadă stelele?

Părăsi patul șovăitoare, căci era atât de moale încât se simțea de parcă plutea pe Râul Hiddekel, cu păturile lui pufoase și calde, și perna luxoasă, atât de diferită de paleții umpluți cu paie pe care dormise în Assur.

Își înfășură rochia-șal în jurul trupului și o legă într-un loc, aruncând capătul pe spate pentru a-și acoperi sânii. Ce ar fi trebuit să poarte cineva pentru a vizita casele zeilor? Tărâmul pe care îl văzuse în viziunea sa strălucea mai puternic decât însăși Nineveh, dar zeul așezat în tronul său purta doar o robă albă, simplă, nu prea diferită de hainele ei.

Își așeză pânza pentru a se asemăna mai mult unei zeițe. Atinse materialul decolorat cu dezamăgire.

-Mare impresie o să faci, murmură ea, cu rochia-șal murdară și boțită toată.

Se holbă la dulapul din care el scosese o cămașă curată cu două seri în urmă, după ce îl alungase pe Jamin. Ninsianna nu îndrăznise să își bage nasul cât el dormise, dar acum că ieșise din cameră...?

Își făcu drum către dulap și privi pe furiș în afara camerei. Îl putea auzi pe bărbatul înaripat mișcându-se în jur, mormăind în camera cea mai din față, cea care era afectată cel mai tare.

Cu un zâmbet șiret, deschise dulapul. Înăuntru, găsi o mică lampă magică. Apăsă pe sigiliul despre care el o învățase că putea să invoce un soare în miniatură și începu să scotocească asemenea unui șoricel nerăbdător care caută mâncare.

Mângâie cele cinci cămăși identice, fiecare dintre ele așezată pe o bară curbată pe care el o numea „cuier". Dedesubt stăteau aranjate șase perechi identice de kilturi; de fapt, nu kilturi. Îi acopereau picioarele. Era păcat, sincer, să acoperi așa superbe picioare musculoase, dar cine era ea să judece îmbrăcămintea unui semi-zeu? Dezmierdă materialul între degete, numărând. Spre deosebire de kilturile aspre din lână, acești „pantaloni" erau vopsiți în nuanța ramurilor de palmier.

Șase schimburi! Plus cămașa pe care o tăiase de pe el pentru a-l salva. Ea avea doar două schimburi, iar Căpetenia însăși avea numai cinci! Mikhail era cu siguranță fabulos de bogat.

La fundul dulapului se afla o pereche de încălțăminte pe care el o numea „cizme". Ninsianna trase cu ochiul dincolo de ușă pentru a se asigura că Mikhail era încă ocupat, iar apoi ridică o așa-numită cizmă în dreptul nasului. Mirosea ciudat, nici ca pielea tăbăcită, nici ca picioarele murdare; avea mirosul steril pe care ea îl asocia cu nava căzută din ceruri.

Dumnezeule! Avea picioare uriașe! Își strecură un picior într-una dintre cizme și își mișcă glezna. Îi încăpeau *ambele* picioare într-un singur pantof!

Apoi scotoci printre materialele mai mici. Șase perechi de acoperitoare de picioare în formă de tuburi și niște materiale ciudate, de un alb strălucitor. Elastice. Cu o bandă și mai elastică ce înconjura gaura cea mai mare, din mijloc. Își trase unul dintre ele pe cap, însă cele două găuri din laterale erau atât de mari încât nu îi puteau menține capul cald. Ce erau aceștia?

Își adânci degetul printr-un pliu mic, format din două straturi. Ieși pe partea cealaltă. Ca un vierme care se bălăngănea.

-Ce sunt astea, în numele Zeiței?

Orice ar fi fost, el avea șase, asemenea pantalonilor și acoperitorilor de picioare. Le ridică și privi prin găuri. Poate că erau un fel de centuri menite să îi susțină aripile?

Le așeză cu grijă înapoi în raft. În spatele lor era ascunsă o cutie mică, decorată delicat cu simboluri sacre. O scoase, mușcându-și buza în timp ce o întorcea în mâinile sale sensibile de vraci. Această cutie era diferită de orice altceva din nava provenită din ceruri; caldă, de lemn, un tip de cutie pe care cineva ar fi sculptat-o pentru a o așeza pe altar. Urmări conturul simbolurilor fără a putea să le descifreze. Privi către ușă pentru a se asigura că Mikhail era încă în cealaltă cameră, iar apoi deschise capacul.

Era goală.

Ninsianna își încreți nasul dezamăgită. Închise capacul și puse cutia înapoi în dulap.

Nu mai găsi altceva interesant, așa că vizită camera cu vasul magic, iar apoi trecu în bucătărie. Cu o zi în urmă găsise căni, farfurii și dispozitive pentru mâncat, și le pusese înapoi în dulapurile lor, însă nu descoperise nimic care să semene cel puțin cu o oală, coșuri de depozitat sau mâncare. Nu mai avea carne uscată de bastirma. Trebuia să o vâneze.

Stomacul îi mârâi.

-Cum se poate ca cineva să străbată stelele și să nu își aprovizioneze barca din ceruri cu mâncare?

Ieșise cu o zi înainte pentru a săpa rădăcini, dar teritoriul era inamic, iar nava lui Mikhail luminase tot cerul.

Aveau să coboare oare Halifienii în această vale?

-Nu-ți face griji, se liniști ea. Acum că el e treaz, bățul lui cu foc va invoca fulgerul.

Își mușcă buza, gândindu-se la cât de rece o tratase bărbatul înaripat atunci când îl întinsese în pat. Deși fusese politicos și recunoscător, nu arătase niciun fel de emoție, nici măcar atunci când se dezbrăcase pentru a dormi. Cu siguranță nu o tratase așa cum o făceau întotdeauna bărbații Ubaid. De obicei, când o femeie se dezbrăca pentru a înota, bărbații se adunau în jurul ei.

-Oare nu mă consideră atractivă?

Își împreună sprâncenele îngrijorată. Era prima dată când o interesa un bărbat care nu era interesat de *ea*.

Avea să o ia în ceruri dacă o considera urâtă?

Lucră în tăcere, cotrobăind prin bucătărie, căutând ceva ca să îi gătească lui Mikhail micul-dejun. În cultura ei, valoarea femeii era dată de abilitățile sale de gospodină și de capacitatea de a naște prunci. Cum erau femeile din specia lui?

Aveau măcar femei?

Închise ochii, sperând să primească un răspuns mai puternic, dar, deși uneori părea că Cea-Care-Este îi era alături, cel mai adesea zeița nu asculta decât pe jumătate, așa cum o mamă își lasă copiii să trăncănească în voie.

Termină de curățat bucătăria, iar apoi merse în încăperea distrusă pe care Mikhail o numea „pod". Cu toate că molozul încă era împrăștiat pretutindeni, el făcuse drum către un perete dominat de un pătrat mare, negru și strălucitor. În fața lui, așezate cu grijă pe altar, stăteau diferite instrumente sacre. Un sceptru cu două mânere. Ambalaje mici, argintate. Și un cuțit sacru, un fel de mică suliță. Deasupra altarului, el aprinsese un lanț de sori magici. Mikhail stătea pe un scaun lucrat cu minuțiozitate, acoperit cu un material gros și având un spătar mic; aripile sale magnifice îl protejau de ochii ei.

El își coborî aripa sănătoasă și îi întâlni privirea.

-Noapte bună, spuse clar, ultimul lucru pe care ea îl zisese înainte ca el să își piardă cunoștința.

Ninsianna îngheță, simțindu-și inima cum bătea în urechi. Bărbatul care o privea în această dimineață avea ochii limpezi și era perfect conștient; nu semăna deloc cu creatura rănită pe care o forțase să se trezească de mai multe ori pentru a bea apă.

Trebuia să se închine sau să se roage? Sau să își ridice mâinile în abluțiune? Poate că trebuia să facă toate acestea? Cum se presupunea că trebuia să trateze un semi-zeu?

-B-b-bună... dimineața, se bâlbâi ea.

Bărbatul își înclină capul.

-B-b-bună dimineața, răspunse meticulos.

-Nu, ăă...

Îl privi cu o expresie timidă.

-E doar bună dimineața. Fără... ăă...

Mâinile îi zburară către gură. Avea obiceiul să chicotească atunci când era emoționată. O reacție stupidă de fetișcană pe care o disprețuise întotdeauna.

Mikhail o privea, analizând-o cu atenție, fără să îi scape nimic. Din fericire nu îi imită chicotitul, ceea ce însemna că *știa* că se comporta ca o idioată.

Bătăile inimii ei se accelerau, urlând căci arăta atât de stângace, o fată de optsprezece primăveri, prea înspăimântată pentru a vorbi cu un bărbat puternic.

Cum s-ar comporta Mama?

Mama s-ar comporta încrezătoare, indiferent dacă s-ar simți sau nu așa.

Îi zâmbi lui Mikhail în același mod în care îi zâmbise și lui Jamin atunci când Papa îi ordonase să meargă la casa Căpeteniei pentru a-i schimba bandajele.

-Doar bună dimineața, zise cu hotărâre. Bună dimineața. Cum s-ar spune, soarele a răsărit.

Mimă răsăritul, iar apoi arătă către lumina aurită care inunda încăperea prin crăpătura din tavan.

-Dimineață.

-Dimineață, răspunse el, dând din cap. *Maidin.* Da.

Arătă către soare.

-Bună dimineața. Da?

-Da, zâmbi fata pentru a accentua că ceea ce zicea era corect.

-Da, bună dimineața.

Mikhail se holbă la ea, de parcă aștepta ca Ninsianna să facă ceva deosebit. Sau poate că doar aștepta să îi gătească micul-dejun? Ce mâncau, de fapt, semi-zeii?

-Eu, ăă...

Făcu un semn către crăpătura pe care o folosise drept ușă.

-O să aduc niște apă, bine?

-Apă.

El ridică unul dintre recipientele pe care fata le folosise pentru a aduce apă de la izvor.

-*Deoch.* Băutură?

-Da, răspunse ea. Apă. *Deoch.* Băutură.

-Nu apă. Tu- indică spre crăpătură- tu nu mers.

Se luptă să găsească un cuvânt.

-Tu nu mers *taobh amuigh*.

Fâlfâi din aripi.

Afară? Da. Nu îi era teamă de Jamin, nu-i aşa?

-Nu ar îndrăzni să se întoarcă, pufni Ninsianna. Dacă o face, o să îl loveşti cu fulgerul!

Arătă către arma letală care atârna la şoldul lui Mikhail.

Expresia bărbatului rămase de nedescifrat în timp ce se întinse către un pachet argintiu pe care îl aşezase pe altar. Acesta foşni când Mikhail căută în interiorul său şi scoase două pătrate mici, albe. Le întinse în palmă.

-Tu mănânci?

Ridică unul dintre ele şi îl aşeză în dreptul gurii, iar apoi îi făcu şi fetei semn să îl ia pe celălalt; semăna cu un om care încearcă să atragă o pisică.

Ninsianna se holba neîncrezătoare.

Mikhail îi pregătise micul-dejun?

Un sentiment ciudat de conştientizare a sinelui îi pătrunse trupul atunci când păşi către bărbatul înaripat care se înălţa deasupra ei, chiar dacă stătea aşezat pe scaun. Zâmbi forţat, atingând pătratul alb şi mic. O senzaţie plăcută îi încălzi degetele şi luă mâncarea cerească din mâna lui.

Capul îi era inundat de emoţie, de imagini, de *sentimente*.

Teamă. Îngrijorare. Îndoială. Chipul lui nu exprima nimic. Dar aripile sale coborâte spuneau altceva. Mikhail se simţea la fel de agitat ca ea.

-Mâncat? zise el.

-Bine, răspunse ea pe nerăsuflate.

Duse ambrozia cerească la gură. Dinţii săi ronţăiră biscuitul tare, pătrat. Nu avea *gust* de mâncare cerească. De fapt, îi amintea de bucatele Mamei ei.

Mikhail îşi ceru iertare din priviri.

-Mâncarea *briste*, zise el.

Briste. Briste? Nu acesta era cuvântul pe care îl folosise pentru a-şi descrie nava din ceruri?

-Frântă? ghici ea.

-Da, răspunse bărbatul. Mâncarea frântă.

Frântă? Cum se putea ca mâncarea să fie frântă?

Zâmbi forţat în timp ce înghiţea substanţa cu greutate. Bucăţi ascuţite ca de piatră îi zgâriară gâtul. Dar el gătise pentru ea. Sau poate adunase mâncarea? Pentru că acum că stătea lângă el putea să vadă că aşezase *două* pachete argintii pe altar, poate ca să sfinţească masa?

Mikhail dădu din cap aprobator.

-Tu stai *taobh istigh?*

Făcu un gest către altarul lui.

-Ajutat Mikhail? Da?

Fata se holbă la peretele pe care bărbatul îl decorase cu sute de fire care arătau ca nişte pânze de păianjen colorate. Nu. Nu decorase.

Dezmembrase. Se aplecă înainte, fascinată de o cutie care stătea sub pătratul strălucitor, plină cu obiecte care arătau ciudat.

-Ce este asta? întrebă ea.

-Computer.

Mikhail îşi apăsă tâmplele.

-Ajutat Mikhail *cuimhneamh.*

-Cuimhneamh?

-Da. Cuimhneamh.

Făcu un gest ca şi cum ceva i-ar fi zburat din frunte.

-Nu cuimhneah. Nu...

Fata citi o umbră de teamă în spatele ochilor lui de un albastru nepământesc. Un strop de transpiraţie străluci pe pielea sa prea palidă. Poate că *părea* îmbrăcat cu grijă, însă înfăţişarea sa teribil de palidă demonstra că nivelul de sânge îi era încă prea redus. În ciuda înălţimii, a forţei, a aripilor magnifice, cu doar trei zile în urmă căzuse din ceruri şi suferise o rană mortală.

-Lasă-mă să îţi verific capul.

Fata îşi atinse propriul cap şi apoi indică spre al lui. Bărbatul îşi îndoi gâtul de parcă s-ar fi închinat în faţa *ei.* O creatură divină, chiar căzută, încă înzestrată cu mult mai multă graţie decât orice altă fiinţă muritoare.

Simţi furnicături în degete când îi atinse părul tuns scurt şi pipăi pielea pentru a evalua magnitudinea rănilor. Una dintre aripi tresări atunci când fata atinse locul unde cususe şapte copci, dar, cu toate că ea simţea că îl doare, Mikhail nu scoase niciun sunet.

Ninsianna făcu un pas înapoi.

Mikhail îi întâlni privirea. Ochii lui îi aminteau de cerul din deşert.

-Te-ai lovit destul de tare la cap- îşi lovi propriul cap pentru a-şi accentua cuvintele- dar nu cred că e ceva permanent.

-Mikhail fi bine?

Expresia îi rămase stoică, dar modul în care îi fâlfâiră aripile dovedea că pierderea memoriei îl speria.

-Da, îi zâmbi fata liniştitor. Totul va fi bine în două- ridică două degete, iar apoi făcu acelaşi gest pe care îl făcuse mai devreme pentru a mima răsăritul- poate trei zile?

-Bine.

Mikhail se întoarse pentru a-şi preaslăvi zeul.

-Computer, spuse el. *Cad é an t-ordú deiridh a thug mé tú roimh an timpiste?*[10]

Zeul său nu îi răspunse. Oftând, bărbatul ridică o suliţă mică, ceremonială, şi o înfipse în cuibul de pânze de păianjen.

-Computer stricat, explică el. Mikhail *shocrú.*

---

[10] Care e ultima comandă pe care am dat-o înainte de a ne prăbuşi?

-Vindecare?

Mikhail îşi încreţi fruntea, de parcă ar fi ştiut că acela nu era cuvântul potrivit.

-*Shocrú*. Da. Mikhail vindecare computer.

Cum putea fi vindecat un zeu?

Făcu acelaşi lucru pe care îl făceau toţi bărbaţii atunci când se chinuiau cu o problemă- se îngropă în muncă şi o ignoră complet pe Ninsianna.

Fata ridică micul pachet argintiu din care Mikhail scosese mâncarea.

-O să... ăă... fac curat.

Păşi înspre uşă.

Mikhail aprobă distras, însă deja uitase de ea. Ninsianna vârî pachetul argintiu în săculeţul ei de piele. Avea să îşi facă *propriul* altar pentru Cea-Care-Este.

Îşi împreună mâinile, neştiind ce să facă mai departe. Învăţase pe propria piele că bărbaţii se retrăgeau dacă femeile încercau să controleze mult prea mult. Ultimul lucru pe care şi-l dorea era să fie lăsată în urmă în acelaşi mod în care fusese lăsată şi de Jamin după ce începuse să îi ceară lucruri. Dar ce făceau, de fapt, femeile de pe tărâmul lui Mikhail? Se îndoia că stăteau pur şi simplu prin preajmă, arătând fermecător.

Cum s-ar fi putut transforma într-o fiinţă indispensabilă?

Ochii i se îndreptară către locul în care îl găsise zăcând cu o suliţă înfiptă în piept. Chiar dacă nu ştia prea multe despre canoe cereşti care zboară prin văzduh, putea să îşi dea seama că trebuia să facă ceva curăţenie înainte ca Mikhail să o ducă undeva.

Privi către creatura divină care se ruga furioasă la zeul său, *Compyooterul*, înjunghiind altarul cu un cuţit de sacrificiu şi rostind rugăciuni pentru ca acest zeu să îi readucă amintirile.

O fâşie mare, pătrată căzuse din tavan. Ninsianna o trase, sprijinind-o de perete, iar apoi o ridică pe următoarea. Mikhail ridică privirea cu o expresie curioasă.

-Mulţumesc, zise el meticulos.

Era prima dată când reacţia lui se apropia atât de mult de un zâmbet.

Ninsianna continuă să sape în grămada de resturi, sortând materiale căzute din tavan, suliţe ciudate şi alte rămăşiţe până când reuşi, în final, să întrezărească podeaua. Se uită îndelung la pata enormă de un roşu-maroniu.

-Cum se poate ca cineva să piardă atât de mult sânge şi, totuşi, să trăiască?

Văzuse turme întregi sacrificate pentru vreun festin care sângeraseră mai puţin decât Mikhail.

„Mamă Preamărită? Ce ar trebui să fac acum?" se rugă ea.

O voce masculină se auzi dinspre crăpătură.

-Nin-si-anna!

Părul i se zburli pe şira spinării. Nu. Nu el.

Mikhail ţâşni în picioare.

-Nin-si-anna, strigă vocea din nou. Sunt Papa. Ştiu că eşti acolo.

Mikhail îşi scoase arma de foc şi o îndreptă către uşă.

-Nu!

Fata sări în faţa crăpăturii, agitându-şi braţele.

-E doar tatăl meu!

Murmurul care preceda străfulgerarea de lumină albastră se înălţă din ce în ce mai mult. Aripa sănătoasă a lui Mikhail fâlfâi în timp ce acesta încerca să îşi menţină echilibrul, dar braţul care ţinea arma nu tremura deloc.

-*Céim ar leataobh*,[11] spuse el.

Ninsianna îşi ridică mâinile tremurând.

-E în regulă, spuse temătoare. E bine. Papa e bun.

Slavă zeiţei că tatăl ei avea înţelepciunea să nu păşească la bordul navei!

Mikhail începu să asude pe măsură ce sângele i se scurgea din obraji. Judecând după modul în care respira, era evident că se lupta pentru a nu leşina.

-E bine? i se înălţă vocea.

Fata înţelese că ceea ce voia, de fapt, să spună era: Pot avea încredere în tine?

-E bine.

Îşi coborî mâinile.

Respiră adânc, forţându-se să stea dreaptă, de parcă ar fi fost cea mai încrezătoare femeie din lume.

-E bine. Papa bun.

Câteva pene se desprinseră atunci când Mikhail pe jumătate căzu, pe jumătate se prăbuşi în scaunul său, asemenea unei femei bătrâne şi obosite. Se lupta să rămână conştient. O pată sângerie căpătă contur pe cămaşa sa curată; părea atât de sărată, atât de pătrunsă de aroma de cupru, încât Ninsianna aproape că putea să o guste.

Privi de la pacient la tatăl său. Mikhail avea nevoie de atenţie, însă dacă tatăl ei păşea înăuntru, bărbatul înaripat l-ar fi atacat cu fulgerul său.

-Mă voi duce la el, gesticulă fata. Papa bun. Tu rămâi aici.

Se grăbi către uşă înainte ca Mikhail să aibă şansa de a-i spune nu.

Îşi ridică mâinile, pregătită să îndepărteze orice braţe care s-ar fi putut întinde pentru a o apuca, însă acestea nu se arătară. Nu era decât tatăl ei acolo. Chipul său era roşu, acoperit de sudoare, iar părul grizonat i se răsfira dezordonat deasupra ochilor îngrijoraţi, de un bej-roşiatic. Se uita

---

[11] Dă-te la o parte!

prelung la acea canoe cerească, argintie, iar ochii i se asemănau cu aceia ai unei bufnițe.

-De ce ai venit?

Fata se aşeză în dreptul crăpăturii, pregătită să se arunce înapoi înăuntru.

-Jamin a spus că ai fost răpită.

-Răpită? Singurul prostănac care a încercat să mă răpească a fost el.

Îndreptă un deget către tatăl său, iar trupul îi tremura de furie. În spatele său, sunetul ascuțit al armei de foc o avertiza că Mikhail aştepta, pregătit să o apere.

-Ninsianna, fii rezonabilă, zise Papa.

-Rezonabilă? strigă ea. Acel nenorocit a încercat să mă înece în iaz!

Analiză abrupturile care înconjurau oaza, convinsă că Jamin pândea de undeva din spate. Aproape că îl putea simţi. Cel puţin o duzină de perechi de ochi. Papa nu îşi croise drum singur până în acel loc.

-Era doar îngrijorat, o linişti tatăl ei. A zis că un demon ţi-a făcut un fel de vrajă.

-Singura vrajă a fost a ta, încercând sa mă obligi să mă mărit cu fiul celui mai bun prieten al tău! replică Ninsianna usturător. Credeai că nu voi observa poţiunile de dragoste pe care le strecurai sub perna mea pentru a mă face predispusă la a-l visa?

-E perechea perfectă.

-Nu dacă eu nu îl vreau!

Privi către stânca ce căzuse pe nava cerească.

-Auzi, Jamin? strigă ea din toţi rărunchii. Nu te vreau! Deci poţi să îţi iei războinicii şi să pleci!

O pietricică se rostogoli pe stâncă, răsunând şi răsucindu-se, trădând prezenţa războinicilor. Ninsianna făcu un semn către înălţimi.

-Spune-le să se retragă sau îl voi lăsa pe Mikhail să îi ucidă.

Papa privi în sus, neştiind dacă să continue manevra înşelătoare. Ninsianna păşi cu totul înapoi în crăpătură. În spatele ei, foşnetul penelor o anunţa că Mikhail era pregătit să lupte, indiferent dacă era sau nu în forma potrivită pentru a o face.

Ultimul lucru pe care şi-l dorea era ca tatăl ei iubit- chiar dacă se înşela- şi bărbatul care căzuse din ceruri să se implice într-o luptă pe viaţă şi pe moarte din cauza ei.

Jamin, pe de altă parte? El era o cu totul altă poveste.

-Mă întorc înăuntru acum, spuse Ninsianna. Înainte să te pedepsească folosindu-şi magia. El nu vorbeşte limba Ubaid. Tot ce ştie este că Jamin m-a atacat chiar în faţa acestei canoe, care îi aparţine.

-E adevărat?

Expresia lui Papa deveni nerăbdătoare.

-Războinicii au spus că arată ca un Angelic.

Ninsianna ezită.

-Un Angelic?

-Da.

Aşa se proclama Mikhail însuşi datorită unora dintre simbolurile de pe talismanul care îl ajuta să îşi amintească propriul nume. Jamin nu ştia asta, deci cum ştia Papa?

-Poate, ezită ea. Nu am discutat despre asta.

Papa îşi ridică sprâncenele.

-Eşti acolo de trei zile. Ce ai făcut, mai exact?

Fata pufni cu dezgust. Ştia ce credea Jamin că făcuse cu acest bărbat fermecător, înaripat. Nu voia să dezvăluie faptul că Mikhail era prea slăbit pentru a sta în picioare, darămite să mai facă şi avansuri amoroase. Cu arma sa de foc, nu avea nevoie să stea în picioare atâta timp cât nu era într-atât de nesăbuit încât să păşească în afara razei de acţiune a fulgerului său.

-Mă întorc înăuntru acum, repetă fata păşind înspre umbră, iar tu vei trăi toată viaţa cu hotărârea de a-i fi spus unicului tău copil că are de ales între a face cum spui tu şi a fi alungat. După cum poţi vedea- se închină în semn de batjocură- am găsit un trib mai respectuos.

-Ninsianna! Aşteaptă!

Tatăl ei se lansă înainte.

-Lasă-mă să îl văd!

-Ca să îl trădezi?

-Nu, zise Papa. Vreau doar să îi vorbesc.

-De ce?

-Avem legende despre nişte vremuri în care cei înaripaţi se vor întoarce.

Sprâncele Ninsiannei se împreunară; era suspicioasă.

-De ce nu ai spus asemenea poveşti înainte?

-Te rog? Trebuie să mi-l arăţi!

Papa privi către stânca din spatele navei.

-...înainte ca Jamin să facă ceva nechibzuit.

Ninsianna analiză îndelung aura spirituală a tatălui său. Papa al ei, pe care îl iubea mai mult decât iubea pe oricine altcineva. Tatăl care o răsfăţase întotdeauna. Patriarhul care o trădase atunci când îi respinsese dorinţa de a se retrage dintr-un mariaj aranjat.

Papa nu avea să plece până când nu îndeplinea scopul pentru care venise. Având în vedere că Jamin îl sprijinea, singurul mod în care toate acestea se puteau încheia era dacă îl lăsa să vadă.

-Bine, răspunse fata. Dar lasă-mă întâi să îl anunţ că vii. Nu e sigur în cine se poate încrede.

Ninsianna se întoarse la bordul navei. Mikhail îşi recăpătase stăpânirea de sine, sau cel mai probabil era o impresie falsă, însă Papa nu ştia asta.

-E doar Papa, zâmbi ea. Îşi doreşte să te întâlnească.

Mikhail îi aruncă o privire indescifrabilă. Nu credea asta. Era suficient de perceptiv încât să citească limbajul trupului Ninsiannei.

Fata făcu un gest exagerat, de parcă ar fi invitat pe cineva în casă.

-Papa? Întâlnire?

Stătea între Mikhail şi arma de foc. Inima îi galopa în timp ce se ruga din răsputeri ca Mikhail să înţeleagă.

-Bi-ine, spuse el.

-Bine!

Ninsianna zâmbi mult prea luminos.

Mikhail îşi aşeză arma de foc pe coapsă, dar, judecând după modul în care îşi ţinea mâna deasupra ei, era evident că rămânea pregătit să îşi alunge duşmanii.

Fata îşi conduse tatăl înăuntru. Mikhail îşi umflă aripile asemenea unui prădător pe cale să se lanseze; o aripă se înălţa cu o arcuire magnifică, iar cealaltă stăruia ţeapănă şi dreaptă datorită atelei.

-Slăvită fie preamărita Zeiţă! exclamă Papa. E adevărat!

Se aruncă în genunchi şi se închină, lipindu-şi chipul de podea. Papa începu să cânte...

...în aceeaşi limbă în care vorbea Mikhail.

Capitolul 15

Februarie– 3,390 î.Hr.
Pământul: Locul prăbușirii
Colonelul Mikhail Mannuki'ili

MIKHAIL

Fata se cățără prin crăpătura pe care o foloseau drept ușă.

-Așteaptă!

Mikhail țâșni în picioare, însă se clătină, pierzându-și echilibrul. Încheietura prinsă în atelă căzu pe consolă. O durere ascuțită îi săgetă plămânul afectat. Privirea i se întunecă. Fu copleșit de o transpirație rece în timp ce vocea Ninsiannei se îndepărta.

Se așeză înapoi înainte de a leșina. Chiar pe aripa sa legată într-un unghi ciudat cu atela.

O pereche de voci pătrunse în încăpere prin fuzelajul distrus. Un bărbat, asta era sigur. Dar, în vreme ce vocea ei se înălța furioasă, a lui rămânea calmă și măsurată.

Ninsianna păși înăuntru și făcu un gest exagerat pentru a-i transmite că îl invitase pe bărbatul necunoscut în cameră. Mikhail își așeză arma cu impulsuri pe coapsă, ținând o mână pe mâner, pregătit să tragă și din poală dacă era nevoie.

Ninsianna conduse înăuntru un bărbat de vârstă mijlocie, care purta un kilt cu mai multe straturi și o capă colorată ce îi lăsa pieptul dezgolit. În jurul gâtului i se încingea un lanț elaborat compus din mărgele și gheare de animale. În timp ce Ninsianna era frumoasă, bărbatul pe care îl conducea avea o înfățișare modestă, fiind înalt și musculos, cu un nas mare și butucănos și pielea negricioasă, brăzdată de cicatrici. Ochii săi, pe de altă parte, spuneau o poveste cu totul diferită. Avea exact aceeași ochi inteligenți, de un bej-roșiatic ca ai Ninsiannei.

-Mikhail? zise Ninsianna, așezându-și brațul în jurul umerilor bărbatului. Bu Papa.[12]

---

[12] Acesta este Papa.

Mikhail analiză prelung invitatul. Cei doi păreau să împărtăşească trăsături genetice. Îşi umflă aripile, pregătit să se năpustească dacă era nevoie.

Străinul se aruncă în genunchi şi se închină, lipindu-şi chipul de podea.

-Buyuk tanrica! Bu dogru![13] exclamă acesta.

Începu să recite un poem cu glas melodios; însă nu era cântat în limba lor, ci în a lui.

În ora tumultoasă a lui Ki, şi cea mai dureroasă,
Când lumea înghiţit-a fost de zarea-ntunecoasă
Ea şi-a cântat duios un Cânt al Plăsmuirii
Şi Întunericul degrab' i s-a supus Luminii.

Lumină cea dintâi, o, sfânt făptuitor,
O, fiică a lui Ki, Cea-Care-Este şi va fi,
Al Celui-Care-Nu-i tu Întuneric l-ai străpuns
Şi Viaţă ai creat, tot ce există şi va fi.

Dar într-o zi cumplită durere-a revenit,
Căci al lui Ki duşman, un aprig zis Moloch,
Malefic soţ de altădat' sosit,
S-a întors şi tot în cale-a frânt, a prigonit.

În marele văzduh doar Rău a semănat
Şi-n drumul lui prea grabnic el lume-a răsturnat,
Şi-a devorat şi pruncii, propriii săi copii,
Ca să-nţeleagă Ki toate-ale lui furii.

Însă Acela-Care-Nu-i, al lumii Protector,
Al Haosului Lord, şi-al Întunericului Lord,
Un Cântec al Distrugerii îndată a grăit
Pentru-a salva Lumina, pe care veşnic a iubit.

Cea-Care-Este şi va fi amare lacrimi a vărsat
Vazându-şi lumea-ntreagă drept spaţiu devastat.
Lordul Întunecat nu suporta a ei durere
Şi-i oferi prea blând o caldă mângâiere:

---

[13] Slăvită fie preamărita zeiţă! E adevărat!

Pentru-a-și păstra puterea, pentru a o proteja,
Un joc de șah pe dată ei, ambii, vor juca.
Cea-Care-Este noile piese va crea,
Cel-Care-Nu-i, de restul se va ocupa.

Dar amândoi pe veci atenți au să rămână,
A lui Moloch întoarcere degrabă să prevină,
Căci el trimite-Agenți ca drumul să-i deschidă
Când va scăpa din Iadul în care arde-acum.

Iar de va reuși vreodat' din foc să mai renască
Și hrana neîndoielnic îndată și-o va cere,
O brav' Aleasă Cea-Care-Este va numi,
A revenirii veste în lume spre a răspândi.

Ea însăși va trimite un Campion înaripat,
Un semi-zeu prea drept, adus chiar din Înalt,
O Sabie a Zeilor ca lumea să păzească
Și-armate adormite din neguri să trezească.

Cum lui Moloch Agenții în Rău îi vor sluji,
Așa și Ki Protéctori din Ceruri va numi,
Iar din a deznădejdii mare,
Când totul pierdut pare,
Agenți ascunși să O servească vor gândi.

Iubire-adevărată pe Celălălt va inspira,
Iar inima ei blândă cu țepi va sulița,
Speranța s-o aducă de unde nici nu e.
Doar în uimire poți pătrunde a lui Ki Cântare.

Când jucătorii toți mișcările vor face,
Iar Steaua Dimineții pe cer va străluci,
El va lumina cărarea prin ora cea mai grea,
Și-o cale a Luminii sublim va reînvia.

Iar de aceste fapte vreo ființă vor trăda,
De protecțiile lui Ki cumva s-or spulbera,
Lordul Întunericului nava și-o va scoate
Și va proteja Lumina distrugând pe tot, și toate.

Aripile lui Mikhail foșniră; un sentiment de recunoaștere îi cuprinsese trupul. Cântecul îi trezise subconștientul asemenea unui cântec de leagăn antic, unul pe care îl ascultase de foarte multe ori. Ninsianna așteptă cu chipul învăluit de nerăbdare în timp ce bărbatul pe care îl numea „Papa" își înclina din nou fruntea până la podea, așteptând un răspuns.

Mikhail rosti următoarele cuvinte cu grijă. Nu în limba lui. Ci într-un dialect antic al limbii lui, atât de vechi și melodios încât părea a fi un liant între limba lui și a ei.

-An féidir leat tuiscint a fháil dom? enunță Mikhail cu grijă. Poți să mă înțelegi?

Bărbatul ascultă cu atenție, iar apoi dădu din cap în semn de aprobare.

-Roinnt.[14]

-Cár fhoghlaim tú a labhairt mo theanga? De unde ai învățat să vorbești limba mea?

Mikhail se apleacă, nerăbdător să audă ce avea de zis bărbatul.

-Tá sé tugtha síos trí na glúine a lán. S-a transmis din generație în generație. Șamanii cei mai aleși au învățat aceste cântece pentru a-i ajuta pe cei înaripați atunci când se întorc.

-Câți sunteți?

În timp ce vorbea, cuvintele alunecau cu ușurință, de parcă studiase acest dialect antic odată și poate chiar îl vorbise, în același mod în care cineva studiază empiric un text istoric sau recită o rugăciune liturgică la școală.

-Doar câțiva dintre noi își mai amintesc cele mai vechi cântece, răspunse bărbatul.

Cleric? Nu. Bărbatul avea înfățișarea voinică a celui care face mai mult decât pur și simplu să studieze arcana. Dar o mână de păr șaten, presărat cu aceleași nuanțe de titan ca exteriorul navei, stătea talmeș-balmeș, de parcă își trecea adesea degetele prin el, gânditor. Ochii bărbatului îi provocau o oarecare neliniște în subconștient, însă nu își putea aminti ce anume găsea familiar.

-Cum te numești?

-Mă numesc Immanu, zise omul. Sunt șamanul satului meu.

-Ce este Ninsianna pentru tine?

-Este fiica mea, răspunse. M-am îngrijorat atunci când am văzut că nu se întoarce acasă.

Ninsianna stătea lângă Mikhail și își așeză o mână pe aripa frântă. Îl proteja? Sau se ascundea în spatele lui pentru protecție?

- Baba? *Lutfen cevirin*?[15] spuse fata.

Immanu i se adresă fiicei sale în limba lor nativă, iar apoi traduse pentru ca Mikhail să poată înțelege.

-I-am spus Ninsiannei că ai fost trimis de Cea-Care-Este pentru a ne proteja.

---

[14] Puțin.

[15] Papa, tradu-mi?

Immanu făcu un gest către fiica lui.

-Am venit să o iau acasă.

Ninsianna se aruncă în spatele lui Mikhail, afundându-se în aripa sa.

-*Biliyorum!* sâsâi ea. *Ben sana soylemeyi denedim nedir.*[16]

Bunul simț îi spunea că nu putea să intervină. Dar o altă parte din el, partea care voia să o protejeze fiindcă îi datora asta, era ciudat de conștientă de mâna cu care îi apucase umărul.

-Și dacă Ninsianna nu vrea să meargă acasă?

Sprâncenele lui Immanu se ridicară cu surprindere.

-Dar sunt tatăl ei.

-Nu ar trebui să i se permită să ia propriile decizii?

-Dar este femeie, zise Immanu.

-Femeie, răspunse Mikhail. Nu copil.

Ochii bej-roșiatici ai Ninsiannei exprimau o rugăminte tacită: *te rog nu mă trimite acasă.*

Lui Mikhail i se puse un nod în gât. Dacă fata pleca, el nu mai avea nimic, nici măcar amintirea de a se fi trezit lângă o femeie frumoasă, înconjurat de lumină. Dar ar fi fost egoist din partea lui să o țină dacă asta i-ar fi creat probleme atunci când s-ar fi întors acasă.

Atinse arma cu impulsuri din poală.

-Dacă o fac să plece, zise Mikhail, ce garanție am că iubitul ei nu o va abuza?

Sprâncenele stufoase ale lui Immanu se înălțară, dovedind uimirea șamanului.

-Să o abuzeze?

-Da, mârâi el. Atunci când am intervenit, nenorocitul cu ochi negri încerca să o înece.

Ninsianna îndreptă un deget către tatăl ei și eliberă un șir de cuvinte despre care Mikhail înțelegea, chiar dacă nu pricepea limba, că însemnau: *Vezi? Ți-am spus adevărul!*

Chipul lui Immanu se întristă. Își coborî umerii.

-O, mărite înaripat, zise el. Îmi cer iertare. Însă nu asta este povestea care mi s-a spus.

-Te îndoiești de mine? mârâi Mikhail.

-Nu, zise Immanu. Cred că povestea ta e cu totul adevărată.

Aceeași furie oarbă care îl trezise din coșmar îl cuprinse și acum.

-Atunci de ce, în numele lui Hades, ți-ai forța fiica să se mărite cu un asemenea bărbat?

Ninsianna își ridică bărbia cu încredere, sfidătoare. Immanu își înclină fruntea.

---

[16] Știu. Asta am tot încercat să îți spun.

-Nu mi-am dorit decât să aibă parte de cea mai sigură căsătorie posibilă, răspunse cu blândețe. Este unicul meu copil. Te rog nu o lua de lângă mine!

Arma murmura ușor în poala lui Mikhail. Immanu nu avea idee că Angelicul abia de putea să stea în picioare. Stătuse acolo în tot acest timp, acoperind cu mâna locul în care sângele pătrunsese dincolo de bandaje. Își dădea seama de ce șamanul i-ar fi putut interpreta greșit intențiile.

Își îndepărtă mâna, permițându-i lui Immanu să îi vadă slăbiciunea.

-Ninsianna mi-a salvat viața, zise Mikhail. Voi face orice își dorește ea.

Ochii lui Immanu se măriră atunci când își dădu seama că Angelicul era rănit.

-Dar ești semi-zeu! spuse el. Legendele spune că nicio armă, fie ea letală, nu te poate răni.

-Sunt soldat, răspunse Mikhail. Dispun de arme înfiorătoare. Dar sunt rănit foarte tare, așa că am nevoie de îngrijiri permanente.

Immanu păși către el cu mâna întinsă. Mikhail smuci pistolul cu impulsuri din poală.

-Eu nu aș face asta în locul tău, avertiză el.

Arma scoase un sunet vioi, care însă promitea lucruri teribile.

Immanu se aruncă înapoi pe podea. Jamin, se părea, îi spusese ce se întâmpla atunci când o asemenea armă lovea pământul din fața ta. Tot ce mai avea nevoie era să vadă ce putea face o lovitură directă, la putere maximă, nu varianta cea mai slabă.

-Ai înțeles greșit, spuse Immanu cu glas tremurător. Nu vreau decât să verific dacă există spirite rele.

-Fiica ta a făcut asta deja.

-Dar ea este femeie.

-O femeie cu deosebite cunoștințe de medicină, zise Mikhail.

-Nu vreau să te rănesc, grăi Immanu. Vreau doar să te ajut.

-Nu te cunosc, îi răspunse Mikhail. Ninsianna, pe de altă parte, mi-a câștigat încrederea cu vârf și îndesat.

Ninsianna vorbi, povestindu-i fără îndoială tatălui său despre ceea ce făcuse. Mâinile i se mișcau, recreând momentele în care îl găsise și tratase pe Mikhail. Ochii tatălui său se aprinseră cu o licărire de mândrie.

-Moștenește toate acestea de la mama ei, spuse el. Soția mea este chiar mai talentată decât Ninsianna.

Mikhail își ținu respirația în timp ce Ninsianna continua să vorbească, rugându-se ca șamanul să își dorească să evite o altercație. Când avea să se plictisească de el, fata avea cel mai probabil să se întoarcă acasă de bunăvoie.

Sprâncenele șamanului se împreunară contemplativ.

-Nu știu dacă ea este Aleasa pe care o cauți, spuse Immanu în final. Nu îți voi spune ceva decât dacă știu sigur că e adevărat.

-O Aleasă? rosti Mikhail. Te aştepţi ca eu să cred în acest cântec?

-Cum altfel ai fi putut ajunge aici? întrebă Immanu.

-Eu...

Mikhail privi dincolo de şaman, analizându-şi nava distrusă. Da, fusese doborât în acel loc. Dar, cu toate că subconştientul său îi şoptea încontinuu *„Trebuie să închei misiunea!"*, acest fapt nu părea să rezoneze cu nimic din cântec.

-Ninsianna pretinde că zeiţa i-a trimis o viziune a navei tale cereşti chiar înainte să cazi din cer, îi zise Immanu. Pretinde că zeiţa a trimis-o să îţi salveze viaţa. Pretinde...

Şamanul privi temător către fiica lui.

-Pretinde că o boală teribilă e pe cale să devoreze stelele.

Mikhail ridică o sprânceană. Instinctul său îi spunea că această „viziune" nu era altceva decât o înţelegere primitivă a tehnologiei lui, însă, fără amintiri, avea nevoie de aceşti oameni pentru a supravieţui.

-Deşi se poate să aveţi legende despre oamenii mei vizitând planeta voastră în trecut, spuse Mikhail, nu cred că sunt sabia zeilor voştri.

Immanu traduse cuvintele lui pentru Ninsianna. Fata se aplecă şi îi şopti în ureche.

-Spune Papa sus, suas, le de thoil? rosti ea, pe jumătate în limba ei, pe jumătate în a lui. Papa, sus? Da?

Respiraţia ei îi încălzi urechea cu o intimitate stranie. Mai ales având în vedere că stătea în punctul lui vulnerabil, între aripi şi spate. Rezistă tentaţiei de a o cuprinde cu aripa sau de a-i strânge mâna pe care şi-o sprijinise pe umărul său.

-Ridicaţi-vă, domnule, spuse Mikhail. Nu îmi place să mi se închine cineva.

Immanu se reaşeză în picioare.

-Ar putea sta câteva zile, probabil? Până când o aduc pe mama ei.

Chipul lui deveni rugător.

-Soţia mea este extrem de agitată. Chiar dacă spui nu, nu vei reuşi să o ţii departe.

Mikhail privi dinspre Ninsianna către tatăl ei. Nu avea niciun dubiu în legătură priceperea medicală a Ninsiannei, dar, dacă mama ei avea mai multă experienţă, nu putea să fie nicio problemă în a cere o a doua părere.

-Câte zile? întrebă el.

-Cinci, spuse Immanu. Călătoria spre sau din sat durează două zile, cu o zi între drumuri pentru a aduna cele necesare.

-Nu au trecut decât trei zile de când m-am prăbuşit.

-Jamin a alergat după ajutor, zise Immanu. Noi, ceilalţi, nu suntem la fel de viguroşi.

Mikhail dădu din cap. Îşi dăduse seama de acest lucru judecând după nerăbdarea cu care bărbatul cu ochii negri se aruncase în luptă. Jamin părea un oponent formidabil. În formă maximă, ar fi putut să îl înfrângă cu ușurință, însă în situația de față...?

-Ce garanție am că nu va ataca?

Immanu privi în continuare rugător.

-Niciuna, răspunse acesta. Chiar acum, în momentul în care noi vorbim, el pregătește un raid.

Mikhail își apucă arma și o întinse.

-Mă trădezi?

-Nu, tremură Immanu. Crede că îmi ții fiica prizonieră. Nimic nu îl va opri să o salveze.

-Să o salveze?

-Da, zise șamanul. Asta crede el.

Mikhail își coborî glasul până când deveni un mârâit jos, amenințător.

-Dacă pășește înăuntru, îl voi ucide.

-Asta ar fi foarte nepotrivit, rosti Immanu. Tatăl său este căpetenia noastră. Dacă îl rănești, vei înrăutăți lucrurile pentru toată lumea.

-Atunci fă-l să înțeleagă.

-E imposibil să discuți rațional cu Jamin, replică Immanu. Va trebui să îl conving pe tatăl lui că a înțeles greșit. Între timp- privi către fiica lui- dacă ea vrea să rămână, asigură-te că o ții la distanță de el.

Capitolul 16

Februarie – 3,390 î.Hr.
Pământul: Assur

JAMIN

Tribul Ubaid numea acest munte „Dinții Hienei" datorită crestelor dințate care se înălțau din deșert asemenea incisivilor. Nu era nici pe departe la fel de impresionant ca munții din nord sau vest, însă tribul Halifian care locuia în deșert îl considera lăcașul zeului lor.

Jamin își puse capa pe un umăr și le făcu semn războinicilor să facă liniște. Demonul înaripat nu era singurul inamic împotriva căruia trebuia să lupte. De când se știa, oamenii din preajma râurilor și oamenii din deșert erau în război. Oamenii săi se răsfirară, fiind cu doisprezece mai numeroși acum, în încercarea de a găsi o altă cale spre baza muntelui.

-Nu am știut niciodată că acest munte are o oază, spuse Jamin. I-am alungat de multe ori aici după raiduri.

-Întotdeauna ne-au alungat înainte să ne apropiem, răspunse Kiaresh, omul tatălui său dintr-o generație mai veche de războinici. Se spune că șeicul lor, Marwan, păstrează locația tuturor oazelor lor secretă.

-Pot să înțeleg de ce, îi zise Jamin bărbatului în vârstă. Privește arborii de acacia. Pariez că această oază are apă până la solstițiul de vară.

Analiză valea, vegetația, adâncimea apei. Arbuști bogați de alune verzi creșteau parțial sub apă, în vreme ce arborii de acacia cu rădăcini mai adânci creșteau chiar pe margine. De-a lungul peretelui văii nu creștea nimic. Ochii săi antrenați puteau percepe traseul pe care îl urmau ploile de iarnă atunci când inundau valea naturală, retrăgându-se apoi vara.

Tatăl Ninsiannei își încheie coborâșul pe singurul drum care ducea spre oază, singur și vulnerabil.

-Atrage-l afară, spuse Jamin, și o să-l ciuruiesc pe nenorocit cu sulițe.

Șamanul își făcu drum de-a lungul văii.

Jamin se grăbi pe margine, mergând până ajunse chiar în dreptul locului în care steaua căzătoare zăcea pe jumătate îngropată în dărâmături. Pentru o creatură înaripată valea abruptă nu ar fi fost un obstacol, însă pentru un bărbat muritor, însemna că trebuia să coboare stânca în totalitate expus.

Jamin privi peste marginea stâncii.

-Ce vezi? întrebă Siamek.

Jamin se uită la obiectul care se prăbuşise din cer. Nu arăta ca o stea căzătoare. De fapt, nu semăna cu nimic din ce mai văzuse înainte, fie natural, fie creat de mâini omeneşti. Fiind de un gri strălucitor, aproape argintiu în lumina soarelui, avea forma capului unei suliţe, iar în apropierea cozii se afla o pereche de cilindri de forma unor aripi.

Ici-colo, obiecte asemănătoare unor suliţe răsăreau din fuzelaj, alături de alte forme ciudate. Acolo unde se pierdea în stânci, spatele se strângea ca o bucată de material împăturit.

-Pare stricată, spuse Jamin.

-Cum îţi poţi da seama? întrebă Siamek.

-Pur şi simplu ştiu, răspunse Jamin, făcând un semn. Vezi cum s-a desfăcut ca un ou spart?

Kiaresh se apropie în spatele său pentru a privi la rândul lui jos.

-Asta este? întrebă războinicul bătrân.

-Da, replică Jamin. Ai văzut vreodată ceva asemănător?

-Nu, grăi Kiaresh. Nici chiar în vremurile apuse, când bunicul tău ne trimitea să luptăm împotriva celor din neamul Uruk.

-Pare magic, zise Siamek.

-Nu.

Jamin îşi clătină capul.

-Am privit în ochii nenorocitului. Atunci când a chemat fulgerul, nu a invocat magia în acelaşi mod în care o face Immanu. Acel ram de foc este un fel de armă, ca un talisman.

-Cu siguranţă mi-ar plăcea o armă de felul ăla, rosti Siamek.

-Şi mie, răspunse Jamin. Şi intenţionez să o iau.

Nimeni nu putea să spună că Jamin, fiul lui Kiyan din Assur, era un laş. Demonul înaripat îl înfricoşase, totuşi. Sau, mai precis, fulgerul o făcuse.

„Ai plecat pentru că Ninsianna nu te vrea...”

-Taci din gură, mârâi el către propria voce interioară care îl batjocorea.

Retrăise momentul de mai multe ori pe drumul dintre acest loc şi Assur. Ninsianna în apă, cu sfârcurile încordate. Buzele ei asupra buzelor lui atunci când îi spusese în sfârşit că da, avea să se mărite cu el. Ninsianna, aşezată pe marginea patului său, cu lumina soarelui înconjurând-o atunci când îşi odihnise mâinile pe trupul lui chinuit şi, cu o rugăciune şoptită, făcuse toată durerea să dispară.

Inima îi bătea cu putere. Trebuia să o aducă înapoi. Demonul înaripat îi făcuse vreun fel de vrajă, cu siguranţă. Totul era doar un truc, o magie slabă ca atunci când Immanu voia să amuze copiii în timpul ceremoniilor Akitu.

Examină stânca de deasupra navei cereşti. Se arcuia către interior, astfel că era imposibil să escaladezi peretele văii.

-Acum ce? şopti Siamek.

-Aşteptăm, răspunse Jamin.

-Dacă zboară până aici ca să ne prindă?

-Mă bazez pe asta, zise Jamin. Odată ce se înalţă în aer, este mult mai vulnerabil.

El şi ceilalţi îşi apucară suliţele, aşteptând ca demonul înaripat să iasă pentru a termina cu el.

-Haide, haide, haide, murmură Jamin.

Viitorul său socru merse de-a lungul văii.

-Ninsianna? strigă Immanu. Ninsianna, ştiu că eşti acolo.

Un zgomot din spatele lui Jamin îi făcu să privească în sus.

Dabheh strigă:

-Halifienii!

Jamin ţâşni în picioare.

-Nu îl răniţi! se rugă Dadbeh.

Micul bărbat îşi întinse suliţa în timp ce doisprezece oameni cu robe întunecate ieşeau din dreptul pietrelor. În faţa lor cărau doi dintre războinicii lui Jamin, ambii având cuţite ameninţătoare îndreptate spre gât. Îi forţară pe Firouz şi Tirdard să îngenuncheze.

-Trebuia să staţi drept santinele, sâsâi Jamin.

-Au apărut de nicăieri.

Ochii căprui ai lui Firouz străluceau temători.

Mai mulţi Halifieni apărură, probabil treizeci în total, toţi purtând robele oamenilor deşertului. Cel mai mare dintre Halifieni făcu un gest către Jamin.

-Înţeleg că tu eşti căpetenia lor? vorbi bărbatul cu un puternic accent de Ubaid.

-Da, răspunse Jamin cu mândrie. Eu sunt Jamin, fiul lui Kiyan din Assur.

-Bine.

Dinţii Halifianului sclipiră, dezveliţi într-un rânjet de prădător.

-Atunci vom obţine o răscumpărare serioasă de la tatăl tău, micuţă căpetenie.

-Nu dacă vă ucidem, mârâi Jamin.

-Veţi descoperi că vă va fi greu să faceţi asta, râse Halifianul. Aşa, prinşi între o stâncă şi inamicul vostru.

Ridică o suliţă arcuită, gravată cu imaginea unor gazele.

-O lovitură cu asta şi nici nu va fi nevoie să vă ucidem. Căderea va rezolva problema în locul nostru.

Jamin îşi înălţă propria suliţă, pregătit să o arunce asupra liderului inamic. Halifienii îşi ridicară propriile arme: cuţite, praştii, suliţe şi bâte care păreau mortale, având incorporate şi capete de suliţă. Făcură paşi înapoi până când ajunseră chiar pe marginea prăpastiei.

Duşmanii se răsfirară, blocându-le orice cale de scăpare. Vocea Ninsiannei pluti deasupra, certându-se cu tatăl ei, care nu avea nicio idee că un nou inamic tocmai apăruse.

Slavă Domnului că ea era în siguranţă...

Dar nicio urmă de demonul înaripat.

„Unde eşti?" blestemă Jamin în minte. *„În momentul ăsta am avea nevoie de o diversiune."*

-Poate că vom reuşi să ajungem la o înţelegere? spuse apoi cu voce tare. Nu am vrut să fim lipsiţi de respect.

-Ar fi trebuit să vă gândiţi la asta înainte să ne călcaţi teritoriul.

-Am venit pentru a *recupera* ceva.

Jamin făcu un gest către valea de dedesubtul lor.

-Un demon înaripat ne-a furat una dintre femei. Suntem aici pentru a o salva.

Vocea Ninsiannei se înălţă deasupra capetelor lor.

-Nu îl vreau, strigă ea. Auzi, Jamin? Nu te *vreau*! Aşa că poţi să îţi iei războinicii şi să plecaţi!

Căpetenia Halifienilor râse batjocoritor.

-Se pare că cineva a furat suliţa micului conducător!

Îşi apucă organele intime. Tovarăşii săi mercenari râseră la unison. O furie oarbă cuprinse întregul trup al lui Jamin.

-Chiar există! mârâi el. Doar priviţi în josul văii şi veţi vedea.

Immanu dispăru în interiorul navei.

-Ce face? întrebă Siamek.

-Deci? întrebă căpetenia Halifienilor. Unde se află acest demon înaripat?

-Este un laş, zise Jamin aproape scuipând cuvintele. A trimis o femeie să deschidă uşa.

Liderul Halifian hohoti. Mercenarii discutau în limba Halifiană. Jamin înţelegea suficient încât să priceapă ceea ce spuneau.

-Acoperă-mă, îi şopti lui Siamek. Eu voi ataca şeful, tu atacă bărbatul din dreapta lui. Kiaresh?

-Da.

-Tu atacă-l pe cel care îl ţine pe Firouz.

-Sunt prea mulţi, spuse Kiaresh. Tatăl tău ar prefera să plătească răscumpărarea.

-Plănuiesc să o ia pe Ninsianna, mârâi Jamin. Nu îi voi lăsa să îmi mânjească viitoarea nevastă!

Întinse mâna către lama pe care o avea prinsă la curea. Ştia cum să se descurce cu o haită de hiene. Odată ce doborai liderul, ceilalţi câini se împrăştiau.

Bărbatul cu ochi de un verde-castaniu care stătea lângă căpetenia Halifienilor observă mişcarea lui Jamin în timp ce acesta îşi aşeza capa pentru a-şi elibera mâna cu care mânuia cuţitul. Se încruntă confuz.

-De unde ai aia? zise bărbatul, atingându-și propriul umăr.

-De unde am ce? întrebă Jamin relaxat.

-Aia, răspunse omul arătând către umărul lui Jamin. De unde ai agrafa aceea?

Jamin privi către agrafa cu care își strânsese capa. Sculptată din os, aceasta înfățișa capul unei gazele și un arbore realizat din frunze.

-Mi-a dat-o un bătrân, grăi, trecând la limba Halifienilor. Ce e cu ea?

-Agrafa aceea i-a aparținut mamei mele, zise bărbatul. Nu am mai văzut-o de cincisprezece ani.

Jamin înghiță. Nu îi mai spusese *nimănui* despre acel bătrân. Cu atât mai puțin tatălui său. Căpetenia nu ar fi putut înțelege niciodată.

-A fost un dar, spuse în final. De la un bătrân ale cărui capre aveau nevoie de apă. Mi-a spus că, dacă le las să se adape dintr-un anume loc în fiecare vară, niciun Halifian nu se va atinge de mine atâta timp cât voi purta această agrafă.

Bărbatul cu ochi castanii și căpetenia Halifiană se priviră adânc, discutând în propria limbă.

-O să aducă o răscumpărare considerabilă.

-Știi care e legea.

-Asta s-a întâmplat acum cincisprezece ani, spuse liderul Halifienilor. De unde știi că tatăl tău își mai dorește asta și acum?

-Leul bătrân e pe atât de bun pe cât de mult dăinuie cuvântul său, zise bărbatul cu ochi castanii. Vrei să fii ca el? Sau ca acel câine, Dirar?

-Într-una din aceste zile Dirar va primi ceea ce merită, veni răspunsul căpeteniei. Crede că nu observ că râvnește la titlul meu și la nevasta mea...

-Și te vei comporta asemenea lui? Sau vei fi ca tații noștri?

-A fost mama *ta*.

-Dar promisiunea a fost făcută de Marwan.

Un fior rece alunecă pe șira spinării lui Jamin, amestecându-se cu speranță. Bătrânul cu care făcuse acea înțelegere era Marwan, șeicul Halifian? Încheiase un tratat fără a asculta obiecțiile tatălui?

Cei doi bărbați transmiseră ordine celorlalți Halifieni. Aceștia îi ridicară pe Firouz și Tirdard, împingându-i către oamenii lor.

-Scoate-i de pe pământurile astea, zise căpetenia Halifienilor. Ei nu au o agrafă. Dacă se întorc, nu vom mai avea milă.

În josul văii, Immanu ieși din steaua căzătoare frântă. Privi către stânci.

-Jamin! strigă el. Ai multe întrebări la care trebuie să răspunzi!

În spatele lui Immanu, Ninsianna păși afară alături de demonul înaripat. Demonul fâlfâi aripile sale de un negru întunecat.

-În numele lui Ai-Iyah![17] strigară Halifienii. Spune adevărul!

---

[17] „Ai-Iyah" este o denumire străveche a lui Allah.

Mercenarii îngenuncheară, coborându-şi frunţile la pământ, cântând şi rugându-se. Jamin făcu un semn către propriii oameni, îndemnându-i să se retragă înainte ca liderul Halifian să se răzgândească.

Siamek şi ceilalţi priviră dinspre Jamin spre Halifieni.

-Ce se întâmplă? şopti bărbatul.

-Halifienii au hotărât să ne lase să plecăm.

-De ce?

Jamin privi în jos către demonul înaripat care îşi trecuse braţul peste umerii Ninsiannei şi îşi purta una din aripi arcuită în jurul fetei de parcă ea i-ar fi aparţinut. Un sentiment greu de trădare îi săgetă trupul.

-Pentru că duşmanul duşmanului nostru ne este prieten.

Capitolul 17

Data Galactică Standard: 152,323.02 D.Î.
Baza de operare Sata'anică: Pământul
Locotenent Kasib

LT. KASIB

Alesese satul datorită locației lui centrale, care se dovedea a fi la o distanță convenabilă față de mare și înconjurată de terenuri fertile. Un adevărat zid muntos se înălța la est, adunând ploile și împărțind apoi prețioasa umezeală printr-o serie de izvoare naturale. Dar, cel mai important, climatul era *cald*. Canicular într-un mod plăcut, însă nu într-atât de uscat încât ei să simtă nevoia să bea din apa de rezervă pe care o aveau.

Exact genul de vreme pe care o prefera Generalul Hudhafah...

Locotenentul Kasib verifică ecranul, căutând prin rapoarte și prin harta terenurilor acelui sat. În jurul său, oamenii-șopârlă și alți soldați Sata'anici se mișcau într-o activitate frenetică, ridicând corturi, rulând sârmă ghimpată și, mai presus de toate, căutând un loc sigur în care să își depoziteze muniția și proviziile.

-Despachetează acolo.

Își agită ghearele către matahala care se lupta cu un adăpost militar portabil adus de pe navă, încă așezat compact în cutia sa. Catoplebasul voinic făcu o pauză și privi harta lui Kasib.

-La o sută de metri de templu?

-Da, soldat, răspunse Kasib. Trebuie să afirmăm dominația lui Shay'tan asupra simbolurilor zeilor lor.

Privi către semnul „Pericol" care străjuia la marginea craterului.

-Să fie două sute. În caz că ratăm vreun foc.

Catoplebasul confirmă.

-Da, să trăiți, domnule locotenent!

În acea zi, cel puțin, matahalele erau prea ocupate pentru a-i face probleme. Se grăbi să supervizeze descărcarea proviziilor, de care se ocupa o trupă îmbrăcată în gri ce căra o sarcină importantă. În calitate de Ofițer-șef de Achiziții al Generalului, era datoria lui să răspundă pentru aceste provizii. Era nevoie să fie descărcate înainte ca Jamaran să își încheie următoarea mișcare orbitală, astfel încât navetele să nu irosească prețiosul combustibil urmărind crucișătorul de linie în jurul planetei.

Căştile sale scoaseră un mic trosnet atunci când vocea Controlorului de Trafic Aerian se auzi. Locotenentul şi le puse în ureche.

-Baza de control, aici Kasib.

-Nava Generalului e pe cale de a reintra în atmosferă, zise Controlorul.

Un amestec de teamă şi entuziasm cuprinse trupul lui Kasib.

-Ora estimativă a aterizării?

-Douăzeci de minute, domnule.

-Anunţă-mă când mai sunt cinci, răspunse Kasib. Ofiţer-şef de Achiziţii, terminat.

Îşi arcui limba lungă, bifurcată, gustând aerul şi zăbovind asupra mirosului de iarbă proaspăt cosită. Primul lucru pe care îl făcuse fusese să se asigure că informaţiile sale erau corecte şi că această planetă dispunea, într-adevăr, de terenuri agricole. Cultivarea lor se realiza încă primitiv, seminţele erau mai mici şi mult mai puţin productive decât cele Sata'anice, însă pământurile erau fertile şi populaţia băştinaşă era obişnuită să le lucreze. Îndată ce aceste informaţii aveau să ajungă la Împăratul Shay'tan...

Kasib îşi atinse fruntea cu ghearele, apoi coborî spre rât şi inimă.

-Fie pacea cu el, murmură.

... împăratul lor binefăcător şi zeu avea să transforme acea mocirlă într-un membru productiv al Imperiului Sata'anic.

Vocea Controlorului de Trafic Aerian se auzi din nou.

-Domnule, Generalul va ajunge in cinci minute.

-Recepţionat, zise Kasib. Transmite anunţul. Trimite ordin oamenilor să se alinieze.

Un cvartet de boxe, înălţate în fugă într-un copac, transmiseră mai departe cu un glas răsunător:

-Atenţiune, echipaj! Atenţiune, echipaj! Raportaţi la aerodrom pentru inspecţie!

Cu strigăte vesele, şopârlele, bărbaţii-mistreţi şi Marizii cu piele albastră, alături de alte specii care alcătuiau armata lui Shay'tan, merseră în grabă către aerodromul proaspăt instalat, într-o întrecere masculină a vitezei. Bărbaţii râdeau şi se împungeau pentru a se scoate unii pe alţii din linie. Se liniştiră, însă, odată cu sunetul şuierător care se materializă dinspre est, provocând o pulsaţie asemănătoare celei a tunurilor care explodează, în timp ce nava încetini.

-Alinierea! urlă Kasib.

Bărbaţii îşi concentrară atenţia, cu mâinile întinse de-a lungul corpului şi cozile- dacă aveau, sau alte apendice, dacă nu- strânse spre partea stângă. Kasib îşi închise ochii pe jumătate pentru a opri trecerea prafului care se ridica pe măsură ce nava ateriza pe pământ, ghidată cu manevre perfecte.

Hidraulicele se tânguiră în timp ce uşile din spate ale navei se deschiseră, propulsând o rampă spre exterior. O şopârlă enormă, aproape la fel de voinică precum Generalul Hudhafah, se înfățișă, purtându-și cu mândrie gușa adâncă și solzii   bej-verzui, brăzdați de cicatrici din luptă.

-Atențiune! strigă în chip de ordin Sergentul Dahaka.

Bărbații își trosniră călcâiele și spuseră în cor: Să trăiți!

Sergentul coborî pe rampă. Chiar în spatele lui mergea Generalul Hudhafah, cu brațele atârnând în aparență relaxate pentru un ochi neavizat; însă ochii verzi-aurii ai lui Kasib puteau observa cât de alert rămânea generalul, pregătit oricând să își scoată cuțitul sau arma cu impulsuri, ori pur și simplu să blocheze o lovitură. Generalul se așeză în fața bărbaților aliniați.

Ochii săi îi analizară pe toți, evaluând apoi baza de operațiuni instalată în spatele lor.

-E un început, mârâi el, căci mârâitul reprezenta tonul lui obișnuit.

Se întoarse către Kasib.

-Unde e centrul de comandă?

-Acolo, domnule.

Kasib făcu un gest către o clădire modestă de piatră.

-Acela este templul lor. V-am aranjat biroul în fostul sanctuar.

Hudhafah păși către templu, iar coada îi tresări ca și cum ar fi fost un al cincilea membru al corpului, capabil să lupte. Spre deosebire de Kasib, trebuia să se aplece pentru a nu se lovi de tocul ușii, însă înăuntru tavanul era suficient de înalt chiar și pentru el. Kasib îl conduse printr-o mică încăpere exterioară, pe care intenționa să o transforme în birou administrativ, tocmai în ceea ce fusese cândva chivotul cel mai slăvit al satului. O zeiță simplă de piatră împodobea altarul. O mutase lângă perete, sub un tablou înrămat al împăratului Shay'tan, pentru a face loc biroului Generalului Hudhafah.

Marele dragon roșu zâmbi la vederea femeii dezbrăcate și bondoace, acum servilă față de zeul lor, înfășurată într-o fâșie de material astfel încât doar ochii i se mai întrezăreau. Într-o vază din fața ei așezase un mic buchet de grâne încă necoapte, adunate de pe un teren din apropiere.

Generalul Hudhafah se opri în fața altarului. Între el și Sergentul-Major Dakaha avu loc un schimb de priviri indescifrabil.

-Un detaliu foarte frumos, Kasib, zise Generalul.

-Mulțumesc, domnule, răspunse Kasib zâmbind. M-am gândit că ar fi cel mai bine să cer binecuvântarea îndată, pentru eventualitatea în care Împăratul e prea ocupat ca să răspundă cererii noastre pentru provizii.

Un mormăit grav se desprinse din pieptul lui Hudhafah. Nu era un sunet neplăcut, însă nu era nici fericit. Se îndreptă către tăietura din peretele de piatră care servea drept fereastră și privi catre bază.

-Casele acelea sunt prea apropiate, zise Hudhafah. Vreau un perimetru de o mie de metri de la cea mai apropiată așezare.

-Populația băștinașă e liniștită.

-Vreau să fie îndepărtați, spuse Hudhafah. Înalță o linie dublă de sârmă ghimpată până când reușim să construim un gard.

Kasib își răsuci limba cu nervozitate.

-Le-am promis bătrânilor satului că nu vom deranja, domnule.

Generalul Hudhafah își dezgoli colții.

-Alianța va veni după ei, răspunse el. Îndată ce află că acești oameni există, vor veni după ei, iar nimeni și nimic nu îi va opri, nici măcar Shay'tan.

-Dacă cerem întăriri, interveni Sergentul Dahaka, ni le vor trimite.

Hudhafah pufni.

-Întăriri împotriva unei fantome?

-Este o legendă urbană, zise Dahaka. O unitate de Forțe Speciale foarte bine antrenată. Nici măcar un om.

Kasib privi perplex de la un bărbat la celălalt.

-D-domnule?

Coada lui Hudhafah tresări contemplativ.

-De fiecare dată când credem că am cucerit o planetă, apare cineva și aruncă o grenadă cu impulsuri chiar în mijlocul muncii noastre.

Făcu un gest către locuințe.

-Când eram staționat pe 627-Draconis-6, aveam o fabrică de grâne. Întreaga anexare depindea de fructificarea acelei plante. În ziua în care am reușit, cineva a izbutit să treacă de toate cele șapte linii de apărare, a aruncat o grenadă cu impulsuri chiar când Shay'tan își ținea discursul, și a scăpat fără a fi observat.

Kasib gustă aerul. Atât Generalul, cât și Dahaka emiteau feromoni din cauza stresului.

-A fost Cherubimul? întrebă Kasib cu glas tremurător.

-Angelic, răspunse Hudhafah. Am găsit un paznic mort ținând o pană maro închis.

Oftă.

-Bănuim că a reușit să pătrundă prin intermediul unor case pe care am decis prostește să le lăsăm prea aproape de fabrică.

Kasib își înclină capul și șopti:

-Iertați-mi nerușinarea, domnule. Le voi spune oamenilor că trebuie să le dărâmăm casele.

Pupilele lui Hudhafah se îngustară. Făcu un gest către Sergentul Dahaka.

-Dă-i copilului ăstuia ceva care să facă lovitura mai ușoară.

-Da, domnule.

Sergentul voinic își dădu jos rucsacul de pe umeri și îl deschise. Ochii lui Kasib se măriră de uimire când își dădu seama că geanta era plină de bogății.

-Dă-le astea, zise Dahaka. Spune-le că Shay'tan își dorește ca ei să își construiască locuințe mai bune, departe de tot zgomotul ăsta. Și spune-le celorlalți că, dacă văd sau aud vreodată un bărbat înaripat, trebuie să ne spună imediat, iar noi îi vom da acelei persoane o geantă întreagă.

-Da, domnule.

Kasib îl salută crispat pe Sergentul-Major. Cu toate că, în teorie, acesta avea un grad superior, Shay'tan nu le oferea onoruri decât adevăraților eroi ai imperiului, mai precis matahalelor din prima linie, nu șopârlelor mici și inteligente ca el.

Generalul Hudhafah ridică raportul pe care îl așezase pe birou, ultima descărcare a informațiilor primite de la satelitul de pe SRN Jamaran.

-Ați localizat rămășițele acelei nave? întrebă el.

-Nu, domnule, răspunse Kasib. Credem că s-a destrămat atunci când a pătruns înapoi pe orbită.

-Găsește-mi cadavrul, zise Hudhafah. Vreau să știu că acel Angelic a murit.

Capitolul 18

Demonii malefici care atacă omenirea,
Dim-me şi Dim-mea, ce se furişează noaptea,
Namtar şi Asag, care nu cruţă niciun om,
Stau înaintea omului. Lui i se fură somnul.

—*O sir-gida către Ninisina*

Februarie – 3,390 î.Hr.
Pământul: Locul prăbuşirii

NINSIANNA

Era din nou captivă viziunii, însă de această dată, atunci când boala lovi, ea dansă printre ele. Stelele plângeau în timp ce erau devorate de vii de către Cel Malefic.

-Nu! *Máthair!*[18]

Vocea unui bărbat străpunse întunericul cu înfricoşare.

Ninsianna se ridică, încă strângându-şi pătura.

-*Ná gortaítear sí! Le do thoil!*[19]

Umbrele se mişcară, aşa cum o făcuseră şi în vis.

-Mamă Preamărită! strigă ea. Protejează-mă de întuneric!

Întotdeauna dispreţuise întunericul, modul în care o înconjura de fiecare dată când apunea soarele şi prietenii buni plecau, lăsând-o singură.

Atâta timp cât era lumină se simţea în siguranţă. Atâta timp cât avea prieteni...

Mikhail strigă:

-*Cá bhfuil* Gabriel?[20]

Se lansă asupra fantasmei, scâncind când lovi întunericul. Conturul de un albastru palid al aurei sale spirituale părea să se lupte cu un întuneric ce provenea din interior.

Fata îşi trase pătura pe piept.

-Mikhail? şopti ea.

---

[18] Mamă!
[19] Nu o răni, te rog!
[20] Unde e Gabriel?

Îl privise suferind în ultimele patru nopți, dar această noapte era mai rea. Părea că demonii deveneau cu atât mai puternici cu cât Mikhail lupta pentru a-și recăpăta amintirile.

„Ninsianna? Ajută-l," șopti Ea-Care-Este. *Trebuie să îi faci amintirile să se lege."*

-Doar un șaman poate să alunge un demon.

„Ești mult mai puternică decât un șaman."

-Acum știu că îmi imaginez lucruri.

Îl privi în timp ce se lupta cu demonul din vis, acest bărbat care căzuse din ceruri, neajutorat în fața puterilor care urlau în trupul său. Dacă ar cânta un cântec menit să alunge demonii, ar reuși? Sau ar fi și ea posedată, așa cum o avertizase întotdeauna tatăl său?

Poate că Papa avea puterea de a alunga demonul? El se întorsese în Assur pentru a face rost de o invitație din partea Căpeteniei.

Nu...

Dacă l-ar fi dus pe Mikhail în Assur, el nu ar mai fi luat-o niciodată să vadă stelele. Trebuia să îl țină acolo. Aproape de zeul său, Compyooterul, până când își amintea cum să facă nava din ceruri să zboare din nou.

Aura spirituală a lui Mikhail își pierdea strălucirea pe măsură ce acesta lupta împotriva întunericului.

-*Máthair?* întrebă plin de îndoială. *Ní féidir liom a bhraitheann tú níos mó.*[21]

Inima Ninsiannei rămase captivă în gât. Își strânse pătura la piept și pași prin spațiul mic către el, pentru a-i atinge umărul.

-Mikhail, trezește-te!

Întunericul se înfășură în jurul degetelor ei. O singură spirală întunecată i se înălță până în dreptul frunții.

Teamă. Suferință.

Sânge. Trupuri arse. Fum.

Întuneric înfiorător...

Ninsianna urlă.

Mikhail sări drept în picioare, respirând greoi în timp ce lupta împotriva unui plânset fără cuvinte. O strânse la piept, atât de tare încât fata se temu că i-ar putea rupe coastele. Se luptă să se elibereze, însă el o ținea din ce în ce mai strâns, asemenea unui om care se agață de un buștean pentru a nu se îneca.

-*Ach aisling, ach aisling, ach aisling,*[22] murmură Mikhail.

---

[21] Mamă? Nu te mai pot simți.
[22] Nu e real, nu e real, nu e real.

Inima îi bătea atât de tare încât fata se gândi că avea să îi sară din piept.

-Mikhail, zise ea cu glas tremurând, a fost doar un coşmar.

Treptat, el îşi dădu seama că ea nu era parte din vis. Se crispă.

-Scuze, zise cu claritate. Urât...

-Vis, încheie ea.

-Da. Urât vis.

Privi în altă parte, ruşinat fără îndoială pentru că se arătase vulnerabil faţă de Ninsianna. Pielea sa rece, palidă strălucea în lumina slabă, fiind încărcată de sudoare. Nu o împinse la o parte, însă putea la fel de bine să o fi făcut, având în vedere modul în care îşi desprinse braţele din jurul ei şi o lăsă acolo, aproape dezbrăcată pe pat.

Ninsianna îşi dădu seama că pătura îi alunecase de pe trup.

-O să... ăă...

Se aplecă pentru a lua pătura.

-Trebuie să folosesc magica încăpere cu gaură.[23]

Ieşi în grabă din cameră, căci el ar fi putut *să o trimită acasă.*

---

[23] Toaleta.

Capitolul 19

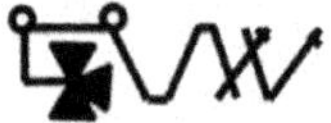

Februarie – 3,390 î.Hr.
Pământul: Locul prăbușirii
Colonel Mikhail Mannuki'ili

MIKHAIL

Timp de trei zile lucrase la calculator, însă dispozitivul de inteligență artificială continua să rămână la fel de inutil pe cât era și el însuși. La naiba cu tehnologia! Cum se presupunea că ar fi trebuit să îl repare dacă nu își putea aminti nimic?

Avea o misiune. Putea să *simtă* apăsarea acelei misiuni până în măduva oaselor. Șoptea în interiorul lui asemenea unei bătăi de inimă- *"spune-i cuiva, spune-i cuiva, spune-i cuiva!"* Dar misiunea în sine nu era altceva decât o emoție trecătoare. Nicio amintire. Niciun indiciu. Nicio *idee* în legătură cu ce trebuia să spună. Doar sentimentul neplăcut că lăsase ceva important neterminat.

Închise ochii și își odihni capul în mâini, încercând să își amintească *ceva* în legătură cu propriul trecut. O mamă? Un tată? Persoane iubite? Surori sau frați? Un ofițer comandant? Poate un tovarăș? Nu își putea aminti nimic, doar o durere surdă care probabil că era doar rana de la piept. Avea nevoie de calculator ca să îi spună cine era și de ce se afla acolo.

Încercă să se gândească la cum ar fi trebuit să repare calculatorul, însă, oricât de mult încerca, schematica îl evita în continuare. Totuși, când apucă șurubelnița și o înfipse în amalgamul de fire, *știu* ce să facă, în ciuda faptului că nu își *amintea* unde ar fi trebuit să o pună.

Luă câțiva clești cu vârf subțire și învârti firul într-unul din terminalele libere. Încercând și greșind, avea să își dea seama în cele din urmă; tot ce trebuia să facă era să nu se *gândească*. Era doar o chestiune de timp.

Ninsianna se strecură din nou prin crăpătura pe care o foloseau drept ușă. Ceva în legătură cu acea femeie îl făcea să se simtă mai ușor, de parcă soarele tocmai răsărise în lumea lui singuratică.

O imagine îi răsări în minte. Ninsianna. Goală. Strânsă la pieptul lui. Era doar un vis...

Slavă zeilor că nu își apucase sabia. Nu numai că ar fi putut să o înjunghie, dar *ultimul* lucru pe care și-l dorea era să hrănească iluzia tatălui ei cum că ar fi fost vreun fel de salvator. Nu era decât un soldat. Un soldat ce nu își putea aminti propriul nume.

-Ţi-am spus să rămâi înăuntru, zise el.

Ninsianna zâmbi şi îşi ridică recipientul de apă din care încă se scurgeau stropi.

-*Deoch*[24], zise aceasta în propria limbă.

-Da, deoch, răspunse el. Dar ce vei face dacă se întoarce prietenul tău? Nu sunt sigur că această Căpetenie a voastră va reuşi să îl convingă de ceva.

Ninsianna merse în bucătărie să caute un pahar, iar apoi îi turnă şi lui nişte apă, făcând un gest ca şi cum ar fi fost un copil.

-Deoch, repetă. Bea, minge încăpăţânată de pene.

Mikhail simţi un gâdilat uşor în palmă atunci când luă paharul dintre degetele ei.

-Cupán, spuse acesta. Pahar. Băut.

Buzele roz ale Ninsiannei se arcuiră într-un zâmbet fermecător.

-Da. Cupán. Deoch. Băut. Bei apă din pahar?

Fata practic *radia*, tentându-l cu acel potir. Întregul lui trup vibra hiperalert, mânat de un instinct primar de a-şi cuibări nasul la gâtul ei şi de a inspira.

„I-ai promis tatălui ei că nu o vei lua cu tine.”

Imediat ce avea să repare computerul, avea să transmită semnale de ajutor şi să plece, lăsându-i pe Ninsianna şi iubitul ei gelos în urmă.

Luă o înghiţitură mică, iar apoi aşeză paharul pe staţia de lucru de lângă el. Ninsianna îşi muşcă buza şi sprâncenele sale stufoase, şatene se împreunară într-o expresie de uimire.

-Deoch? Da? zise ea.

-Nu. Încerc să conserv resursele.

Arătă către lumina roşie care clipea cu furie pe pistolul lui cu impulsuri, avertizând că nu mai avea plasmă. Nu ar fi putut să o reîncarce până nu îşi repara motoarele. Nu era într-o condiţie potrivită pentru a se lupta cu iubitul ei rănit.

Ninsianna îşi înclină capul, incapabilă să înţeleagă. Ridică paharul şi i-l întinse din nou.

-Deoch! Bea.

Buzele ei se mişcară, formând o expresie hotărâtă care transmitea un mesaj sigur: *„Fă cum spun, căci altfel...”* Rămase acolo, cu o mână în şold, până când Mikhail bău tot paharul. Pe măsură ce făcea acest lucru, o privea cu o căutătură mascată. Fiecare dintre gesturile ei îl fascina; de la modul în care vocea i se înălţa şi cobora, cuprinsă de emoţie, până la felul în care corpul ei îl făcea să se agite entuziasmat.

Să nu fi fost niciodată atras de o femeie până atunci?

Era atras de ea?

---

[24] De băut.

Probabil. Din ce alt motiv ar fi putut să simtă acel impuls copleșitor de a o ridica la ceruri și de a striga fericit de fiecare dată când ea se apropia de el?

Privi îndelung spațiul dintre omoplații fetei. Voia să o întrebe „*Ce s-a întâmplat cu aripile tale?*", însă, de vreme ce calculatorul navei nu funcționa, nu îl putea porni pentru a răspunde la propriile întrebări, precum „*Cine sunt și cum am ajuns aici?*"; deci cu atât mai puțin pentru a analiza tiparul verbal al Ninsiannei și a crea un algoritm astfel încât să pună întrebări stupide.

Ninsianna se încruntă, observând privirea lui intensă.

-Go raibh maith agat! zise Mikhail în propria limbă. Mulțumesc!

Fata repetă propoziția pentru a reține cuvintele, iar apoi le repetă în propria limbă, completându-le cu alte cuvinte pe care le învățase de la el pentru a crea propoziții rudimentare, dar inteligibile. Mikhail memoră limba străină. Fără un translator eficient, nu aveau altă opțiune decât să comunice în modul obișnuit.

Ninsianna arătă către pieptul lui, acoperit acum de o cămașă curată. Fata își apăsă buzele cu un deget, iar apoi atinse cu ezitare aripile argintii de pe buzunarul de la pieptul lui Mikhail.

-Acelea sunt aripile mele, spuse el.

Buzele fetei se strânseră, semn al concentrării.

-Aripile?

Arătă către *adevăratele* lui aripi, iar apoi către acul de argint.

-Da, aripile.

Cum își putea explica sentimentul de mândrie care îl cuprindea de fiecare dată când Ninsianna atingea acul? Deși nu își putea aminti să îl fi primit, avea o *însemnătate*, la naiba! Însemna că el aparținea unui „ceva". Chiar dacă nu își putea aminti ce era acel „ceva".

Ninsianna căută prin traista pe care o ținea strânsă în talie. Unul câte unul, scoase mai multe obiecte pe care le așeză cu grijă pe tejgheaua din fața calculatorului mort. Mai multe flori. O pietricică. Le aranjă într-un cerc în jurul șurubelniței lui Mikhail.

Ultimul obiect era un băț modelat astfel încât să reprezinte o păpușă înaripată.

Teroare, dragoste, panică, toate acestea îl cuprinseră rând pe rând. Apucă păpușa. Senzația deveni mai puternică, frenetică de-a dreptul. Niște ochi mari îl priveau într-un mod prevestitor, fiind atașați de un cap prea mare, prins de un trup fragil din lemn. Un suspin îi cutremură gâtul.

-De unde ai asta?

Ninsianna îl privi cu ochi mari.

-Damantia! Răspunde-mi!

Expresia ei deveni temătoare.

-Am g-g-g-găsit...

Arătă către locul unde așezase toate rămășițele.

Emoția tâșni la suprafață. Întocmai ca în coșmar. Sentimente îngrozitoare, terifiante. Un sentiment copleșitor de pierdere.

Un câmp plin de frunze de struguri.

„Mikhail. Vino să mă găsești..."

Încercă să dezgroape amintirea, dar o pierduse pentru totdeauna.

Ninsianna făcu temătoare câțiva pași înapoi.

Mikhail își dădu seama de cum arăta. De două ori mai mare decât ea, tronând deasupra ei cu un diametru al aripilor de zece metri. Puse păpușa în buzunarul de la piept, acolo unde știa că îi era locul.

-Ninsianna? spuse cu blândețe. Le de thoil. Îmi pare rău. Păpușa făcut pe mine amintit- își lovi fruntea- ceva.

-Mikhail nu...

Fata se luptă să găsească un cuvânt.

-Furios, zise el.

-Mikhail nu furios?

-Nu. Doar...

Era rândul lui să se lupte să găsească un înlocuitor potrivit pentru „surprins". Expresia fetei rămase plină de îndoială.

-Aici, spuse el, facând un gest către lucrurile pe care Ninsianna le așezase pe masă. Spune-mi, pentru ce astea?

Se prefăcu de-a dreptul curios. Dacă era un lucru care îi plăcea Ninsiannei mai mult decât să facă pe șefa cu el, acela era să îi spună povești despre tatăl ei și magia sa. Nu că ar fi înțeles-o. Cea mai mare parte a lucrurilor pe care fata le spunea rămâneau un mister pentru el. Dar o făceau fericită. Și îl făceau pe el să arate mai puțin a nerușinat fără inimă.

Ninsianna luă fiecare obiect în parte și arătă către un cvadrant diferit al navei lui. Apoi arătă către computer, fredonând în timp ce își ridica mâinile în aer. Începu să cânte un alt cântec de-al ei, acesta fiind însă mai primitiv și mai gutural decât cel pe care îl cânta atunci când îi schimba bandajele. Mikhail o privi intens, fascinat, de parcă tocmai devenise mai strălucitoare. Fata luă șurubelnița și o înălță în aer.

-Ah, *Buyuk Bilgisayar!* zise ea. *Mikhail'in duasina cevap verin.*[25]

Înfipse șurubelnița în computer. Sărirä scântei îndată. Zece mii de volți de electricitate o aruncară pe spate. Zăcea acolo, tresărind, iar camera se umplea de mirosul îngrozitor de păr ars.

-Ninsianna!

Mikhail se prăbuși pe podea și smulse șurubelnița din mâna fetei. În timp ce tresărea, gura i se mișca asemenea unui pește care caută apă. O strânse la piept.

O voce erupse din boxe.

---

[25] O, măreț computer, răspunde rugăciunilor lui Mikhail!

„Raphael... Am fost lovit. Shay'tan a găsit blestematul ăla de Sfânt Graal! Această planetă este atât de plină de Sata'an încât..."

Un fior de recunoaştere îi străbătu întreg corpul când îşi dădu seama că vocea îi aparţinea. Mesajul se întrerupse.

-Computer! strigă Mikhail. Răspunde-mi! Care a fost ultima mea misiune?

Mesajul se repetă. Din unitatea centrală tâşniră din nou scântei şi fum, iar apoi aceasta se opri, lăsând în urmă doar mirosul de fire arse.

-Damantia!

Dispozitivul de inteligenţă artificială era acum la fel de terminat ca înainte.

Ninsianna, pe de altă parte...

-Ce a fost în capul tău? zise Mikhail, scuturând-o. Nu ştii că electricitatea te poate omorî?

Ninsianna deschise ochii şi zâmbi.

-Computer răspuns, da?

Ochii ei de un bej-roşiatic străluceau cu irizări aurii. Sentimentul de furie al lui Mikhail se linişti sub lumina lor. Ninsianna era asemenea soarelui, iar el, biata creatură căzută pe care ea venise să o salveze.

-Cred că l-ai stricat şi mai tare, mormăi Angelicul.

Fata zâmbi victorioasă.

-Computer răspuns Mikhail!

Acesta privi către unitatea centrală care ardea mocnit. Acum, computerul era *cu adevărat* distrus, lăsându-l cu mai multe întrebări decât răspunsuri.

Cine era Raphael? Şi ce, în numele lui Hades, era „Sfântul Graal"?

Capitolul 20

Căci, la înviere, nici nu se vor însura,
Nici nu se vor mărita,
ci vor fi ca îngerii lui Dumnezeu în cer.

Matei 22:30

Data Galactică Standard: 152,323.02
Postul de comandă: Răsărit de Lumină
Colonel Raphael Israfa

RAPHAEL

-Colonel Israfa, strigă Majorul Glicki, avem un semnal de la Răsărit de Lumină. Comandantul General Suprem Jophiel va iniția o gaură neagră subspațială în zece minute.

-Mulțumesc, răspunse Raphael. Trimite-o direct.

Privi în oglindă și își așeză uniforma, aranjând mofturos câteva pene aurii răvășite astfel încât aripile sale să pară strălucitoare și netede. Teoria M le permitea să comunice cu cineva aflat în partea cealaltă a galaxiei, dar micro-găurile negre necesitau o putere dumnezeiască, așa că discuția avea să fie una scurtă. Își exersă cea mai formală expresie în oglindă:

-Comandant General Suprem...

Nu părea potrivit. Încercă din nou:

-Damantia, Jophiel!

Asta l-ar fi trimis direct la Curtea Marțială, fără îndoială. Privi în oglindă cu o expresie gânditoare.

-Jophie, te rog...

Gâtul i se închise. Zâmbi contemplativ către propria reflexie; purtase această expresie *de foarte multe ori* în ultima vreme, iar asta nu neapărat pentru că prietenul său cel mai bun dispăruse.

Monitorul scoase un sunet ascuțit chiar la momentul programat. Apucă panicat fotografia pe care o afișa proeminent pe birou și o aruncă într-un sertar tocmai când Majorul Glicki trimise semnalul.

-Colonel Israfa- chipul de o frumusețe eterică al Comandantului Suprem Jophiel apăru pe monitor. Ce ați descoperit?

-Cerceta rapoartele unei incursiuni Sata'anice când nava   i-a fost lovită. Putem interpreta acest unic fapt drept o dovadă a faptului că informațiile primite au o bază.

Expresia lui Jophiel rămase rece și imparțială.

-Ai treizeci de zile la dispoziție, dar nu pot justifica resursele necesare pentru căutarea unui singur om mai mult de atât. Nici chiar pentru Colonelul Mannuki'ili.

Raphael se încruntă, dar apoi rânji în timp ce ea se mișcă nesigură în scaun. Umflătura burții sale era atât de mare încât îi era imposibil să o ascundă chiar și în transmisiunea video care reda doar umerii și capul.

-Jophie...

Expresia lui Raphael deveni blândă:

-Ce mai face fiul nostru?

-Face bine, răspunse Jophiel. Nu va mai dura mult.

Inima lui Raphael fu cuprinsă de o gheară. Jophiel era frumoasă în orice situație, dar atunci când își abandona masca rece de general, îi tăia pur și simplu respirația. Părul cârliontat, blond cu nuanțe de alb, ochii de un albastru ca cerul, pielea ca de porțelan și aripile albe ca zăpadă... dacă Împăratul Etern ar fi ales vreodată un singur specimen rezultat din procedeele lui genetice și ar fi spus *„Aceasta este perfecțiunea"*, Jophiel ar fi fost aceea.

-Vreau să fiu acolo cu tine!

Cuvintele lui erau patetice.

-Lasă-mă să vin la tine atunci când își face apariția fiul nostru.

Chipul ei prelu ă din nou masca de general plin de autocontrol.

-Cunoști legea. E nevoie de tine acolo.

Jophiel încheie transmisiunea abrupt. Aripile lui Raphael se pleoștiră. Nu trebuia să îi pese că mariajul era ilegal, iar relațiile sexuale, interzise pentru oricare alt scop decât repopularea rândurilor din armata Împăratului. Ei nu erau altceva decât forme artificiale de viață, create cu ținta unică de a perpetua gloria Alianței, dar *damantia! Era* dezamăgit.

Scoase din sertar fotografia care îl arăta acompaniind-o pe Jophiel la cina de la palatul Împăratului și o reașeză pe birou. Nu înțelesese niciodată de ce ea îl prezentase atât de fățiș în public înainte de a-l alege să fie tatăl acestui copil, dar un reporter ambițios îi surprinsese expresia atunci când el îi oferise mâna lui în loc să îi permită să înainteze singură spre banchet, după cum era obiceiul. Jophiel purta un zâmbet asemănător celui al eroinei de pe coperta unui roman de dragoste Mantoid.

Noțiuni romantice prostești!

Jophiel explicase clar faptul că alesese o uniune de cinci zile pentru a repopula rândurile armatei, dar, pentru cineva atât de rece și distant, se înmuiase considerabil în timpul ciclului de călduri. Raphael se folosise de toate forțele, nu numai pentru a contribui cu materialul genetic necesar, acesta fiind unicul lucru care se aștepta de la el, ci și pentru a pătrunde în sufletul ei. Jophiel părea să răspundă încercărilor lui până în momentul în care testul revenise pozitiv. O împerechere reușită!

Îl alungase îndată până în cel mai îndepărtat sector al galaxiei, oferindu-i postul de comandă al Răsăritului de Lumină drept premiu de consolare, şi nu mai avusese niciun contact faţă în faţă cu el de atunci. Un post de comandă era o mare onoare pentru un simplu Colonel, dar el ar fi preferat-o pe ea.

-Major Glicki, strigă Raphael către secundul său. Termini tura într-o jumătate de oră, corect?

-Da, domnule.

-Cine e acolo sus, pe ponton, pentru a prelua?

-Locotenentul T'trk ar trebui să ajungă în douăzeci de minute.

-Bine, răspunse Raphael. Ne întâlnim în salonul ofiţerilor în patruzeci şi cinci de minute. Să aduci bunătăţile.

-E atât de rău, ă?

-Mda.

Capitolul 21

Data Galactică Standard: 152,323.02
Haven-3
Primul-ministru Lucifer

LUCIFER

Parlamentul Alianței era o clădire circulară mare, plină de birouri și locuințe temporare la etajele superioare. În funcție de programul lui, Lucifer își petrecea uneori mai mult timp în acest birou decât în cel adevărat. Se opri cu o mână pe mânerul ușii care ducea către camera în care acest gen de „programări" erau organizate.

-Care e numele ei și cine răspunde de ea?

-Hemaniel, răspunse șeful lui de personal Zepar, prezentând detaliile. Se află sub comanda Colonelului Gavreel, la bordul crucișătorului de linie Ochiul Împăratului.

-Asta este prima ei încercare de împerechere?

-E proaspăt ieșită din academie.

Zepar privi către ecran.

-Pretinde că e fecioară, chiar dacă nu verificăm veridicitatea chestionarului premergător împerecherii. Tot ce contează pentru noi e că intră în călduri.

-Împăratul le-a spălat atât de tare pe creier, făcându-le să creadă că nu pot avea relații decât ca să poarte urmași, încât probabil că *este* fecioară.

Lucifer își scutură aripile iritat.

-Voi avea nevoie de timp suplimentar pentru a-i distruge apărarea. Cât am la dispoziție?

-V-am programat o oră, zise Zepar. Va trebui să vă folosiți darul pentru a o convinge să își facă treaba în decursul timpului stabilit. Aveți o întâlnire importantă cu Ministrul Apărării la 4:30 și e nevoie de timp pentru a vă curăța înainte.

Un delegat senior Ramidreju ieși din camera adiacentă, înconjurând umerii soției sale cu brațul. Veșmintele lor aflate în dezordine indicau faptul că profitaseră de locuințele temporare ale sediului pentru a se bucura de propria „programare". Soția zâmbi către soțul ei, vorbind despre puii lor de pisică. Lucifer fu pătruns de gelozie.

-Măcar o dată mi-ar plăcea să am destul timp încât să ajung să cunosc aceste femele în loc să am parte de partide constante, dar fără însemnătate.

Lucifer suspină adânc.

-Dacă mă întrebi pe mine, ăsta e motivul pentru care specia noastră dispare.

-Știți că e interzis, Sire, îi reaminti Zepar. Sunteți fiul adoptat al Împăratului. *Trebuie* să aveți un moștenitor.

-De parcă mi-ar păsa ce interzice tatăl meu.

Lucifer închise ochii și își lipi fruntea de ușă, lăsând răceala lemnului să îi pătrundă în piele. Datorită îmbunătățirilor sale genetice, auzul lui era mult mai bun decât cel al majorității creaturilor dezvoltate natural. Putea auzi frământarea agitată a aripilor din spatele ușii în timp ce femeia umbla prin încăpere.

-Cunoașteți consecințele stabilirii unui atașament emoțional în timpul relațiilor sexuale, îl avertiză Zepar. Sunteți o pătrime Serafim. Împăratul a refuzat să dezvăluie dacă ați moștenit sau nu genomul lor deficient.

Avertismentul șefului de personal fu dublat de acea voce mică și sarcastică dinăuntrul lui, care avea, în mod înnebunitor și iritant, întotdeauna dreptate.

„Te va ucide. Așa cum a ucis-o și pe mama ta...”

Serafim! Aripile lui Lucifer tremurară din cauza furiei și a durerii pe care acel cuvânt le provoca. Deoarece aveau un genom creat din împerecherea a două specii monogame, Serafimii Angelici pur-sânge își alegeau un singur partener, pe viață, defect genetic care atrăgea după sine pierderea a doi super-soldați Angelici de fiecare dată când *unul* dintre ei era ucis în luptă.

Cu mult înainte ca el să se fi născut, Împăratul delimitase cei mai periculoși răufăcători și îi alungase pe o planetă doar a lor, departe de Alianță, oprind astfel murdărirea plajei genetice a armatelor lui. De atunci, Hashem făcuse tot ce îi stătuse în putere pentru a eradica gena problematică și pentru a înceta să piardă parteneri împerecheați.

Doar Lucifer știa că acesta era *adevăratul* motiv pentru care fusese promulgată legea împotriva fraternizării pentru alte scopuri decât acela de a repopula rândurile. În ciuda eforturilor Împăratului, Hashem nu reușise decât să slăbească instinctul de uniune, dar nu și să îl elimine. Un hibrid pătruns într-o uniune ezita în a demara orice acțiune care ar fi rezultat nu doar în propria moarte, ci și în aceea a partenerului său, făcând armatele inutile în momentul în care se căsătoreau.

Privi de-a lungul coridorului către spatele colegului său Ramidreju, care dispărea, și oftă.

-Amintiți-vă ce s-a întâmplat cu mama dumneavoastră, zise Zepar. Nu a contat că nu vă văzuse tatăl biologic timp de cincisprezece ani. S-a unit cu el în momentul în care v-a zămislit, iar atunci când el a murit, decesul lui a omorât-o și pe ea.

-Asta nu mai e deloc distractiv, oftă Lucifer. Poate că a sosit momentul să accept că nu a fost să fie și să adopt un copil? Așa cum a făcut Împăratul atunci când m-a adoptat *pe mine*?

-Edictul împăratului a fost încredințat unei *linii de sânge,* spuse Zepar. Dacă pruncul nu vă aparține, documentul devine nul.

Aripile lui Lucifer se arcuiră ostenite. Ceea ce la început fusese o sarcină distractivă a slujbei sale devenise acum o nesfârșită chestiune casnică. Zepar stabilea programare după programare cu femei Angelice care erau mult prea dispuse să își irosească unul dintre prețioasele cicluri de călduri bienale într-o încercare inutilă de a purta moștenitorul fiului adoptat al Împăratului Etern.

-Nu putem pur și simplu să alegem unul din academie și să plătim pe cineva să spună că acel copil e al meu? întrebă Lucifer glumind doar pe jumătate.

-Stabilitatea Alianței depinde de datoria dumneavoastră de a produce un moștenitor.

Zepar îl privi fără empatie.

-Doriți ca împăratul să revoce carta Parlamentului la moartea dumneavoastră?

-Nu, oftă Lucifer.

-Specia noastră dispare, zise Zepar. Profilul dumneavoastră genetic este unic, nu puteți pur și simplu să îl aruncați. Împăratul însuși a decretat că *trebuie* să continuați să încercați.

„Iar tu te bucuri atât de mult de aceste cuceriri. Știi că te bucuri..."

Imaginea arzătoare a unei femei Angelice care îi striga numele cu spatele arcuit de plăcere dansă în mintea lui. Lucifer se zvârcoli în timp ce sângele îi inundă o anume parte a corpului. Cu toate că triumfurile sexuale își pierduseră de mult timp strălucirea, avea o reputație pe care trebuia să o păstreze.

-Lucifer, am mai avut discuția aceasta.

Zepar îi puse o mână părintească pe umăr.

-Uneori, e necesar să sacrifici puțin din fericirea personală pentru a asigura binele universal. Fie că îți place sau nu, ești un simbol al vitalității extraordinarei noastre Alianțe.

„Ești într-atât de egoist încât să îți lași propria specie să moară?"

-Desigur.

Aripile lui Lucifer tremurară.

-Ai dreptate. Trebuie să asigur supraviețuirea speciei mele.

Își înfășură aripa în jurul pelvisului pentru ca Zepar să nu îl vadă „ajustându-se".

-Care era numele ei?

-Hemaniel, zise Zepar. Și tocmai ați irosit zece minute din oră. Nu aveți timp să pătrundeți în mod natural.

-Bate la uşă cu cinci minute înainte să trebuiască să ies pentru necesităţile post-sexuale.

Îşi arboră din nou personalitatea falsă pe care o prezenta în faţa restului lumii- liderul carismatic ce putea să le ofere tuturor ceea ce le dorea inima. Imediat ce aripile lui eliberară intrarea, le înfoie asemenea unui prădător care se lansează pentru a ucide prada- o femeie Angelică irezistibilă.

-Prim-ministru Lucifer, se bâlbâi Hemaniel. E o onoare.

Blonda frumoasă îşi strânse mainile la piept, iar ochii i se lărgiră datorită uimirii pe care o simţea în faţa privilegiului de a fi atât de aproape de fiul adoptat al Împăratului Etern. Părea să nu se potrivească în încăperea mobilată luxos, iar roşul burgundy şi negrul decorului se izbeau de aripile ei de un blond nisipiu.

Lucifer inhală feromonii emanaţi de acest Angelic în călduri. Nervii săi olfactivi se bucurau de mirosul de lutropină, drog îmbătător pentru o specie aflată în pragul extincţiei. Se întinse pentru a-i aşeza un fir nărăvaş din părul auriu în spatele urechii; prea puţini Angelici împărtăşeau vreodată acest grad de familiaritate.

-Ai mai încercat vreodată să te împerechezi?

-N-n-nu.

Lucifer îşi goli mintea pentru a putea vedea dorinţele din subconştientul femeii. Nu dobândise acest dar de la tatăl său, care eliminase această abilitate din genomul armatelor sale în încercarea de a distruge gena de unire, ci de la mama sa pe jumătate Serafim. Mintea îi fu inundată de imagini dintr-o telenovelă Mantoidă, imagini cu un anume actor de care ei îi plăcea. Lucifer îşi ajustă poziţia, vocea şi comportamentul pentru a întruchipa arhetipul iubitului ei ideal.

-Poate fi foarte plăcut- se apropie, moderându-şi vocea pentru a se asemăna tonului răguşit pe care îl poseda arhetipul femeii- dacă îmi permiţi să *fac* lucrurile plăcute.

Nu o atinse, însă, în timp ce vorbea, proiectă în mintea ei o imagine în care îi săruta gâtul.

-Mi s-a spus doar că...

Femeia se cutremură atunci când el continuă proiecţia expirând asupra gâtului ei, chiar dedesubtul urechii. Nu o atingea, dar putea observa fiorii anticipării ridicându-i-se pe trup.

-Ce ţi s-a spus? îi şopti în ureche, încercuind-o cu aripile în timp ce trupul îi era doar la câţiva centimetri de al ei.

Proiectă o imagine în care o lua în braţele sale fără a stabili, de fapt, contact fizic. Pe parcursul anilor, descoperise că *anticiparea* atingerii era adesea mai erotică pentru femeile cu care se culca decât realitatea acesteia.

-Care sunt fanteziile tale atunci când te atingi?

-Întotdeauna mi-am dorit... zise ea ruşinată.

-Atunci fă-o.

Vocea lui se asemăna cu o leoaică ce toarce în timp ce proiectă o altă imagine în mintea ei- femeia îi descheia cămașa, admirând mușchii fermi de dedesubt.

-Sunt aici pentru a face chiar și cele mai sălbatice fantezii ale tale să devină realitate.

Mâna ei tremura în timp ce se poticnea, descheind fiecare nasture, ajutată de imaginile pe care el i le crea în subconștient. Două sute douăzeci și cinci de ani de antrenament neîncetat îi perfecționaseră abilitatea de a seduce, transformând-o într-o veritabilă artă- „puterea de convingere", după cum îi numea Zepar în glumă darul.

-Atinge-mă, șopti el. Îmi place să fiu atins.

Închizându-și ochii, se lăsă învăluit de atingerea ei, lentă și plină de admirație.

Atingerea. Darul pe care hibrizii nu aveau permisiunea să îl ofere pentru un alt scop decât acela de a procrea. *El* era cel care tremura acum, iar nevoia sa de atingere o depășea pe cea a celorlalte specii, întrucât fusese crescut într-o casă, de o mamă pe jumătate Serafim. Asherah refuzase să îl trimită într-una dintre academiile de pregătire ale Împăratului, după cum se obișnuia cu toți copiii hibrizi pentru a le eradica dorința de atingere.

Pătrunse încet în mintea ei, sperând că *aceasta* îl va vedea. Firește că el nu făcea lucrurile ușoare! Sentimentul de abandon pe care îl resimțise din cauza Împăratului după ce mama sa murise îl învățase să fie precaut. Atunci când te deschizi față de alții, singura mulțumire pe care o primești din partea lor constă în a ți se smulge inima pe dinafară. Își coborâse naiv scutul o singură dată, iar atunci femeia îl respinsese disprețuitoare când testul se întorsese negativ, refuzând să răspundă celor trei scrisori frumoase pe care Lucifer i le scrisese.

Proiectă același gând pe care îl dăruia tuturor femeilor cu care se culca, același jind arzător căruia doar un adevărat suflet-pereche i-ar fi putut răspunde.

„Mă poți simți? Îmi poți vedea sufletul în timp ce mă privești în ochi?"

Întrezări gândurile lui Hemaniel atât de clar, de parcă ar fi fost într-un film. Obrazul îi tresări, umbrit de dezamăgire. Nu pe *el* îl vedea ea, ci pe acel arhetip al cinematografiei pe care își petrecuse jumătate din adolescență venerându-l. Niciodată nu îl vedeau pe el, iar dacă o făceau, nu era vorba despre el cel real, ci acela portretizat de Zepar prin diferite mijloace media; acela ce făcea lucruri pline de „masculinitate", cum ar fi să călărească dragoni la bustul gol de-a lungul tundrei, purtând un pterodactil în miniatură pe încheietură pentru a vâna.

-E bine așa? întrebă Hemaniel, ghidându-și degetele spre zona intimă a lui Lucifer.

În fantezia ei, *ea* era prădătorul.

Diverse replici din film îi răsăriră în minte; cuvinte despre care simțea că, dacă le-ar fi rostit, ar fi transformat-o într-o seducătoare curajoasă.

-Atingerea ta este asemenea ploii care cade asupra trupului meu.

Lucifer murmură șoaptele poetice pe care femeia tânjea să le audă. Îi înălță ușor bărbia pentru a o privi în ochi înainte de a o săruta. Nu pe *el* îl vedea Hemaniel în timp ce îi mângâia sânii, ci pe actorul din vis.

-Atinge-mă, Hemaniel. Vreau să simt cum e să mă cufund în atingerea ta.

Hemaniel tremură în timp ce Lucifer îi dezgoli cu dexteritate umărul, îndepărtând rochia drăguță pe care fata o alesese pentru această programare; se aplecă, mușcând-o la baza gâtului pentru a-și lăsa însemnele. Putea să *simtă* gustul lutropinei. Parfumul fertilității era atât de puternic încât îl amețea, făcându-l să își dorească împerecherea cu ardoare. Fără îndoctrinarea primită încă de la naștere împotriva uniunii, masculii hibrizi ar fi devenit agresivi și ar fi luptat unul împotriva celuilalt. Aripile lui Lucifer fâlfâiră involuntar, lovindu-le pe cele bej, mult mai mici ale femeii, în timp ce vocea agresivă din mintea lui îl încuraja, șoptindu-i că de această dată uniunea avea să fie productivă.

-Atinge-mă, spuse cu un glas înăbușit de dorință.   Atinge-mă, te rog. Am nevoie să fiu atins.

Vocea mică și răutăcioasă îl cicălea, împingându-l spre acea sete pe care niciun fel de condiționare nu reușise să o elimine din subconștientul lui, setea de a fi atins de cineva. Nu pentru că acel cineva avea nevoie de ceva de la el, ci pentru că îl iubea. Imaginile pe care le putea întrezări în mintea lui Hemaniel datorită darului său îi demonstrau că fata nu îl atingea pe *el*, ci pe actorul pe care i-l arăta.

„Vezi? Nu pe tine te vrea! îl batjocorea vocea. *Vrea numai prestigiul pe care i-l poți aduce dacă îți poartă fiul. Nu urmărește decât poziția ta, puterea ta..."*

Atingerile lui Lucifer deveniră mai brute, întrucât simțea că asta își dorea femeia. Aripile lor dărâmară tablourile de pe pereți în timp ce el îi permise să îl domine, trântindu-l în pat. Da! Această fată voia să fie ea însăși prădătorul, o nuanță cu totul diferită față de lanțul nesfârșit de femei pe care Zepar i le adusese pentru a se împerechea.

Își folosi darul pentru a o îndemna să îl stăpânească. Penele zburară. În ciuda propagandei conform căreia Angelicii erau ființe reci și lipsite de emoții, adevărul era că, fără condiționările impuse la naștere pentru a-și controla partea animalică, hibrizii ar fi năvălit pe străzi asemenea unor bestii ori de câte ori o femelă ar fi intrat în călduri.

Datorită nenumăratelor imagini care fuseseră proiectate în mintea ei, atunci când fixă în sfârșit umerii lui Lucifer în așternuturi și se aruncă asupra penisului, femeia era atât de excitată încât abia de simți durerea himenului care se rupse. El își controlă zvâcnirile până când o auzi strigând de plăcere, întărâtată de proiecțiile din minte.

Descărcarea finală îl făcu să îşi dea ochii peste cap, simţindu-se pentru o clipă unul cu universul; tânjise după această trăire încă de când mama lui îşi folosise Cântecul pentru a-l vindeca, în copilărie. Îl auzi acum, însă Cântecul se izbi de vid, nereuşind să găsească ceva. Căci cum se poate cineva uni cu o persoană care nu îl *simte*?

Hemaniel se prăbuşi la rândul ei deasupra lui, gâfâind. Abia de se scurseră câteva clipe până când se auziră bătăi în uşă.

-Domnule? strigă Zepar. Trebuie să vă pregătiţi pentru următoarea întâlnire.

Nu mai aveau timp.

-Mulţumesc, murmură Lucifer în timp ce îşi aduna hainele şi o sărută în semn de „la revedere”. Mă vei anunţa dacă am avut succes?

Femeia dădu din cap în semn de aprobare şi îşi atinse pântecele pe care amândoi sperau că reuşiseră să îl umple. „Sfântul Graal”. Un pântece productiv, care garanta supravieţuirea speciei.

Îi zâmbi nostalgic, ştiind, în adâncul sufletului său, că răspunsul avea să fie acelaşi. Potirul avea să rămână gol, căci *el* nu reuşise niciodată să îl umple. Dar aceste întâlniri nu erau întru totul fără beneficii, dincolo de eliberarea pe care o resimţea de fiecare dată când îşi revărsa sămânţa. Imprimase atât de adânc legătura subconştientă dintre *el* şi cele mai ascunse dorinţe ale femeii, încât ea avea să trăiască fantezii ale uniunii lor până la sfârşitul vieţii. Niciun bărbat care avea să îi urmeze nu avea să se ridice la înălţimea lui. La simpla şoaptă a unei noi întâlniri, dacă avea nevoie vreodată de ceva, ea ar veni.

Lucifer învăţase de mult timp secretul pentru a obţine ceea ce voia: să desluşească cele mai tainice dorinţe ale oamenilor. Să îi încurajeze să îşi formeze fantezii legate de acestea. Şi apoi să le ofere acele fantezii întocmai.

Capitolul 22

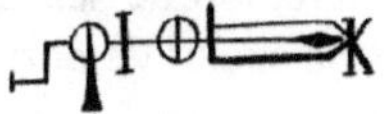

Data Galactică Standard: 152,323.02
Postul de comandă: *„Răsărit de Lumină"*
Colonel Raphael Israfa

RAPHAEL

Salonul ofiţerilor era locul în care membrii cu grade înalte de la bordul Răsăritului de Lumină se întâlneau pentru a mânca, pentru a se juca şi, da, pentru a se îmbăta în ultimul hal, departe de privirile iscoditoare ale bărbaţilor înrolaţi. Asemenea majorităţii vaselor de război ale Alianţei, salonul era decorat sumar, însă cu mult gust. Un grup de Angelici cu aripi albe care jucau cărţi eliberară masa preferată a lui Raphael; era masa din faţa ferestrei care oferea o privelişte superbă asupra golfului.

Un soldat Mantoid înalt şi zvelt se apropie pentru a prelua comanda.

-Aţi dori să luaţi cina, domnule Colonel? întrebă Mantoida.

-Doar coniac, răspunse acesta. O sticlă şi două pahare.

-Sigur, domnule.

Soldatul plecă pentru a-i aduce comanda. Raphael privi pe fereastră. Săgeata lungă, argintie a unei nave se strecura   într-unul dintre hangare. Chiar înainte să aterizeze complet, echipajul de zbor, compus aproape în totalitate din Mantoizi îmbrăcaţi în jachete portocalii, se repezi afară pentru a face din nou plinul, astfel încât să se întoarcă imediat la operaţiunile de căutare. Toate navele de sub comanda lui Raphael îl căutau pe Mikhail, ultimul Serafim pur-sânge rămas în viaţă; un bărbat care alesese să rămână celibatar mai curând decât să se supună suferinţei prin care *el* trecea în acest moment.

Soldatul se întoarse cărând o tavă. Aşeză coniacul pe masă, alături de cele două pahare şi un bol plin de gustări.

-Vi se va alătura şi Majorul Glicki? întrebă femeia soldat.

-În douăzeci de minute.

Buzele femeii se arcuiră într-un zâmbet atotştiitor.

-Faceţi-mi un semn când mai aveţi nevoie de pahare.

Chelneriţa cu şase membre se îndepărtă pentru a-i aştepta pe ofiţerii cu grad inferior, majoritatea Angelici, cu toate că Mantoizii alcătuiau cea mai mare parte a Forţelor Aeriene Angelice.

Aceasta era recompensa pe care Raphael o primea pentru că îi oferise cinci zile de plăcere lui Jophiel- să stea la fereastră şi să se uite la nave, zeci de vase de supraveghere; cel mai sofisticat echipament de recunoaştere al Alianţei.

Bău coniacul, însă nu resimţi decât obişnuitul „cac" spălăcit. Angelicii aveau o toleranţă incredibil de scăzută la alcool, aşa că băuturile lor erau reprezentate mai ales de sucuri de portocale.

-Haide, Glicki.

Îşi frecă pieptul pentru a îndepărta durerea.

-Unde sunt bunătăţile?

Ofiţerii de la masa de lângă el puneau pariuri. Jocurile de noroc erau ilegale, însă el le tolera atâta timp cât jucătorii evitau schimbul de Credite Galactice. Bărbaţii râdeau, inventând sarcini oribile pentru cei care pierdeau- de la curăţatul toaletelor până la cine avea să se târască în portul de inducţie al antimateriei atunci când gunoiul din spaţiu avea să fie aspirat.

-Domnule? Aţi vrea să puneţi şi dumneavoastră ceva? întrebă un ofiţer de grad mijlociu.

-Care e pariul?

-Ce pilot îl va găsi pe Mikhail.

Raphael privi din nou către nava de recunoaştere căreia i se făcea plinul.

-Pun la bătaie o permisie de eliberare pentru LE-27, zise el. Oriunde în galaxie.

Bărbaţii flecărîră mai departe cu entuziasm. Aici, la marginea civilizaţiei, o permisie de eliberare era rară. Nu neapărat pentru că era multă muncă în plus, ci pentru că nu erau prea multe locuri în care să mergi.

Raphael îşi turnă din nou din băutură, încercând să înece vocea interioară care îl îndemna să îşi ia propria permisie, direct către postul de comandă al Comandantului General Suprem Jophiel.

Glicki, o maşinărie de luptă înaltă de doi metri şi un sfert şi acoperită de armură naturală, şchiopătă în încăpere. Îşi primise decoraţia frunzei de stejar după ce supravieţuise unei răni aproape fatale pe care o căpătase ajutându-l pe Mikhail să dejoace planurile cel mai atent gândite ale lui Shay'tan. Piciorul încă o durea- nici măcar exoscheletul unui Mantoid nu putea să se pună cu o armă cu impulsuri Sata'anică- însă nu se plângea niciodată. Munca informaţională era muncă informaţională, zicea ea, chiar dacă însemna să se strecoare pe teritorii neexplorate sau să îşi folosească abilităţile pentru a fi mentorul unei noi generaţii de ofiţeri informaţionali.

Se aşeză pe scaunul din faţa lui Raphael şi aşeză o sticlă pe mijlocul mesei.

-Livrare specială, spuse ea. Direct din distileria mătuşii Hrr'll.

-Transmite-i salutările mele mătuşii tale.

-Ai noroc că te place, râse ea. Sticla asta e demnă de recompensa unui împărat.

Sticla înaltă de jumătate de metru strălucea cu o nuanţă de verde fosforescent, iar vaporii erau menţinuţi înăuntru de un dop solid. *Choledzeretsa* produsă în scopuri comerciale era taxată serios, însă majoritatea Mantoizilor opera propriile distilerii pentru a-şi menţine rudele pilite corespunzător. Ceea ce era dificil, căci Mantoizii puteau bea mai mult decât oricare altă specie din univers.

Raphael îşi termină coniacul şi îşi trânti paharul gol în faţa ei.

-Eşti deja beat, spuse ea.

-Nici măcar pe aproape.

Îi reumplu paharul cu o licoare verde, ameţitoare.

-Până la fund, zise femeia Major.

Raphael urmă instrucţiunile.

Unul dintre ofiţerii juniori de la masa de alături strigă:

-Major Glicki? Punem pariuri pe Mikhail. Cât credeţi că va dura până îl vom găsi?

Bărbaţii se aplecară, ascultând. *Ea* ştia care erau şansele.

-Pas, răspunse aceasta.

Mai turnă două pahare din băutură.

-Deci? întrebă în final.

-Deci, ce?

-Ce s-a întâmplat?

Raphael privi în jos către golful de lansare. Nava de recunoaştere LE-27 se înălţa, navigând printre zonele cu presiune atmosferică diferită, pregătită să pornească din nou în căutarea ultimului Serafim rămas în viaţă.

-A spus că avem la dispoziţie treizeci de zile, răspunse.

-Nu la asta m-am referit.

Raphael întâlni ochii roşii ai secundului său.

-A refuzat, zise el. Şi apoi mi-a închis.

Antena crestată a lui Glicki se îndoi în direcţii diferite.

-I-ai spus ce *simţi*?

-Bineînţeles că am făcut-o! oftă Raphael privind către licoarea învolburată din pahar. Nu chiar, murmură apoi. Nu am avut prea mult timp.

-Te-am avertizat că asta se va întâmpla, zise Glicki. Faptul că acesta era urmaşul cu numărul doisprezece ar fi trebuit să-ţi spună ceva, dacă raportul de respingere de cinci sute de pagini nu ţi-a făcut capul ăla prostănac să priceapă.

-Am sperat că o voi impresiona, spuse Raphael. Părea cu adevărat mulţumită la acea vreme.

Îşi frecă pătruns de melancolie coşul pieptului. Modul în care ea se grăbise să îl întâlnească, strigătele ei în timp ce el o aducea la apogeu din nou şi din nou... folosise fiecare truc psihologic pe care îl cunoştea pentru a lăsa o amprentă asupra ei, pentru a fi *cel dintâi*, chiar dacă ştia că, în realitate, era al doisprezecelea. Lacrimile care îi inundaseră privirea atunci când făcuseră ultima dată dragoste îmbrăţişaţi păreau prea sincere pentru a fi fost doar o prefăcătorie. Oricât îl durea ideea că îl alungase în capătul opus al galaxiei, nu își dorea să renunțe cu niciun chip la acea amintire.

Aripile diafane ale lui Glicki se agitară, avertizând cu furie.

-Împăratul ar fi trebuit să atragă altă rase în armată cu milenii în urmă! zise ea. Prețul pe care l-ai plătit pentru că voi sunteți polițiștii galaxiei este mult prea mare.

-E o onoare pentru noi să slujim raselor evoluate natural.

-Sunteți tratați ca niște sclavi! Ar trebui să aveți *același* drept de a vă căsători ca orice altă specie din Alianță. Nu să vă închinați înaintea raselor evoluate natural doar pentru că Împăratul s-a jucat cu ADN-ul vostru!

Ofițerii de grad inferior se aplecară în direcția mesei lui Raphael, prefăcându-se că nu ascultau. Faptul că aceștia erau pe cale de dispariție accentua unele probleme deja grave din sânul Alianței, în special între Leonizi și Centauri, ai căror număr era chiar mai mic decât al lor.

-Vorbește mai încet, șopti Raphael către Glicki. Această conversație duce către trădare.

-Atunci raportează-mă! răspunse Glicki. Raportează-mă și o să-i spun câteva chiar Împăratului!

-Nu va ajuta cu nimic.

-Dragon-cac! Fără *voi*, nu am avea o Alianță!

-Face tot ce poate, oftă Raphael. Dar până nu găsește un leac, singura noastră speranță este să ne naștem din părinți cât mai diverși.

-Creaturile însuflețite nu ar trebui să trăiască așa! Glicki își trânti paharul. Noi trebuie să slujim doar douăzeci și doi de ani. Dar *voi*? Voi trebuie să slujiți cinci sute!

-Ne putem căsători atunci când ne retragem.

-Până atunci, Jophiel va fi prea bătrână pentru a-ți mai naște vreun copil, zise ea. Trebuie să te lase să pleci de pe navele astea! Fără programul ăsta ridicol de împerechere în care fiecare copil trebuie să aibă un tată diferit, pentru ca apoi să fie trimis în academia de spălare pe creier a tinerilor!

-Nu m-a deranjat să fiu crescut într-o academie de pregătire a tinerilor, răspunse Raphael. Și nici pe Jophiel.

-Au făcut-o ca să profite de tendința voastră de a vă uni! contră Glicki. Asta e *greșit*! Să abuzezi partea ta animalică astfel încât să se lege mental de prima persoană sau ideal pe care îl întâlnești... Ar trebui să îți dorești o soartă mai bună pentru fiul tău!

Raphael făcu o grimasă. Glicki, ca de obicei, spunea lucrurilor pe nume. O cută neastâmpărată răsări pe obrazul stâng al colonelului, făcându-l să pară mult mai tânăr decât era de fapt, cu cele 36 de cicluri Galactice Standard ale sale.

-Poate că ar trebui să încercăm propunerea Prim-ministrului Lucifer? Să ținem femeia închisă într-un spațiu gospodăresc, desculță și însărcinată, așa cum face Shay'tan cu femeile Sata'anice.

Glicki îşi lovi picioarele din mijloc unele de altele, provocând un trosnet dezaprobator. În cultura Mantoizilor, de obicei mergeau la război femeile mai mari, mai puternice.

-Ai văzut cât de repede a respins Jophiel acea schemă stupidă! protestă Glicki, agitându-si dezgustată aripile. A fost singura dată când Jophiel a sărit un ciclu de împerechere.

Ochii lui Raphael se îngustară în timp ce zâmbea, în ciuda durerii pe care o resimţea înlăuntrul său. Se întinsese după cea mai strălucitoare stea de pe cer şi ratase.

-După cum face Jophiel- colonelul îşi ridică paharul- aşa face şi întregul neam al hibrizilor.

-Corect, corect, răspunse Glicki, ciocnindu-şi potirul de al lui Raphael înainte să îl bea până la fund. Absolut toate femeile hibrid- inclusiv ale lui Lucifer!- au refuzat atunci să se prezinte la întâlnirile pentru împerechere până când Parlamentul a anulat propunerea.

-Cred că a fost prima şi singura dată când armăsarul Alfa a trecut printr-o asemenea perioadă secetoasă.

Raphael râse îndurerat. Prim-ministrul Alianţei reprezenta, în egală măsură, un model şi o caricatură a lucrurilor la care se preta acum specia lor. Cel mai inteligent şi mai frumos dintre Angelici, într-o încercare disperată de a-şi perpetua propria linie de sânge, devenise un simbol al extincţiei care îi ameninţa.

-I-a arătat Jophiel cine e şefa! rosti Glicki, coborându-şi vocea. Dacă mă întrebi pe mine, a fost un fel de poveste între cei doi...

-Te-ai uitat la prea multe telenovele din acelea Mantoide, răspunse Raphael. Jophiel este absolut indiferentă la farmecele lui Lucifer, iar asta îl întărâtă. Ea e singurul comandant pe care nu îl poate manipula.

-Femeile sunt comandanţi mai buni decât bărbaţii, zise Glicki. De aceea femelele Mantoid îşi lasă bărbaţii acasă să aibă grijă de micii mantizi.

-Şi le rup capetele după ce se împerechează cu ei.

-Legendă urbană, râse Glicki, iar aripile îi fâlfâiră uşor. Femelele noastre nu au mai făcut asta de milioane de ani! continuă, ridicându-şi paharul într-un toast zeflemitor. Spre deosebire de femelele Angelice, care se dedau frecvent acestui obicei.

-Au!

Gropiţa lui Raphael dispăru. Acesta privi îndelung licoarea verde şi ameţitoare care se rotea la fundul paharului său pe jumătate gol. Pe *el* nu l-ar fi deranjat să fie trimis acasă pentru a avea grijă de fiul pe cale să se nască şi să o susţină pe Jophiel în drumul ei.

-Mikhail a fost crescut de o familie, rosti cu blândeţe. Niciodată nu vorbeşte despre asta, dar a spus că, dacă nu se poate căsători, atunci nu va avea niciun urmaş.

-Poţi să îl învinovăţeşti?

-Nu, răspunse Raphael cu o expresie lipsită de emoție. Serafimii își aleg un singur partener pe viață! Niciodată nu am văzut un bărbat dorindu-și ceva atât de mult și, totuși, evitând acel ceva cu atâta hotărâre!

Amândoi râseră. Mikhail stătea întotdeauna la periferie, privind totul, dar fără a lua vreodată parte. Nu pentru că i-ar fi lipsit calitățile necesare socializării, reminiscență a faptului că fusese crescut într-o mănăstire Cherubimă; pur și simplu, spunea el, natura umanoidă era de-a dreptul lipsită de logică.

-Sincer, cred că adoptă ideea corectă, zise Glicki. Poate că îl *slujește* pe Împărat. Dar nu îi *aparține*.

Raphael se uită către golful de lansare în care pătrundea acum o altă navă. Glicki nu trebuia să știe că Împăratul Etern însuși mersese la academia de pregătire a tinerilor pentru a-l „marca" pe Mikhail după ce acesta aproape că își ucisese un tovarăș. În timp ce toți ceilalți *simțeau* furia pe care uriașul Serafim o ascundea chiar la suprafață, el înțelegea că Cherubimul îl învățase pur și simplu să o strunească. Nu să o depășească.

Cum, în numele lui Hades, poți depăși momentele în care îți privești propria rasă fiind ucisă?

Glicki întinse mâna pentru a-i atinge brațul.

-Jophie te sună în fiecare săptămână, zise ea. În legătură cu lucruri pe care orice inferior al ei le poate rezolva. Cred că te-a trimis atât de departe pentru că îi e teamă că îi poți distruge stăpânirea de sine.

Raphael termină și ultimele înghițituri din pahar.

-Nu îi pasă de mine, zise el. Nu sunt altceva decât încă unul dintre pionii lui Hashem.

Se ridică în picioare. Camera se învârti în timp ce Raphael își umflă aripile pentru a-și menține echilibrul. Glicki interveni rapid pentru a-l sprijini.

-În regulă, Colonel, spuse aceasta. E momentul să tragi un pui de somn.

Capitolul 23

Februarie - 3,390 î.Hr.
Pământul: Locul prăbuşirii
Colonel Mikhail Mannuki'ili

MIKHAIL

Ori de câte ori încerca să reconecteze cablurile, Mikhail nu reuşea să determine calculatorul să repete mesajul. În ziua precedentă izbutise să facă un cursor să strălucească pe ecran, dar dispăruse rapid, învăluindu-l în scântei înainte să aibă şansa de a reporni sistemul.

L-ar fi ajutat dacă şi-ar fi amintit *cum* se repornea sistemul.

Poate cu o parolă? Ce parolă ar putea folosi dacă nu îşi amintea trecutul din care se inspirase pentru aşa ceva? Îşi aruncă dezgustat cleştii. Se afla în acel loc de mai bine de o săptămână, dar nu mişcase nimic!

Scoase păpuşa cea mică din buzunarul de la piept. *Aceasta* era parola. Ştia asta. Putea să o simtă. Putea să o simtă până în măduva oaselor. Dar parola continua să îl evite. Ar fi putut reuşi să conecteze unitatea centrală de procesare pentru a transmite un semnal S.O.S., dar, dacă voia să repornească sistemul de inteligenţă artificială, avea nevoie să îşi amintească parola.

Un spasm îi cuprinse aripa sănătoasă, amintindu-i că fusese închis de când plecase tatăl Ninsiannei. Această navetă, cu toate că era adecvată pentru orice făcuse el înainte de a se prăbuşi, nu fusese construită pentru a servi drept locuinţă de lungă durată. Cu atât mai puţin având în vedere faptul că se mai afla la bordul ei şi o femeie atractivă care orbita asemenea unui gigant de gaz în jurul unui soare, fără să-şi dea seama ce atracţie exercita şi ce efecte crea asupra oceanului de emoţii al lui Mikhail.

Aşeză păpuşa de lemn înapoi în buzunar.

-Dacă mai trebuie să stau chiar şi un minut pe nava asta, mormăi el, o să îmi smulg toate penele şi o să le mănânc în sos.

-Pene? repetă Ninsianna în limba Galactică Standard.

Trase una dintre penele primare, lungă şi maro.

-Mâncat?

-Da, răspunse el tăios. Acum putem, *te rog*, să încheiem lecţiile de limbă afară?

Se ridică în picioare, iar aripa rănită îl dezechilibră. Deşi simţea o înţepătură în plămânul bolnav, carnea începuse deja să se vindece.

-Eu nu înțeles? spuse ea, încercând să îl așeze înapoi în scaun. Mers unde?

-Afară.

Mikhail făcu un gest către crăpătura din perete.

-Mergem afară. Acum.

Ninsianna își agită un deget în semn de dezaprobare în fața lui.

-Trebuie tu atent! Nu faci prea mult.

Mikhail se aplecă pentru a verifica bateria armei cu impulsuri; gestul era instinctiv, cu toate că nu își amintea să fi învățat cum se folosea o asemenea armă. Mai avea tot atât de puțină energie ca în ultimele cinci sute de dăți când o verificase. O așeză înapoi în toc. Tatăl Ninsiannei pretinsese că Jamin nu avea să îi mai deranjeze, dar el observase determinarea din privirea nenorocitului cu ochi întunecați.

Un vertij deja cunoscut făcu încăperea să se învârtă în timp ce Mikhail pășea afară. Respiră adânc pentru a se liniști. Cu toate că era încă mult prea rănit pentru a lupta, cel puțin putea merge. O îndepărtă pe Ninsianna, care încerca să îl sprijine. Fiecare fibră din trupul său îi spunea să se folosească de ea drept cârjă, însă ura să se simtă dependent.

Chipul fetei fu străbătut de o undă de suferință. Buzele roz îi tremurară.

Nu fi atât de rău...

Își ascunse iritarea în spatele unei măști de nedescifrat.

-Mulțumesc, rosti în final. Fac eu. Bine?

Ninsianna aprobă din cap, dar ochii ei de un bej-roșiatic exprimau un sentiment de trădare. Cum ar fi putut Mikhail să explice, în ciuda barierei lingvistice, că această situație nu avea legătură cu *ea*? Se simțea suficient de bine încât să se comporte ca un pacient morocănos.

Își umflă aripa sănătoasă, lovind-o de vântul care adia, până când reuși să înfrângă înțepeneala din încheieturi. Din păcate, însă, nu putea ridica aripa rănită mai sus de brâu. În ciuda durerii, ideea că putea simți vântul deșertului mângâindu-i obrajii îl făcea să se simtă bine.

Analiză valea și muntele de culoarea ocrului, care se înălța din mijlocul deșertului formând o unică suliță de iarbă. Simțurile ascuțite îi permiteau lui Mikhail să *guste* parfumul apei, dar și aproape completa absență a umezelii. În josul râului, copacii și tufele creșteau adânc în mijlocul apei, indicând faptul că izvorul avea să sece curând, provocând o *altă* problemă.

Partea din față a navei zăcea acoperită parțial de pietre. Un mănunchi de cabluri și metal atârna, legat de fuzelaj prin intermediul altor câteva fire.

Antene subspațiale...

Știa ce era o antenă subspațială chiar dacă nu își amintea să fi văzut una vreodată. Dacă ar fi putut să o repare, poate că ar fi reușit să trimită un semnal S.O.S. către Raphael?

Ninsianna zăbovea în apropiere, agitată asemenea unei libelule.

-Ai putea, te rog, să îmi aduci şurubelniţa? întrebă Mikhail, făcând gesturi prin care voia să sugereze rotirea. *Scriúire? Adus suliţa mea cea mică?*

-Ah... Suliţa? Da.

Fata se întoarse la bordul navei, întotdeauna doritoare să ajute, întotdeauna nerăbdătoare. În momentul în care acest mic sergent căruia îi plăcea să facă pe şeful dispăru, Mikhail se căţără pe rocile care căzuseră în mod convenabil chiar în dreptul crăpăturii, formând un rând de trepte.

Gâfâind...

...tot drumul...

...până sus...

...şi...

Oh, în numele zeilor!

...reuşi.

Se prăbuşi în praf asemenea unei pene desprinse din pernă. Dar era încă în viaţă! Se vindeca! Mulţumită Ninsiannei.

„Te ajută pentru că îşi doreşte să o iei cu tine. Îi datorezi adevărul acestei femei.

Nu pot. Am nevoie de ea.

Nu aşa procedezi tu, minţind...”

Gândurile acestea îi nelinişteau trupul, asemenea unei bucăţi stricate de carne. Nu ştia nimic, nu îşi amintea nimic, putea la fel de bine să fie un dezertor, doborât la pământ pentru faptele sale.

Privi către ceruri. Nimeni nu venise după el, nici prieteni, nici duşmani. Dacă l-ar fi căutat cineva, nu ar fi *ajuns* deja?

Prieten?

Duşman?

Şi cine era Raphael?

Ninsianna reapăru de la bordul navei. Privi împrejur speriată.

-Aici sus, zise el.

Fata îl privi cu o expresie perplexă.

-Zbori, aripile?

Fata îşi apropie degetele şi făcu o mişcare ce voia să arate că zbura.

-Nu. M-am căţărat.

Mikhail îşi agită mâinile încercând să arate că se trăgea în sus.

-Ahh, căţărat sus?

-Da.

Ninsianna urcă pe pietre şi îi întinse şurubelniţa. Se aşeză pe vine lângă el, cu o privire curioasă.

-Nu atinge nimic, spuse bărbatul arătând către fire. Îţi aminteşti? Bzzzt!

Îşi aruncă mâinile în aer pentru a mima prăbuşirea la pământ.

-Păianjeni. Muşcă?

-Da, păianjenii muşcă. Tare.

„Cu o putere de zece gigawaţi... chestia asta trebuie să deschidă un portal subspaţial.”

Nu putea găsi cuvintele necesare pentru a explica ce făcea, aşa că lucră în linişte, demontând antenele subspaţiale şi aşezând fiecare bucşă sau şurub în buzunar.

După o vreme, Ninsianna se plictisi. Merse să care crenguţe, sporovăind în tot acest timp cu zeiţa sa imaginară. Apoi, formă o piramidă din crenguţele adunate şi lovi două pietre una de alta până când scânteile căzură pe o bucată de muşchi uscat. Îşi arcui buzele într-un foarte drăgălaş cerc roz şi suflă până când mormanul se aprinse.

Mikhail trebuia să recunoască: această femeie ştia cum să aibă grijă de ea însăşi. Continuă să sape în fuzelaj cu nişte cleşti ascuţiţi, încercând din răsputeri să se concentreze asupra cablurilor, şi nu asupra frumuseţii oacheşe care muncea lângă el.

Soarele devenea arzător. Mikhail îşi umflă aripile pentru a menţine căldura departe de spatele său. Tocmai desfăcea un fir când simţi că penele îl înţeapă. Smulse arma cu impulsuri din toc înainte să se gândească la acest gest. Adumelcă aerul.

Deşert sterp. Nu atât de gol pe cât pare. Cabluri arse şi metal carbonizat. Murdărie. Apă. Animale. Vegetaţie. Ninsianna. În numele zeilor, fata mirosea atât de fumos! Chiar şi de la acea distanţă.

Analiză valea. Ninsianna îşi continua lucrul, fără a lua în seamă pericolul. Mikhail privi în susul stâncii de treizeci de metri de care se izbise. Se înălţa în munte, în locul din care se năştea izvorul, asemenea unui canal, provenit dintr-un chei îngust. Peretele văii era prea abrupt pentru ca cineva să se poată căţăra pe el, însă ar fi putut fi parcurs de un bărbat cu o frânghie suficient de lungă.

Zăbovi, ascultând...

Păsări mici care cântă. Creaturi minuscule care sapă în praf. Ceva? Da? O pasăre, redusă brusc la tăcere? Un loc de unde ar fi trebuit să se audă un sunet, dar nu se auzea?

Nu putea detecta nicio mişcare. Niciun semn distinctiv al unui duşman. Dacă îi pândea vreun animal, lui Mikhail îi erau prea străine mirosurile acestei lumi pentru a-l recunoaşte.

Apropo de mirosuri...

-În numele zeilor! mârâi el. Miros ca un *gabhar*[26] murdar.

Aşeză arma cu impulsuri lângă antenă şi îşi reluă munca. Într-un final, reuşi să o desprindă de navetă. Lucrul *înţelept* pe care îl putea face era să meargă înăuntru şi să o repare, dar mirosul alunelor coapte îl ademenea către foc.

---

[26] Capră.

Ninsianna stătea pe vine lângă flacără, ascuțind un băț cu un cuțit de piatră. Mikhail privi îndelung, nefiind sigur cum să pornească o discuție cu această femeie frumoasă care părea să se simtă în elementul ei acolo, afară, în același mod în care părea să *nu* se simtă în elementul *lui*, la bordul navei.

Se uită adânc în ochii ei de un bej-roșiatic și nu spuse nimic.

Sprâncenele ei se încruntară, confuze. Faptul că Mikhail nu reușea să vorbească îi rănea sentimentele. Nu bariera lingvistică. Până în acel moment, reușiseră să se facă înțeleși. Nu. Ci tendința lui stupidă de a-și înghiți cuvintele ori de câte ori nu îi arăta cum să *facă* ceva.

Ninsianna îi zâmbi cu ezitare, iar apoi continuă să își ascută bucata de lemn.

Despre ce putea *discuta* cineva cu această femeie frumoasă? Poate că dacă i-ar fi *zis* vreun cuvânt, asta ar fi disipat tensiunea stranie care se instala înlăuntrul lui în absența conversației.

Poate că dacă ar fi avut un profesor... cineva care să îl învețe cum să se comporte cu oamenii.

Ninsianna se ridică.

-Mă duc *balik*,[27] zise ea.

Se dezbrăcă de rochie, lăsându-l să se holbeze ca un idiot în timp ce pășea în apă, purtând doar cârpa ce îi acoperea bazinul și ținând bățul ascuțit întins în față asemenea unei sulițe.

Ce făcea, în numele lui Hades, această fată?

Din când în când, lansa sulița în apă, fără să bage în seamă faptul că Mikhail privea. Un voyeur cu aripi întunecate, venit să o privească în timp ce se spăla. Zona lui sensibilă se crispă. O dorință, o poftă, o nevoie pornită din adâncul său...

Mergi la ea...

Nu. Își dăduse cuvântul față de tatăl ei.

Ninsianna se mișcă înainte și înapoi, trăgând cu ochiul sub tufele scufundate în apă și înfigându-și ocazional sulița printre ele. Se mișcă brusc.

-E, da! strigă fata.

Cu un râs triumfător, ridică o creatură acvatică maro și mică ce se agita la capătul suliței.

-Vezi? *Balik*!

Se apropie de Mikhail, purtând același zâmbet victorios. Cu fiecare pas, sânii săi jucau în lumina soarelui.

-Mănâncă, zise Ninsianna, întinzându-i peștele. Bun. Mănâncă. Da?

Un strop de apă atârna tentant de unul dintre sfârcurile roz. O presiune copleșitoare se înălță în pelvisul lui Mikhail. Obrajii îi fură inundați de căldură.

---

[27] Merg să pescuiesc.

-Mâncat? murmură el.

-Da, zâmbi fata. *Balik* bun.

Îşi ridică acel cuţit de piatră şi se întoarse la izvor pentru a spăla peştele; rămânea în continuare indiferentă faţă de atracţia pe care Mikhail o resimţea. El rămase pe loc, gâfâind, însă nu ştia dacă respiraţia greoaie era provocată de oboseală sau de dorinţa de a o urma pe Ninsianna ca un animal în cuşcă.

Transpiraţia îi traversă fruntea. Avea nevoie de un duş rece ca gheaţa. Îşi dădu jos cămaşa şi cizmele de luptă, iar apoi păşi la rândul lui în apa izvorului. Se aşeză în apa rece oftând uşurat.

Da. Era mult mai bine.

Se întoarse cu spatele către zeitatea aproape dezbrăcată şi îşi agită aripile pentru ca apa să ajungă sub pene. Era prima dată în ultima săptămână când avea ocazia să se spele cu adevărat.

-Mikhail?

Se întoarse cu faţa către ea. Ninsianna ţinea în mână un amalgam maro de rădăcini şi frunze zdrobite.

-*Sabun*? întrebă ea.

Mikhail se concentră pentru a o privi în ochi, şi nu către sâni.

-Nu, mulţumesc, murmură.

Fata clătină din cap.

-*Sabun*, rosti din nou şi îşi frecă amestecul de piele. Vezi? adăugă, mirosindu-l. E bun.

Mikhail atinse substanţa spumoasă şi îşi ridică degetele în dreptul nasului. Cu toate că nu era alunecoasă ca dezinfectantul din baia lui, avea un miros plăcut pe care îl recunoscu parţial din parfumul Ninsiannei.

-Săpun? ghici el.

-Da. Săpun, răspunse Ninsianna, dând din cap. *Sabun*. Săpun. Vrei?

Mikhail încercă să ia amestecul dintre degetele fetei. Ea îi împinse mâna înapoi.

-Tu, aşezi! ordonă aceasta.

Privind-o confuz, Angelicul se aşeză înapoi în apă şi îşi întinse aripile.

Ninsianna frecă pielea cu amagalmul ciudat de ierburi pentru a face spumă, iar apoi întinse săpunul pe aripa ruptă, fredonând în timp ce îşi strecura degetele printre pene, mai ales în locul în care Mikhail nu putea ajunge singur din cauza atelei.

Obrajii bărbatului fură inundaţi de culoare în timp ce părţi ale corpului său cărora de obicei nu le dădea atenţie se umflau sub pantalonii de armată. Mikhail le mulţumi în gând zeilor pentru faptul că era aşezat în apă, iar fata nu putea vedea! Era cea mai dulce tortură pe care o trăise de când... nu îşi putea aminti. Săpunul din rădăcini ardea acolo unde întâlnea o rană deschisă. Trupul său răspundea prin tresăriri bruşte.

-*Canini yakmak*? întrebă Ninsianna. Te doare?

-Nu, minţi Angelicul.

De fapt, nu minţea. Tratamentul fetei nu îl durea. Mai curând îl durea încercarea de a-şi menţine stăpânirea de sine în timp ce mâinile Ninsiannei alergau asupra pielii lui.

-Mikhail, spuse aceasta arătând către pieptul lui. Eu văd?

Îşi dorea să examineze rănile.

Se aplecă în faţa lui, oferindu-i o privelişte completă a sânilor în timp ce desfăcea bandajul pentru a verifica atent copcile. Un firişor de apă se scurse pe sânul ferm, maroniu şi atârnă la capătul sfârcului, atât de aproape încât tot ce trebuia Mikhail să facă era să deschidă gura. Cu toate că mâinile fetei nu zăboveau şi nu transmiteau niciun alt mesaj în afară de acela de a dori să ofere ajutor, bărbatul tremura, mânat de o dorinţă aproape incontrolabilă de a o trage în apă.

Privi îndelung în ochii ei frumoşi, aurii care răsfrângeau lumina soarelui. Îi atinse obrazul.

-Ninsianna? şopti în final, cu glas răguşit.

Nu avea nicio importanţă că nu îşi amintea cine era. Nu avea nicio importanţă că avea o misiune pe care o uitase. Nu avea nicio importanţă nimic din trecut. Tot ce conta era zâmbetul ei.

Un urlet înfiorător frânse liniştea deşertului.

Pe stânca de deasupra navei prăbuşite se aflau şapte bărbaţi îmbrăcaţi în robe colorate. Cuprins de adrenalină, Mikhail se ridică şi îşi făcu drum către mal, apucând arma cu impulsuri. Decuplă siguranţa şi o îndreptă către bărbaţi. Aceştia îşi ridicară propriile arme, strigând. Oricine ar fi fost cel pe care îl aruncaseră de pe stâncă, acela ţipa, ţipa şi ţipa...

Ninsianna se ivi lângă Mikhail, aşezându-şi frenetic rochia din şal pentru a-şi acoperi trupul dezgolit. Bărbaţii se îndepărtară de râpă, însă cel pe care îl aruncaseră continua să ţipe. Ninsianna alergă în grabă către navă.

-Aşteaptă, strigă Mikhail.

Fata continuă să alerge.

Mikhail se lansă în urma ei, târându-şi cu picioarele dezgolite pantalonii uzi, în ciuda ameţelii care ameninţa să îl doboare. Ninsianna se căţără pe fuzelaj şi îngenunche lângă fiinţa care fusese aruncată de pe stâncă. Cântărea cam şaizeci de kilograme, avea părul brunet, cu câteva nuanţe de alb, urechile îi erau mari, corpul solid, şi purta o pereche de coarne mici. În jurul gâtului său, stătea înfăşurată o duzină de panglici colorate.

Mikhail îşi înălţă arma pentru a o acoperi pe fata care lucra, însă bărbaţii nu mai apărură. Oricine ar fi fost, îşi transmiseseră mesajul.

-A fost Jamin? întrebă el.

-Nu, răspunse Ninsianna. Halifieni. Foarte rău.

Capitolul 24

Februarie – 3,390 î.Hr.
Pământul – Satul Assur

JAMIN

Soarele bătea fără milă asupra părului negru ca pana corbului al lui Jamin, încălzindu-i capul până când simți broboanele de sudoare năvălind pe frunte. Tatăl său îi aliniase şi se plimba în faţa lor cu mâinile strânse la spate, în timp ce tatăl Ninsiannei îi acuza cu furie. Sătenii se abăteau prin piaţa centrală, doritori să afle noile zvonuri privitoare la bărbatul înaripat care căzuse din ceruri.

Immanu plecă, lăsând Căpetenia să se ocupe de situaţie. Părul negru, dezordonat al şamanului se mai întrezări o vreme printre ceilalţi locuitori ai satului. Da. *Căpetenia.* Toţi oamenii din Assur îl considerau pe tatăl lui Jamin Căpetenia lor, inclusiv Jamin.

-Este adevărat? întrebă Căpetenia Kiyan, iar ochii săi căprui îi sfredelirã pe cei ai fiului său. Ai târât-o pe Ninsianna în apa izvorului şi i-ai ţinut capul la fund?

Jamin se foi sub privirea tăioasă a tatălui său. De obicei, tatăl îl ignora, însă poveştile ciudate ale lui Immanu despre salvatori înaripaţi întorşi din ceruri erau suficiente pentru a trezi chiar şi interesul Căpeteniei. Jamin privi cu răutate către războinicii care stăteau de o parte şi de alta a sa.

Ţineţi-vă gurile...

-Siamek? continuă Căpetenia, adresându-i-se locotenentului. Ce s-a întâmplat, de fapt?

Siamek îi aruncă lui Jamin o privire care implora iertare.

-Era deja în apă, domnule, răspunse în final. Jamin a mers să îi vorbească.

Căpetenia se întoarse către Firouz.

-*Tu* ce ai văzut?

Firouz îşi înălţă bărbia.

-Ninsianna l-a insultat. A meritat ce a primit!

-*Nimeni* nu merită să fie atacat pentru că îşi exprimă o părere, rosti Căpetenia, înfigându-şi degetele în obrazul lui Jamin. Nu suntem Halifieni! Noi nu ne abuzăm femeile!

-Dar Tată...

Sătenii curioşi şopteau pretutindeni, nerăbdători să vadă Căpetenia mustrându-şi unicul fiu.

-Dar nimic! răspunse acesta. Sarcina unui războinic este să îşi protejeze satul! Nu să caute probleme! Toţi veţi sta departe de cel înaripat câtă vreme analizez această situaţie! Aţi înţeles?

-Da, să trăiţi! murmurară soldaţii.

-Nu vă aud! strigă în grabă Căpetenia.

-Da, să trăiţi!

Războinicii rupseră rândurile, dornici să se îndepărteze de privirea dezaprobatoare a Căpeteniei. Jamin încercă să se furişeze cu ei.

-Jamin! îl strigă tatăl său. Vino în casă. Acum!

Chipul fiului fu străbătut de spaimă. Nu numai că îi fusese călcată demnitatea o dată, atunci când demonul înaripat îi alungase şi o *păstrase* pe logodnica sa, dar acum nenorocitul îl blestemase *de două ori*, câştigându-l de partea lui pe tatăl Ninsiannei. Cum putea tatăl lui să fie atât de *prost?* Un şaman era mai demn de încredere decât propriul fiu?

Dădu buzna în casă- o locuinţă cu mult mai mare decât majoritatea celorlalte locuinţe din Assur, cu o bucătărie separată şi o cameră în care Căpetenia îşi primea musafirii importanţi. Menajera bătrână observă furia de pe chipul Căpeteniei şi se refugie în bucătărie. Bărbatul trânti uşa, făcând un gest către perne.

-Aşează-te!

-Nu vreau să mă aşez.

-Nu e o invitaţie.

Jamin se aşeză. Tatăl său rămase în picioare.

-O femeie nu e un obiect pe care îl ai în proprietate, zise acesta. Femeile sunt inspiraţie trimisă de zeiţă pentru a ne determina să construim şi să prosperăm.

-M-a jignit de faţă cu oamenii mei.

-Iar *tu* ai jignit-o pe *ea* bătându-ţi joc atunci când s-a înfuriat pentru că ai refuzat să o duci în Nineveh.

-*Tu* ai fost cel care a zis că nu pot să o iau cu noi!

-Pentru că Ninsianna seamănă prea mult cu mama ei, spuse Căpetenia. Ei nu îndrăznesc să îl batjocorească pe Immanu pentru că e fiul lui Lugalbanda, dar nu vor tolera acelaşi lucru din partea *ta*. Vei fi subiectul de glume al Ubaizilor dacă îi permiţi soţiei tale să intervină în toate negocierile.

-Nu aş fi lăsat-o să intervină, răspunse Jamin. Ea doar...

Se opri.

-Are un anume mod de a vorbi, continuă. Un mod de a negocia, fără aranjamente şi ameninţări. M-am gândit că poate...

Privi îndelung către propriile mâini.

-Îmi aminteşte de Mama.

Tatăl său adoptă aceeaşi expresie îndurerată pe care o avea de fiecare dată când cineva îndrăznea să menţioneze numele femeii. Ninsianna trezise în el sentimente pe care nu le mai trăise din ziua în care mama lui murise.

-Înainte ca tu să te naşti, rosti Căpetenia, duşmanii noştri obişnuiau să ne fure femeile. Am construit aceşti pereţi- făcu un gest către încăpere- şi întreaga alianță Ubaidă pentru a le proteja, nu pentru a le transforma în prizoniere.

Expresia sa căpătă un aer funest.

-Dar acum văd că te comporți întocmai ca bărbații pe care am încercat să îi țin la distanță.

Cuvintele tatălui, alături de expresia sa doborâtă de durere, îl loviră pe Jamin drept în adâncul inimii. Întotdeauna fusese așa, de cincisprezece ani. Tatăl lui nu se recăsătorise niciodată.

-Dar cum rămâne cu Ninsianna? întrebă fiul, luptând împotriva nodului din gât. Am lăsat-o acolo, continuă cu glas ridicat, alături de un *demon*!

-Immanu m-a asigurat că e un trimis al zeilor.

-Astea sunt legende de care nu am auzit niciodată până astăzi!

Ochii Căpeteniei fură cuprinși de milă.

-Bărbatul e rănit, rosti. De aceea Immanu a lăsat-o pe Ninsianna acolo, ca să aibă grijă de el. I-am permis să se întoarcă și să transmită o invitație.

Jamin își privi tatăl cu gura căscată.

-Vrei să îl aduci *aici?*

-Da, răspunse Căpetenia cu o privire rece, pragmatică, ce îi făcea ochii să strălucească. Conform mărturiei tale, acest bărbat are arme la care noi nici nu visam.

Jamin se ridică.

-Ai înnebunit?

-Fiule...

Vocea tatălui dezvăluia un avertisment.

-O folosești pe Ninsianna drept momeală?

-Din câte îmi amintesc, nu aveai nicio problemă cu ideea de a o folosi drept momeală atunci când o voiai *tu.*

-E logodnica mea!

-Nu și dacă o ia bărbatul înaripat cu el.

Cuvintele tatălui îl zdruncinară pe Jamin. *Ninsianna? Pierdută pentru totdeauna?*

-O să îl ucid! mârâi el. O să îl ucid mai curând decât să îl las să ia ce îmi aparține.

-Vei sta departe de el! amenință tatăl. Sau vei răspunde în fața Tribunalului!

Jamin își făcu loc dincolo de tatăl său.

-Jamin!

Tânărul ieși în grabă pe ușă, trântind-o în urma sa. Își așeză capa de drum, cu elaborata sa agrafă Halifiană.

Ninsianna era logodnica *lui*! Dacă *el* nu o salva, nimeni nu avea să o facă!

Capitolul 25

Februarie – 3,390 î.Hr.
Pământul: Locul prăbuşirii
Colonel Mikhail Mannuki'ili

MIKHAIL

Privi îndelung către capra care capta atenţia Ninsiannei. Creatura *trăia*, în mare parte mulţumită talentului considerabil pe care fata îl demonstra în calitate de chirurg. Şchiopătă în jurul focului, având unul dintre picioare prins într-o atelă şi cerând să fie hrănită; părul său fusese ras acolo unde Ninsianna o cususe. În acel moment, avea chiar mai multe copci decât Mikhail.

Era normal? Să se simtă gelos în legătură cu un animal?

De obicei, ea îl mângâia pe *el*. Sau, mai precis, îi masa aripile. Asta cu excepţia ultimelor două zile, când îl lăsase să îşi vadă de treabă. Nu voia să îi *ceară*. Nu îşi putea permite să *recunoască* faptul că se bucura de tratamentele ei. În plus... Nu era ca şi cum ar fi putut să ajungă singur în spate pentru a-şi aşeza atela, având în vedere că nemernicia aceea îi ţinea aripa imobilizată într-o poziţie ciudată.

Îşi lovi aripile între ele, sperând că Ninsianna avea să observe spasmele care îi cuprindeau penele. Mişcarea provocă nişte rotocoale de vânt care suflară asupra focului, făcându-l să pâlpâie. Un val de scântei se înălţă asemenea unei vântoase deşertice, îndreptându-se chiar către Ninsianna şi capră.

-Mikhail, nu!

Ochii fetei sclipiră asemenea cuprului.

-Elbisene ne yaptigini gorun![28]

Mikhail se simţi cuprins de impulsul de a zâmbi cu superioritate. Era greşit să o necăjească?

Da. Ce era în neregulă cu el? Se tot comporta ca un copil bosumflat.

Ninsianna scutură partea din faţă a rochiei pe care o purta şi care era acum marcată de o arsură neagră. Mikhail îşi pleoşti aripile pentru a demonstra regretul cuvenit situaţiei, chiar dacă nu *simţea* cu adevărat că regreta ceva. Dacă fata i-ar fi legat pur şi simplu aripa la loc, nu ar mai fi fost aşa morocănos.

---

[28] Uite ce faci!

-Scuze, mormăi el.

Ninsianna îi întoarse spatele pentru a-şi accentua dezaprobarea. Mikhail aşteptă şi aşteptă, nefiind sigur cum putea spune *„mă doare aripa"*. I-ar fi fost mai uşor să suporte dacă Ninsianna l-ar fi fugărit cu o bâtă. Cel puţin atunci ar fi avut un motiv *logic* pentru care să se certe. Mai logic decât o capră.

Fie...

Dacă Ninsianna nu voia să îi vorbească, avea să meargă să repare nava. Cu cât pleca mai repede din acel loc, cu atât mai bine.

Îşi recuperă antena şi o întinse pentru a o demonta. De obicei, tehnologia o atrăgea pe Ninsianna, însă de această dată îi aruncă o privire dezinteresată şi reveni la a mângâia capra. Fusese alegerea corectă să îi promită tatălui ei că o va trimite înapoi? Imediat ce şamanul avea să revină, trebuia să o trimită să îşi facă bagajele.

Ridică antena încâlcită. Prăbuşirea o distrusese în mare parte, însă exista o şansă de a o salva. Nu îşi putea aminti cum funcţiona, dar atunci când o ridică, simţi că *ştia* unde trebuia să aşeze diferitele componente. Probabil că refăcuse antene de urgenţă de multe ori, în condiţii de luptă...? Aproape că putea *simţi* gustul plasmei din arma cu impulsuri când desfăcu antena, dar nu îşi amintea ce anume provoca acea senzaţie.

Pe măsură ce soarele înainta către înaltul cerului, un fluierat ascuţit îi anunţă că nu mai erau singuri. Două figuri se prefigurară în depărtare. Ninsianna îi opri mâna înainte să aibă timp să îşi scoată arma cu impulsuri.

-Papa şi mama, zise ea.

Cuplul aşteptă, cocoţat pe adunătura de pământ care bloca izvorul, fiind singura cale spre josul văii, până când Ninsianna se ridică şi făcu un gest de salut din mâini.

„Iată. Asta este. Până la căderea nopţii, Ninsianna va fi departe de penele mele..."

Mikhail se ridică.

Ninsianna se grăbi să se aşeze în spatele lui.

Capra behăi şi alergă în spatele *ei.* Lăsându-l pe *el* să înfrunte furia mamei.

Privi îndelung către acel chip care era o versiune mai bătrână a chipului Ninsiannei. Atât de frumos încât îţi tăia respiraţia şi mândru ca al unei împărătese. Doar ochii erau diferiţi. Căprui. Inteligenţi. Perceptivi.

-Bună ziua, spuse Mikhail cu claritate.

-Hmpf!

Femeia înfipse un deget în obrazul Ninsiannei şi porni o turuială care ar fi încremenit şi o navetă spaţială de comandă. Umerii Ninsiannei se aplecară sub povara cuvintelor. Nu îşi întrerupse mama.

În cele din urmă, Immanu îşi ajunse soţia din urmă şi aşeză câteva pachete pe pământ.

-Mikhail, rosti Immanu cu obrajii îmbujorați, respirând greoi. Îți fac cunoștință cu soția mea, Needa.

-Alo, spuse Needa, aplecându-și scurt capul.

Femeia scutură rapid din mâini.

-Soția mea, zise Immanu, ar vrea să arunce o privire la aripa ta rănită.

Mikhail își îndepărtă instinctiv aripa sănătoasă de această femeie. Nu își dorise tocmai el, cu câteva clipe în urmă, să i se maseze aripa?

Nu de cineva care arată de parcă ar fi vrut să o rupă!

-Needa este vraciul satului nostru, adăugă Immanu, simțind reticența lui Mikhail. Ninsianna este talentată, însă nu este încă decât o ucenică.

Buzele Needei se subțiară în timp ce ochii ei îi studiau expresia. *Ce faci cu fata mea?* O senzație ciudată străbătu trupul lui Mikhail, de parcă ar fi fost plin de apă și cineva ar fi înotat în interiorul său.

Expresia femeii deveni mai blândă.

-Alo, spuse ea pe un ton mult mai cald de această dată.

Făcu un semn către aripa lui. Cu toate că Mikhail nu putea înțelege cuvintele pe care le rostea, își dădea seama că femeia era obișnuită să fie ascultată. Privi precaut către Immanu, care ridică sfios din umeri.

Cum putea explica faptul că a lăsa pe cineva să îi atingă aripa era un gest *intim*? Se așeză pentru ca femeia să nu fie nevoită să stea pe vârfuri. Mama Ninsiannei împunse aripa rănită. În timp ce Ninsianna îl mângâiase, atingând cu delicatețe zonele rănite, Needa analiza carnea cu pricepere, însă fără blândețe. Cu toate acestea, mâinile ei provocau aceleași furnicături pline de căldură ca ale Ninsiannei. Mikhail și-o putea imagina conducând secția de triaj a spitalului de la bordul unei nave.

Nu! Așteaptă! Încercă să se agațe de acest fragment de amintire care se ivise în mintea lui, părăsind-o tot atât de întâmplător pe cât apăruse. *Damantia!*

-Ți-ai mai amintit ceva despre cum ai ajuns aici? întrebă Immanu.

-Doar fragmente, răspunse Mikhail. Majoritatea nu au niciun sens.

-*Ce* îți amintești?

-Nimic care să ajute neapărat.

-Totuși, încă poți să faci lucruri pe care le făceai în trecut?

-Așa se pare, zise Mikhail încruntându-se. Știu ce știu, însă nu îmi pot aminti cum anume știu.

Arătă către plăcuțele pe care le purta.

-Îmi dau seama că știu ceva când am nevoie de acel ceva. Are vreun sens?

-Am mai văzut problema asta după accidente ca al tău, zise Immanu. Chiar și așa, nu am mai văzut pe nimeni atât de lucid care să nu își amintească absolut nimic.

O durere ascuțită străbătu aripa lui Mikhail.

-Au!

Se întoarse şi îi aruncă o privire răutăcioasă Needei, care tocmai reaşezase un os fără a-l anunţa.

- *Féach ar an sciathán!* Ai grijă la aripă!

Needa agită un deget către Ninsianna, eliberând un şuvoi de cuvinte, asemenea unui părinte care îşi ceartă copilul neglijent. Chipul Ninsiannei se înroşi. Îşi coborî privirea, având o expresie îngrozită.

-Ninsianna a ratat o încheietură dislocată, explică Immanu. Dacă Needa nu ar fi aşezat-o la loc, nu ai mai fi putut zbura niciodată.

Mikhail adoptă o expresie indescifrabilă, astfel încât să nu i se poată citi groaza în ochi.

Nu ar mai fi putut zbura niciodată...

-Te rog să îi transmiţi recunoştinţa mea soţiei tale, rosti în final. Şi aminteşte-i Ninsiannei că, fără ea, nu aş mai fi în viaţă.

Needa îşi schimbă poziţia pentru a analiza rana de la piept. Mikhail încercă să nu tresară în timp ce femeia înţepa în dreptul găurii, ungându-i copcile cu un fel de răşină. Mormăi satisfăcută.

-Bun, zise în limba *lui.*

Ninsianna zâmbi larg. Aprobarea mamei însemna ceva pentru ea.

Needa întâlni privirea lui Mikhail şi vorbi către soţul ei, făcându-i semn să traducă.

-Soţia mea vrea să ştie dacă cei din specia ta se vindecă mereu atât de repede, explică Immanu.

-Nu îmi amintesc. Ştiu că am mai fost rănit, răspunse Angelicul arătând către cicatricea de la încheietură. Însă nu îmi amintesc nici când s-a întâmplat, nici cât a durat până să mă vindec.

Needa înfăşură atela din nou în jurul aripei. Deşi era mult mai strânsă şi mai puţin confortabilă decât a Ninsiannei, acum putea să îşi ridice aripa până la umăr.

-Sus! ordonă femeia, arătând către aripa rănită.

Mikhail făcu un pas înapoi pentru a nu împrăştia şi alte scântei în jur, iar apoi întinse ambele aripi, fâlfâindu-le suficient pentru a se asigura că recâştigase ceva din mobilitatea de altădată.

-Mulţumesc, spuse el în limba femeii.

-*Rica ederim*[29], răspunse Needa, după care o ajută pe Ninsianna să examineze capra.

Cele două femei tratau creatura de parcă ar fi fost cel mai preţios dar din întreaga lume. Mikhail privi îndelung către stânca de deasupra navei prăbuşite.

-De ce s-ar comporta Halifienii atât de crud cu această creatură? întrebă el.

---

[29] Cu plăcere.

-Ne-am întâlnit cu ei dată trecută când am venit în vizită, zise Immanu. Le-am spus că ești un zeu și că, dacă te supără, vei face ca multe rele să se abată asupra lor.

Mikhail ridică o sprânceană.

-Și atunci de ce aruncă o capră către mine?

-Au oferit-o drept o dovadă de pace, răspunse Immanu. Dar ești pe teritoriul lor. Vor să îți iei nava și să pleci.

Mikhail ridică antenele încâlcite.

-Voi pleca imediat ce reușesc să repar asta.

Immanu studie cu atenție fâșia de metal.

-Este un obiect sacru?

-Nu, răspunse Mikhail. Face ca vocea să fie transmisă mai departe.

-Ca o călătorie a spiritului?

Nu avea nicio idee ce însemna o călătorie a spiritului.

-Ceva de genul ăsta, zise eschivându-se.

Ninsianna și mama ei se certau. Judecând după modul în care fata își ținea brațele încrucișate, se părea că nu intenționa să își însoțească mama înapoi în Assur. În cele din urmă, însă, se întoarse ținând-o în brațe.

-Mikhail? rosti, arătând către navă. Mers înăuntru? Da?

Expresia ostilă a mamei ei fusese înlocuită de aceeași curiozitate pe care Angelicul o întrezărea adesea la Ninsianna. Cele două îl urmară înăuntru, iar Ninsianna începu să le arate locul părinților ei. Se uitau prin sertarele și dulapurile lui asemenea unor gerbili entuziasmați.

Mikhail își înăbuși iritarea.

-Ce fel de armă este asta? întrebă Immanu, ținând o furculiță de metal.

-Cu ea se mănâncă.

-Oh...

Toți trei dădură din cap de parcă ar fi fost lucrul cel mai profund pe care îl auziseră vreodată. Apoi, Ninsianna scoase câteva pachete de mâncare din replicatorul lui Mikhail, împărțind biocuburile neremolecuizate părinților săi. Aceștia mestecară și înghițiră, zâmbind și aprobând din cap de parcă substanța insipidă ar fi avut un gust incredibil. Fata deschise ușa sintetizatorului de mâncare, apăsând fiecare buton în parte.

-*Briste*, zise ea. Mâncarea e stricată.

-Stricată? întrebă Immanu. Cum poți să călătorești prin ceruri fără mâncare la bordul navei cerești?

-E un replicator, răspunse Mikhail, ridicând unul dintre biocuburi. Acesta conține toate substanțele subatomice care se află în mâncare. Pur și simplu îl programezi în funcție de ceea ce îți dorești să mănânci- de exemplu, pește cu cartofi- iar mașina reasamblează moleculele.

Immanu îl privi de parcă ar fi fost un elefant cu douăsprezece capete.

-E magie, zise Mikhail, însă magia care face mașinăria să funcționeze s-a stricat.

-Oh, exclamă Immanu, iar ochii îi străluciră. Magie! Da.

Ninsianna și părinții săi îi pângăreau nava, răscolind coșurile de gunoi, trăgând cu ochiul în dulapuri, ba chiar răvășind așternuturile patului și dezvelind perna. Immanu îi făcu un semn, chemându-l pe ponton. Așeză înaintea sa unul dintre pachetele pe care le adusese.

-Căpetenia mi-a permis să îți prezint o ofertă, spuse. Te invită să vii să stai în satul nostru.

-Nu îmi pot abandona nava, răspunse Mikhail. Trebuie să termin misiunea.

-I-am zis că vei spune asta, rosti Immanu. Foarte bine. A trimis aceste lucruri în semn de prietenie.

Immanu desfăcu săculețul de piele. Înăuntrul său se aflau un mic borcan de lut plin cu ulei, niște sare, câteva grâne și un cuțit de piatră ceremonial, mult mai frumos decât cel pe care îl avea Ninsianna.

-Cum rămâne cu fiul lui? Ne va mai face probleme?

Immanu oftă.

-Vei fi mai în siguranță în satul nostru, zise acesta. Numai ordinul Căpeteniei îl oprește pe Jamin din a se strecura aici cu o armată de războinici. Te învinovățește pe *tine* pentru că ai furat-o pe Ninsianna de lângă el.

-Nu sunt responsabil pentru relația pe care el o are- sau nu o are- cu fiica ta.

-Dar eu sunt! grăi Immanu, iar vocea lui se înălță, încărcată de furie. Nu e în ordinea lucrurilor noastre să rupem o logodnă! Ninsianna a adus o ofensă teribilă. Cu cât o ții mai mult aici, cu atât mai greu va fi să îl convingem pe Jamin că nu îi necinstești mireasa!

Mikhail își aținti privirea asupra pontonului distrus. Ridică antenele.

-Imediat ce repar asta, îmi voi contacta oamenii și voi pleca.

-Cum rămâne cu Ninsianna? întrebă șamanul cu glas ciripit. Fata mea s-a atașat foarte mult de tine. Dacă o...

Immanu privi în altă parte.

-Dacă o *încurajezi* să plece...

Șamanul simțea, după cum simțea și Mikhail, că Ninsianna voia să plece departe. Definitiv.

Ninsianna își făcu apariția, iar ochii săi îl implorau să nu o trimită acasă. Se apropie, atingându-l pe spate cu mâinile ei calde, ce provocau senzații atât de plăcute...

Tentante...

Mikhail își regretă promisiunea imediat ce deschise gura pentru a rosti cuvintele.

-Nu o voi forța să plece, zise el. Dar îți dau cuvântul meu că nu voi profita de fiica ta.

Capitolul 26

Data Galactică Standard: 152,323.03 D.Î.
Baza de operare Sata'an: Pământul
Locotenent Kasib

LT. KASIB

Bucătarul bazei lor își pierduse un picior și o parte din coadă într-o campanie care avusese loc cu mult timp în urmă, chiar înainte ca locotenentul Kasib să se fi născut. Totuși, slujea în continuare în bucătărie, cu loialitate, pe cât de bine putea având în vedere capacitățile limitate. Ce altceva putea face o asemenea matahală, dacă vitejia lui nu fusese suficientă pentru a atrage o soție?

-Emmer, alac sau orz? întrebă bucătarul.

-Sunt de la ultima anexare? se interesă Kasib.

-Lotul pe care l-am primit acum două zile. Oamenii noștri au spus că sătenii au renunțat la el destul de ușor.

-Voi servi niște orz, zise Kasib.

-Iar Generalul, domnule?

-Va servi din alacul pe care unitatea lui Dahaka l-a adus seara trecută, răspunse Kasib. Cu câteva fructe uscate. Cum se numeau cele închise la culoare pe care ni le-ai dat ieri?

-Sătenii le numesc „curmale".

-Cu două curmale, atunci. Și o lingură de vomă de albine.

-Miere, adică.

Bătrâna matahală aranjă substanța bej în două boluri. Kasib scoase limba pentru a inspira parfumul delicios. Nu era la fel de dulce precum grânele Sata'anice, dar avea o textură cleioasă și aromă de nuci. Pe majoritatea planetelor pe care le cucereau erau nevoiți să o ia de la zero, însă calamitatea care aruncase supraviețuitorii Nibiruiani aici, într-un braț izolat, privându-i de tehnologie, le lăsase acestora în urmă suficientă memorie rasială pentru a-și aminti începuturile de civilizație agrară.

Kasib acoperi bolurile pentru a le menține calde, iar apoi se strecură printre ceilalți bărbați, cu toții binedispuși deoarece populația locală capitulase atât de ușor. Acela era avantajul în a coloniza o planetă primitivă. Localnicii îi credeau zei.

Se opri din mers pentru a permite unui pluton de luptători să treacă. Era un grup format din șopârle uriașe, voinice, alături de alte specii

Sata'anice cu umeri lați, dispoziție posacă și o anume tendință de a se implica în certuri și bătăi. Cizmele late cădeau cu un zgomot surd pe sol, asemenea unor tamburi, aflându-se în deplin acord cu glasurile lor care intonau un cântec de marș:

Capitulați! Capitulați!
Capitulați înaintea legii Sata'anice!
Sau luptați cu legiunile lui Shay'tan
Și lăsați-vă striviți sub tălpile noastre.

Se grăbi în dreptul acestor șopârle care îl făceau să se simtă asemenea unui pitic, pe deplin conștient că poziția sa de Ofițer Șef de Logistică al lui Hudhafah îi aducea mult mai mult respect decât ar fi putut să impună de unul singur, prin statura sa. Bărbații mărșăluiră în zona de așteptare pentru trupe, nerăbdători să se avânte în luptă, și se echipară în timp ce sergentul striga ordine în legătură cu satul pe care erau pe cale de a-l anexa.

În drumul său prin dreptul cortului de comunicații, o șopârlă slăbuță, cu o gușă încă slab dezvoltată, se apropie călcând apăsat.

-Domnule locotenent! rosti șopârla, oprindu-se în fața lui. Ați cerut aceste rapoarte?

-Da, soldat, răspunse Kasib, privind către propriile mâini, care erau pline cu micul-dejun al Generalului. Ceva ieșit din comun? întrebă în final.

-Nu am găsit dărâmături, niciun semn de activitate neobișnuită, zise soldatul.

-Vreun semnal radio?

-Nimic, domnule. Nu am detectat niciun fel de activitate electrică.

Atât Kasib, cât și soldatul priviră către templul care era destinația locotenentului. Biroul Generalului Hudhafah. Soldatul își înfășură emoționat coada în jurul unuia dintre picioare. Mâna îi tremura în timp ce îl *imploră* pe Kasib să fie el cel care avea să ducă raportul la General.

Kasib oftă. Știa ce avea să ordone Generalul după ce îl va fi muștruluit. Nu era prima campanie de-a lungul căreia paranoia Generalului se dovedise a fi justificată.

-Ordonă-le tuturor navelor să rămâne atente pentru vreun eventual semnal S.O.S., zise el. Dacă Angelicul e încă în viață, primul lucru pe care îl va face va fi să încerce să ceară ajutor.

Capitolul 27

Martie – 3,390 î.Hr.
Pământul: Locul prăbuşirii

NINSIANNA

Sunetul provocat de glasul unui bărbat care striga în noapte o trezi pe Ninsianna.

-Máthair! Ná gortaítear sí! Le do thoil![30]

Ninsianna se ridică, privindu-l cum se agită. În fiecare noapte se trezea ţipând. Papa spunea că, dacă l-ar fi adus în sat, l-ar fi putut ajuta pe Mikhail să alunge demonii din noapte, însă ea *nu voia* să se întoarcă.

Mikhail scoase un suspin cutremurător. Ninsiannei i se puse un nod în gât. Cum se putea ca un bărbat să fie atât de viteaz când era treaz, dar să rămână atât de neajutorat atunci când Dim-me şi Dim-mea, demonii somnului, veneau să îl tulbure? Oricare ar fi fost amintirile care le permiteau demonilor să se arate, cu siguranţă că erau terifiante.

-Ar fi mai bine dacă aş face o vrajă pentru a şterge aceste amintiri, şopti fata.

Însă nu făcu nimic. Pentru ca Mikhail să o ducă spre stele, trebuia întâi să îşi amintească modul în care putea ajunge acolo.

*

Plecase înainte ca ea să se trezească, după cum o făcea în fiecare dimineaţă. Cum putea un bărbat atât de mare să se mişte în atâta linişte? Ninsianna se dezveli de pătura care o acoperea până la gât. Mikhail avea o atitudine ciudată faţă de ideea de a vedea sâni dezgoliţi. Sâni? Ce era în neregulă cu nişte organe pe care femeile le foloseau pentru a hrăni pruncii? Nu era ca şi cum l-ar fi lăsat să o vadă vreodată fără cârpa ce îi acoperea zona intimă. *Asta* ar fi fost provocator!

Fata merse către camera cu gaură[31], iar apoi se împletici, pe jumătate adormită, către ponton. Ca de obicei, Mikhail era aşezat în faţa altarului său, rugându-se către zeul Compyooter.

-Bună dimineaţa, spuse Ninsianna.

Mikhail îşi roti scaunul.

---

[30] Mamă! Nu o răni! Te rog!
[31] Toaletă.

-Vino, răspunse el, făcându-i un semn. Vezi?

Arătă către luminița verde care clipea pe pătratul sclipitor gravat pe perete.

-Compyooterul merge.

Ochii săi albaștri străluceau.

-Serios?

-Da, răspunse Mikhail, luptându-se să găsească cele câteva cuvinte potrivite. Mers. Rău. Stricat. Dar da. Mers. Poate?

Arătă către linia verde, iar apoi apăsă pe o formă plină de simboluri.

-Computer nu vorbește, zise el. Dar modul vechi. Mers. Puțin.

Linii verzi, șerpuite apărură pe pătratul negru, plat. Aripile lui Mikhail foșniră, agitându-se asemenea unui copil nerăbdător.

-Vezi?

Împunse dreptunghiul cu un deget. Vocea divină care provenea din tavan vorbi din nou. De această dată, Ninsianna cunoștea destule cuvinte din limba lui încât să înțeleagă.

„Raphael... am... lovit!... găsit... târât... cu destul...”

Fata își înclină capul, chinuindu-se să traducă ceea ce auzise. Mikhail atinse din nou pătratul. Compyooter rosti același mesaj ca mai devreme. Ninsianna se încruntă.

-Compyooter răspuns cu propria voce?

-Nu răspuns, zise Mikhail, apăsându-și fruntea cu degetele în încercarea de a-i comunica faptul că erau multe pe care nu i le putea traduce. Strigat. Înainte și plecat. Ca tine. Către mine. De acolo.

Arătă înspre tavan. Un amalgam de pânze de păianjen[32] legate între ele pentru a forma o sfoară groasă atârnau din tavan, coborând înspre gaura din perete cu care Mikhail se lupta de câteva săptămâni.

-Strigat! rosti Mikhail, întinzându-se spre tavan. Către Raphael. În stele.

Un val de entuziasm cuprinse întregul trup al Ninsiannei. Își atinse fruntea.

-Tu amintit?

Expresia lui Mikhail deveni melancolică.

-Nu amintit. Doar știu, răspunse, indicând ecranul negru. Vezi?

Linii șerpuite apărură din nou pe ecran. Mikhail lovi pătratul. Compyooter vorbi. Mai multe linii se iviră. Angelicul arătă către simbolurile care apăruseră chiar sub linie.

-Acesta. Este loc. Loc unde trăiește Raphael.

-În stele?

-Da. Raphael aici! rosti Mikhail cu o expresie serioasă. Sau *era* aici. Douăzeci și opt- își întinse toate degetele de două ori, iar apoi ridică doar

---

[32] Fire.

opt dintre ele- zile- făcu un gest către ceafă- trecut. Nu știu dacă Raphael trăit acolo acum.

Cum putea prietenul lui să se mute pe o altă stea? Poate că trăia într-o canoe cerească, asemenea lui Mikhail? Ninsianna hotărî să nu întrebe. Judecând după modul în care Mikhail își ciupea sprâncenele, era evident că efortul de a explica această magie îl seca de răbdare. Atunci când devenea prea complicat, Angelicul pur și simplu tăcea.

-Tu reparat, spuse Ninsianna, mângâind una dintre aripi. Eu merg făcut mâncare. Bine?

Mikhail dădu din cap, ușurat.

-Bine. Mâncare bună. Iar *asta,* zise Mikhail arătând către un morman de balegă de capră, tu duci afară.

Ninsianna privi către capra legată înăuntru. Era o capră *bună*, care dădea lapte în fiecare dimineață și seară. Dar, din cine știe ce motiv, îl deranja pe Mikhail. Chiar ieri îi ceruse Ninsiannei să îi facă o baie!

Fata îi dădu drumul caprei, mângâind-o pe cap.

-Vino, fetițo. Hai să găsim niște nutreț.

O conduse afară, ignorând încruntarea subtilă a lui Mikhail. Nu fusese prea fericit în legătură cu ideea de a aduce capra la bordul navei, dar fata îi explicase că, dacă nu o aducea înăuntru, *el* ar fi trebuit să doarmă afară pentru a o proteja de prădători.

Ninsianna mulse capra, iar apoi adună bețe în timp ce animalul mesteca lacom iarba care creștea la marginea apei. Focul se aprinse ușor, ajutat de cele câteva scântei ale cărbunilor ce încă ardeau mocnit. Fata pregăti niște felii de pâine din grânele trimise de Căpetenie, după care le așeză pe o piatră plată pentru a se coace. Apoi, porni să vâneze șopârle și gerbili.

Mikhail nu era cu nimic mai comunicativ când se întoarse cu mâncarea înăuntru.

-Strig către Raphael azi, spuse acesta.

-Azi? întrebă Ninsianna.

Da, azi.

Arătă către sfoara groasă care dispărea prin crăpătura din tavan. I se alăturaseră multe alte sfori de dimineață; cele noi erau și mai groase, și se îndreptau către spatele navei.

-Băț magic, repar, merge.

Liniile șerpuite de pe ecran se schimbaseră. Fetei îi trecu prin minte că probabil erau sigilii, asemenea simbolurilor pe care Papa le folosea pentru a face magie. Se încruntă și analiză liniile de pe Compyooter.

-Ce înseamnă asta?

Recunoscu simbolurile pe care Mikhail i le arătase mai devreme, cele ce indicau locul în care trăia Raphael.

-Unu-patru-șase, răspunse Mikhail, folosindu-și degetele pentru a mima numerele pe care le rostea. Nouă-cinci-cinci. Este... ăă...

Îşi ciupi nasul.

-Ca un cântec. Cântă sus. Cântă jos. Trebuie cântat cântecul corect ca Raphael auzit.

Ninsianna privi îndelung către liniile şerpuite. Un cântec? Fata îşi închise ochii, rugându-se la Cea-Care-Este să explice. Câteodată, îi răspundea, dar de cele mai multe ori zeiţa îi trimitea pur şi simplu o senzaţie ocrotitoare. Acea senzaţie pe care o trăise în viziunea în care plutea într-un râu, înconjurată de stele care cântau, i se întrezări în minte, iar apoi dispăru.

O! Desigur!

-Cântat! râse Ninsianna. Precum chemat capra, adăugă, făcând un semn către crăpătură. Cântat, la-la-la, mers mai departe. Capra venit?

-Da. Poate.

Întrucât îşi satisfăcuse curiozitatea, Ninsianna declară că era momentul să îi schimbe bandajul. Rana de la piept încă îl supăra. Fata înlocui bandajele rezistente pe care era acum nevoită să le spele şi să le fiarbă, deoarece folosise deja tot tifonul delicat din trusa lui; pipăi cu grijă gaura înfundată.

-Arată bine, zise ea. Vindecat bine. Fără spirite rele.

Obrazul lui Mikhail tresări în timp ce acesta privi către tavan cu o expresie indescifrabilă.

-Mulţumesc, rosti el.

Ura să fie rănit. Ura cu tărie. Ninsianna putea să îşi dea seama de acest lucru după modul în care aripile i se încordau de fiecare dată când încerca să îi vorbească despre rănile sale şi despre limitările pe care le impuneau. Fata îşi închise ochii şi se concentră asupra legăturii dintre ea şi Cea-Care-Este, cântând:

> Doamna mea rosteşte incantaţiile.
> Grăieşte, iar ele devin mai bune.
> Rosteşte incantaţiile ei cu ghee,
> Turnându-l în bolul său magnific
> Şi aducându-l în mâinile ei răcoroase.

Un val plăcut de căldură îi inundă trupul, dincolo de inimă, transmiţându-se prin mâinile ei până în ale lui Mikhail. Mikhail oftă. În ciuda insistenţelor că nu credea în magie, cu siguranţă îi plăcea atunci când fata cânta aceste doine tămăduitoare.

Şoaptele slabe pe care le auzise atunci când plutise în viziunea ei se întoarseră; nu doar în gândul său, ci şi sub formă de imagini. Acest lucru îi plăcuse întotdeauna cel mai mult în legătură cu faptul că era tămăduitoare-modul în care aproape că putea să *vadă* gândurile pacienţilor ei. Cele mai mari temeri ale lor. Cele mai puternice dorinţe. Poate că de aceea îl rănise

Cea-Care-Este? Dacă nu ar fi fost rănit, ar fi lăsat-o oare Mikhail să îl atingă?

În mintea lui, Ninsianna citea confuzie, consternare, teroare. Nu din cauza sorții sale, ci din cauza faptului că nu își amintea absolut nimic despre cine era.

-Nu îți fie teamă, șopti ea, dincolo de cântec. Te voi vindeca, iar tu mă vei lua cu tine. Să văd stelele?

Fără a-și da măcar seama, Mikhail aprobă, dând din cap. Fata obținuse această reacție și de la Jamin, cu toate că *el* nu se ținuse de cuvânt. De această dată, nu avea să distrugă totul prezentându-și deschis cerințele. Își termină treaba și reașeză atela, legând-o strâns, așa cum îi arătase mama ei.

Ce altceva putea face pentru a deveni indispensabilă?

Mikhail arătă către excrementele pe care capra le lăsase în cameră în seara precedentă. Aripile îi fâlfâiră cu dezgust.

-Promiți, rosti el stern, că tu curat?

-Bine.

Mikhail se întoarse către Compyooter, nerăbdător să își trimită mesajul înainte de apus. Odată ce ar fi strigat către Raphael, ce avea să se întâmple? Avea Raphael să vină?

Fata privi către excremente și apoi în sus, către spărtură. Buzele i se arcuiră într-un zâmbet. Nu ar fi fost potrivit ca Raphael să viziteze o canoe cerească stricată. Ridică bălegarul de capră și ieși.

Capitolul 28

Martie – 3,390 î.Hr.
Pământul: Locul prăbuşirii
Colonel Mikhail Mannuki'ili

MIKHAIL

Mikhail verifică datele pe care le tastase cu atâta efort. Judecând după durerea pe care o resimţea în încheietură, concluzionă că scrisul era o artă pe care o învăţase, iar apoi nu o mai folosise niciodată.

Longitudine...

Latitudine...

Distanţă...

Putere.

Se strecură sub tejghea şi verifică din nou conexiunea. Fiecare navă avea o cutie neagră, un dispozitiv al cărui unic scop era să transmită un semnal de alarmă în situaţii de urgenţă sau, dacă nava era distrusă, să transmită locaţia astfel încât, într-o bună zi, o navă din apropiere să descopere epava. De ce nu se declanşase atunci când fusese doborât rămânea un mister, dar aceasta era situaţia. Suficientă putere încât să trimită un singur mesaj subspaţial.

Verifică pentru a patra oară coordonatele.

Frecvenţa subspaţială: 146.955.

Deşi nu îşi *amintea* cum funcţiona, *ştia* că antena avea să creeze o gaură neagră la nivel microscopic, prin care putea trece o rază de lumină. Odată ajunsă la celălalt capăt, aceasta avea să rămână conectată la radioul său pentru câteva secunde, printr-o serie de legături subspaţiale. Dacă se conecta cu succes la cealaltă navă, puteau să vorbească atâta timp cât amândouă aveau energie. Dacă *nu* putea să menţină energia, totuşi, nu era totul pierdut. Pulsaţia lumininii, odată răsărită în partea cealaltă, avea să acţioneze asemenea unui semnal radio obişnuit, radiind în spaţiu cu viteza obişnuită a sunetului.

Deci ce putea să îi spună unui bărbat de care nu îşi amintea, care era staţionat într-o locaţie pe care nu şi-o amintea, despre o misiune pe care nu şi-o amintea, pe o planetă despre care nu ştia unde se afla?

„Ajută-mă? Oricine ai fi? Vino să mă găseşti, sunt încă în viaţă."

Verifică din nou cablul încărcătorului şi se asigură că lipise toate capetele desfăcute. Nu era nevoie decât de un singur scurtcircuit şi întreaga navă putea exploda într-un mod spectaculos, capabil să destrame până și atomii.

Se ridică, încercând să scape de înțepeneala din aripi. Se părea că, rănit sau nu, nu era obișnuit să petreacă atât de mult timp închis înăuntru.

-Ninsianna? strigă el.

Păși către crăpătura pe care o foloseau drept ușă. Dacă reușea să stabilească acel contact pe care îl dorea cu Raphael, își dorea ca ea să fie *acolo*, lângă el.

Un sunet care provenea de deasupra sa îl făcu să privească în sus. O față acoperită de pământ se rostogoli prin gaură.

Capitolul 29

Martie – 3,390 î.Hr.
Pământul: Locul prăbușirii

JAMIN

Jamin se strecură până în locul în care putea vedea bine nava cerească. În valea de dedesubtul său, Ninsianna sfâșia pielea unor rozătoare și le așeza în foc pentru a se coace, vorbind, după cum obișnuia, cu Cea-Care-Este. Cândva, văzuse acest obicei drept unul înduioșător. Acum că Immanu pretindea că Cea-Care-Este trimisese demonul înaripat drept salvator, nu îl mai vedea în același mod.

Proști!

Tatăl său era prea orbit de visul de a poseda armele unui demon înaripat pentru a se *gândi* la ce se putea întâmpla dacă nenorocitul ar fi condus o armată împotriva satului lor. Fără îndoială că deja aflase toate secretele apărării lor de la Ninsianna! Mult succes cu asta. Primul lucru pe care îl făcuse fusese să schimbe programul santinelelor și apoi ordonase ca pe ziduri să fie așezate sulițe suplimentare.

Când demonul avea să se arate, el urma să fie pregătit.

Nenorocitul!

Jamin își apucă sulița. Nu era nevoie decât de o aruncare bună de deasupra. Dar Immanu jura că demonul înaripat nu era interesat de Ninsianna. Poate că *arăta* ca un bărbat, însă Angelicii, pretindea Immanu, nu erau conduși instincte primare.

Un eunuc...

Jamin scuipă. Demonul înaripat nici măcar nu era un bărbat!

Își privea acum mireasa rătăcitoare în timp ce așeza feliile de pâine pe foc pentru a le coace. Vântul își schimbă direcția, purtând cu sine aroma rozătoarelor care se prăjeau, a anghinarelor și a usturoiului în direcția lui; mirosul îi făcea stomacul să mârâie înfometat. Ninsianna era atât de frumoasă, stând lângă foc. Formele ei voluptoase, chipul auriu... Jamin încă putea *simți* modul în care mâinile ei se încălziseră atunci când îi atinsese trupul rănit, șoptind vorbe dulci, de îmbărbătare.

Trebuia să o aducă înapoi! Nu putea crede că acele sentimente nu fuseseră reale.

Părul i se ridică la ceafă. Se îndepărtă de marginea stâncii, fără a uita să își arate agrafa de os.

-Ştiu că sunteţi acolo, şopti în limba Halifienilor. Marwan a spus cândva că triburile noastre nu trebuie să fie duşmane, aşa că de ce nu vă arătaţi drept prieteni?

Liderul mercenarilor ieşi din ascunzătoare. Avea, probabil, în jur de treizeci de ani şi purta o robă maro, spălăcită, genul de îmbrăcăminte pe care ar purta-o un bărbat ce se ocupa de supraveghere. Chipul său, deşi ars de soare şi acoperit de cicatrici, purta urme ale predecesorilor regali. Îşi întinse mâinile în faţă pentru a arăta că îşi aşezase cuţitul în toc.

-Ce m-a dat de gol? întrebă Halifianul.

-Nu sunt sigur, răspunse Jamin. În cea mai mare parte a timpului pur şi simplu ştiu.

-A, un bărbat cu intuiţie, zise bărbatul dând din cap. Marwan e la fel. Spune că Al-iyah ne învaţă să ne luptăm, dar Dhat-Bhataan ne învaţă să ascultăm.

-Şi cum se mai simte tatăl tău? întrebă Jamin. Nu l-am mai văzut de foarte mulţi ani.

-Tată socru, îl corectă bărbatul. E curios în legătură cu micuţa Căpetenie cu care s-a făcut o înţelegere.

O agrafă elaborată din os la schimb pentru apa necesară celor şase capre şi o vară plină de lecţii de limbă pentru un băiat îndurerat care îşi pierduse mama. Ce voise, de fapt, şeicul? Să creeze o alianţă viitoare cu o minte tânără şi uşor de manipulat în timp ce tatăl său era prea distras pentru a-i păsa?

Jamin făcu un semn către o piatră aflată dincolo de raza de acţiune a armelor. Halifianul se aşeză, apoi se aplecă spre înainte cu ochii căprui sclipind de curiozitate.

-Numele meu este Roshan, rosti el. Sunt fiul lui Yazan, şeicul tribului Halifian Baranuman. Sunt ginerele lui Marwan, căci m-am căsătorit cu fiica sa născută din a cincea căsătorie, Atara.

-Numele meu e Jamin, fiu al lui Kiyan din Assur, spuse Jamin. Unde e restul oamenilor tăi?

-În apropiere.

Halifianul făcu un gest către valea de dedesubt.

-Văd că prietenul nostru e încă aici.

-Da, din păcate, răspunse Jamin. Care e treaba cu capra?

-Am sperat că, dacă i-o vom oferi drept sacrificiu, va pleca.

Amândoi priviră ţintă către Ninsianna, care mângâia capra.

-Poate că nu ar fi trebuit să îi oferiţi un mijloc de a face rost de lapte, zise Jamin.

-Am crezut că o va *mânca*.

Roshan făcu un semn catre stânca înaltă de peste treizeci de coţi.

-Era tânără şi fragilă. Ar fi trebuit să moară în urma căzăturii.

Buza lui Jamin tresări.

-Ea e o tămăduitoare talentată. M-a vindecat şi pe mine după o rană îngrozitoare.

-Provocată de un ţap?

Jamin râse.

-Un bour. Creatura aceea m-a ridicat pe cap.

-Mi se pare greu de crezut.

Jamin îşi dădu capa la o parte, dezvăluindu-şi abdomenul. Sprâncenele întunecate ale Halifianului se înălţară în semn de neîncredere.

-*Asta* da cicatrice.

-Ea m-a vindecat, zise Jamin. Iar acum tatăl ei spune că l-a vindecat şi pe el. Sau cel puţin asta este scuza pe care a prezentat-o pentru că şi-a lăsat fiica să rămână.

Amândoi priviră îndelung în josul văii, la logodnica şovăitoare.

-Am avea şi noi nevoie de o asemenea tămăduitoare, grăi Roshan. Poate că o să o iau drept a doua soţie.

Jamin tresări supărat.

-Doar dacă vrei să fii eviscerat şi purtat drept noua mea capă.

Halifianul râse.

-Femeile Ubaide dau prea multe bătăi de cap! zise batjocoritor. Uită-te cum se îmbracă! Toate canaliile deşertului s-ar lupta să o fure din cortul meu.

-Fiecare bărbat de pe teritoriul Ubaid ar face acelaşi lucru, oftă Jamin. De aceea trebuie să o iau de lângă acest demon. Nu numai că i-a încurcat minţile, dar a distrus şi bunul simţ al tatălui ei.

-Şamanul?

-Da.

-E adevărat?

Roshan făcu un semn cu degetul pentru a alunga spiritele rele.

-Că el, ca tatăl său, poate opri inima unui om prin rugăciune?

Jamin deveni precaut.

-Da, minţi el. L-am văzut făcând asta, dar numai dacă e provocat.

Roshan tăcu. Cei doi bărbaţi continuară să o privească îndelung pe Ninsianna, în timp ce aceasta scotea gerbilii copţi din foc şi îi aşeza pe un platou ciudat, argintiu, pentru a-i duce înăuntru. Valea rămase liniştită; această tăcere mai era străpunsă doar de susurul izvorului, de trilul câtorva păsări şi de behăitul ocazional al caprei.

-Deşertul devine din ce în ce mai uscat, zise Roshan într-un sfârşit. Valea aceasta e refugiul lui Marwan atunci când Tharthar Wadi seacă.

-Cât mai durează? întrebă Jamin.

-De obicei, triburile se despart chiar după ceremonia Akitu, din primăvară.

Jamin calculă timpul rămas.

-Două săptămâni.

-Da.

-Şi dacă el va fi încă aici?

Roshan îşi strânse cuţitul.

-Atunci nu vom avea altă alegere decât să îi cerem să plece.

Ninsianna reveni afară, de această dată cărând o găleată. Aruncă o grămadă de bălegar de capră, apoi se îndreptă către râu şi se dezbrăcă de toate hainele, cu excepţia cârpei care îi acoperea bazinul. Jamin simţi întăritura scrotului pe măsură ce fata îngenunche lângă apa izvorului şi începu să sape, oferindu-i o privelişte fantastică a posteriorului său.

-Ah! fluieră Roshan slab. *Asta* ar fi un premiu bun.

-Premiul *meu*, spuse Jamin. Trebuie să ne căsătorim la solstiţiul de vară.

-Întâi trebuie să o recuperezi de la demonul înaripat.

-De asta sunt aici.

Ninsianna cără găleata până la grămada de bălegar. Respiraţia lui Jamin se opri. Era incredibil de frumoasă, cu sânii acoperiţi de nămol.

-Tatăl meu vrea ca ea să îl aducă pe demon în satul nostru, spuse Jamin. Poate că vom scăpa de el fără să irosim vreo viaţă.

-L-ai văzut zburând? întrebă Roshan.

-Nu, răspunse Jamin. Doar umflându-şi aripile.

-Deci am putea să luptăm împotriva lui pe pământ?

-Poate, zise Jamin. Dar ar trebui să îl prindeţi nepregătit.

Hotărî să nu menţioneze arma de foc. Halifienii nu fuseseră acolo pentru a o vedea, iar Immanu, care vorbea foarte puţină Halifiană, nu îşi ocupase timpul explicându-le despre armele demonului, ci doar aruncând ameninţări vagi în eventualitatea în care ei ar fi mers în josul văii.

Ninsianna păşi către capră şi începu să smulgă smocuri de iarbă verde. Le cără la găleată, aruncându-le înăuntru împreună cu doi pumni de bălegar, după care zdrobi tot amestecul cu un băţ.

-Ce face? întrebă Roshan.

-Chirpici. Vrea să treacă ceva prin mortar.

-Chirpiciul este pentru oameni care *se aşază* undeva, pufni Roshan.

Jamin simţi un nod înălţându-i-se în gât în timp ce fata ridica găleată, îndreptându-se înapoi către canoe. Nu făcuse chiar el chirpici până în ziua în care Ninsianna rupsese logodna, pentru a construi viitoarea lor casă? Ambii bărbaţi priviră fata care se căţără pe molozul ce căzuse pe canoe şi se aşeză deasupra crăpăturii care străbătea tavanul. Cu un zâmbet triumfător, Ninsianna întoarse găleata cu susul în jos şi vărsă conţinutul în gaură.

-Hei! strigă o voce de bărbat.

Demonul înaripat ieşi afară în grabă. Acoperit de pământ...

-Cad in Hades atá tú a dhéanamh?[33] spuse el.

---

[33] Ce faci, în numele lui Hades?

Îşi agită aripile. Nămolul se împrăştie pretutindeni.

Jamin îşi acoperi gura cu mâinile pentru a se opri să nu râdă. Roshan se ţinu de burtă, incapabil să prevină un hohot adânc. Demonul înaripat arăta aproape inofensiv, acoperit de noroiul ce arăta ca fecalele unui bebeluş, de iarba uscată şi excrementele de capră încă vizibile. Privi către Ninsianna.

-Tu. Vezi asta! zise Mikhail, arătând spre un băţ înalt care se înălţa în afara navei, chiar lângă crăpătură. Tu atingi asta, continuă, aruncându-şi braţele în lateral, bzzt! Îţi aminteşti? Tu mori!

Jamin îşi apucă suliţa şi se strecură spre marginea stâncii. Dacă nenorocitul o atingea *cu un deget*, avea să îl găurească asemenea unui bour sălbatic!

Ninsianna se ridică, purtând doar cârpa din jurul bazinului şi noroi. Atinse braţul demonului, copleşită de remuşcări, dar neînfricată, şi zâmbi.

-Scuze, zise ea. *Le de thoil.* Te rog. Încercat să ajut, reparat.

Demonul înaripat privi în altă parte.

-Reparat nu bun, mormăi el. Eu repar *computer*.

Fără a se certa, Ninsianna îşi ridică rochia şi păşi înăuntru. Demonul îşi scutură puternic aripile pentru a scoate noroiul din ele, iar apoi îngenunche pentru a ajusta bara ciudată, argintie care se înălţa din crăpătură.

Jamin şi Roshan aşteptară până când Mikhail se întoarse înapoi înăuntru pentru ca vreunul dintre ei să capete curajul de a vorbi.

-Ce e aia? întrebă Jamin.

-A lucrat la ea toată săptămâna, răspunse Roshan.

-Probabil că e importantă?

-Destul de importantă încât să o omoare?

Jamin trezări. Da. De ce ar ameninţa-o că o va omorî? Însă limbajul trupului şi cuvintele rostite de demon nu se potriveau. Ar fi trebuit să arunce suliţa, dar fata se arătase atât de neînfricată, iar demonul înaripat se retrăsese atât de repede... Ninsianna nu avusese aceeaşi expresie atunci când fugise de *el*.

Jamin privi către ţeava argintie care stătea sprijinită de stânci. Strălucea slab în lumina soarelui, asemenea unui colier de argint, înconjurată, la bază, de un scut la fel de strălucitor, presărat cu vârfuri ascuţite. *Asta* era o armă demnă de a-i fi arătată Căpeteniei. O suliţă de argint şi un scut. În luptele împotriva inamicului, cea mai mare necinste era să îi furi cea mai de preţ avere şi să o prezinţi ca şi cum ţi-ar aparţine.

-Nu e un zeu, mârâi Jamin. Voi dovedi că nu e altceva decât un bărbat.

Căută în tolbă o sfoară de o sută de coţi lungime pe care o adusese cu el; trebuia să fie suficient de lungă pentru a escalada stânca. Legă un capăt al sforii de un pietroi uriaş, iar pe celălalt îl aruncă peste marginea stâncii.

-Ce faci? rosti Roshan printre dinţi.

-Îi iau sulița.

Își coborî ușor trupul peste margine.

De când era copil, unul dintre hobby-urile lui favorite era să escaladeze terasamentul abrupt pe care se afla satul lor și să răscolească toate cuiburile pe care și le făcuseră păsările pentru a depune ouă. Se lăsă să alunece încet, folosindu-se de mușchii puternici pe care îi lucrase în atâția ani de trudă și vânat, până când ajunse jos.

Privi în sus. Roshan îl analiza de la marginea stâncii.

-Dacă vine afară, îi zise Jamin cu grijă, o să am nevoie de tine să mă tragi înapoi.

Își legă sfoara în jurul taliei pentru a se asigura că Halifianul nu avea să o tragă și să îl abandoneze acolo, în josul văii, iar apoi se strecură până la țeavă asemenea unui prădător care urmărea prada, oprindu-se în loc de fiecare dată când deranja o piatră, făcând zgomot.

-Vom vedea cât de puternic ești când îți fur armele.

Sulița argintie începu să strălucească, avertizându-și stăpânul. O puternică lumină albastră radia din scut. Jamin își simți părul sculându-i-se pe tot trupul, un sentiment pe care îl aveau toți cei care își dădeau seama că fulgerul a lovit prea aproape.

-Nu și de data asta, zise el printre dinți. Nu o să mă intimidezi și a doua oară!

Un vortex de lumină se înălță din scut, împrăștiind pretutindeni raze fulgerătoare în timp ridica sulița în aer asemenea unui ciclon deșertic. Părea că până și aerul șuiera amenințător. Valuri puternice de energie tropăiau în interiorul său.

-E logodnica *mea*!

Eliberând un strigăt puternic de luptă, Jamin aruncă piatra asupra suliței strălucitoare.

Capitolul 30

Martie – 3,390 î.Hr.
Pământul: Locul prăbușirii
Colonel Mikhail Mannuki'ili

MIKHAIL

Mikhail verifică legăturile pentru ultima dată, oprindu-se pentru a se asigura că puterea suplimentară pe care o extrăsese din sistemul de reaprindere la rece al motorului avea să se activeze pentru a menține vie gaura neagră, în cazul în care reușea să stabilească o conexiune potrivită. Ieși de dedesubtul mesei, lovindu-și aripa rănită.

-Mpf! tresări el.

Ninsianna se grăbi pentru a-l ajuta, nerăbdătoare să vindece fiecare rană. Mikhail ridică o mână pentru a o ține la distanță. Ultimul lucru de care avea nevoie era să fie distras de frumoasa femeie. Ocupa deja mult prea mult loc în mintea lui. Începând cu această zi, era momentul să îi scoată din minte ideea că avea să vină cu el.

O apucă strâns de umeri.

-Aici, zise, împingând-o către un scaun gol. Tu ajuți aici. Ascultat pentru voce, continuă, așezându-și o mână în dreptul urechii. De la Raphael. Îmi zici, da? Dacă auzi... voce nu eu.

Ninsianna aprobă din cap, cu ochii strălucindu-i entuziaști. Mikhail încerca din răsputeri să își țină sub control *propriul* entuziasm. Totul depindea de această reușită: să termine ultimul apel pe care încercase să îl facă.

Să încheie misiunea...

Avea, în sfârșit, să afle care era acea misiune?

Ninsianna aștepta pe scaun, dreaptă și solemnă asemenea unui cadet, cu o ureche îndreptată către tavan. Mikhail verifică a doua oară mesajul care îi oferea puținele informații pe care le cunoștea în legătură cu planeta, inclusiv dimensiunea aproximativă a acesteia, calculată prin metoda paralaxei, distanța față de soarele galben-verzui, luna supradimensionată și distanța față de o multitudine de alte astre proeminente, inclusiv trei aranjate sub forma unei constelații pe care Ninsianna o numea Centura Vânătorului.[34]

Angelicul aruncă încă o privire peste umăr, pentru a se asigura că Ninsianna nu se mișcase, iar apoi începu să execute comenzile necesare pentru a iniția semnalul S.O.S. Firele murmurară, pătrunse de valul de electricitate care se adunase la bordul navei. Câteva scântei încercară să se elibereze din strânsoarea reparațiilor lui rudimentare, dar Mikhail fixase cu meticulozitate toate capetele.

O lumină alb-albăstrie izvorî prin crăpătură pe măsură ce energia din jurul antenei se acumulă, adunând din ce în ce mai multă plasmă pentru a crea o gaură neagră în miniatură. Ninsianna se întinse către lumină cu o expresie nerăbdătoare, ca a unui copil.

-Nu atinge! o avertiză Mikhail. Bzzt! Foarte rău! Omorât.

Ochii Ninsiannei se măriră, cuprinși de fiorul anticipativ. Teamă? Teroare? Entuziasm? Cu siguranță entuziasm. Tânăra femeie părea să înflorească în așteptarea necunoscutului. Penele lui Mikhail fâlfâiră, mânate de propriul entuziasm reprimat. În sfârșit! Avea să meargă acasă!

Apăsă pe butonul „Inițializează". Întreaga navă începu să tremure, învăluită de energia acumulată.

Un zgomot slab de pe acoperiș atrase atenția Angelicului. În lumina albastră emanată de plasma care se aduna, se prefigură o umbră. Mikhail se ridică în picioare și își scoase pistolul cu impulsuri.

-Nu te apropia!

Zbură către crăpătură. Aripa prinsă în atelă se agăță de marginea zimțată. Mikhail se rostogoli, grăbindu-se către ieșire. Jamin stătea deasupra antenei, având o piatră în mână.

-A mea! strigă el.

-Nu! urlă Mikhail.

Piatra căzu, într-o mișcare ce părea derulată cu încetinitorul, asupra găurii negre formate parțial. O rază de plasmă țâșni în sus în timp ce generatorul explodă, transformându-se în impuls electromagnetic.

BUF!!!

Mikhail se prăbuși pe spate. Descărcarea electrică îi sfredeli trupul. Fu smucit înainte și înapoi, în timp ce corpul îi era străbătut de convulsii. Mușchii se încleștară, lipsiți de ajutor, iar sinapsele sale își ratară ținta. O serie de imagini i se perindă înaintea ochilor.

O formă mică, întunecată, se ascunde între rândurile de vie.

„Vino să mă cauți..."

Ea trage cu ochiul din dreptul tufișurilor, iar ochii negri, prevăzători, îi sunt prea mari pentru trupul atât de mic.

---

[34] Cunoscută astăzi drept Constelația Orion sau Constelația Vânătorului.

Întinse mâna către păpuşa aşezată în siguranţă în buzunarul de la piept. Încercă să îi rostească numele, însă deja dispăruse. Un chip în formă de inimă se ivi deasupra lui. Ochii îi erau aurii, nu negri, cum fuseseră ai *ei*. Un spirit frumos, venit pentru a-l ghida către tărâmul viselor.

-N-n-ninsianna.

Fata îi atinse obrajii, plângând.

Treptat, convulsiile încetară. Mikhail zăcea pe jos, neajutorat şi lipsit de vlagă. Pe stânca din faţa lui se legăna trupul lui Jamin.

-J-J-J...

Încercă din răsputeri să îşi forţeze limba să formeze cuvântul acela. Să rostească numele duşmanului său. Corpul se înălţa tot mai sus, suspendat de o sfoară. Pe vârful stâncii, unul dintre Halifienii care îl blestemase cu acea capră ridica trupul.

-Ajută-mă, gâfâi Mikhail.

Ninsianna îl ajută să se ridice în fund. Cu mâinile tremurânde, Angelicul ţinti trupul. Folosindu-se de disciplina pe care o acumulase în zeci de ani de antrenament, îşi forţă degetele să înlăture siguranţa şi să apese trăgaciul, încărcând arma până la puterea maximă.

Buzele Ninsiannei formară un „O" când fata realiză ce era pe cale să facă Mikhail.

-Nu!

Îl împinse pe spate. Impulsul se descărcă...

...inofensiv, în aer...

Mikhail zăcea acolo, tresărind, iar sistemul său nervos refuza să răspundă comenzilor. Prea slăbit, prea obosit, prea *dezamăgit* pentru a se ridica...

Halifianul reuşi să tragă trupul lui Jamin până sus şi dispăru.

Angelicul continuă să zacă în loc, tremurând. O întreagă eternitate păru să se scurgă până când izbuti să îşi controleze emoţiile suficient încât să o lase pe Ninsianna să îl ajute să se ridice. Privi îndelung către rămăşiţele vaporizate ale antenei lui.

Faptul că Jamin era probabil mort nu îl consola deloc...

Capitolul 31

Data Galactică Standard: 152,323.03 D.Î.
Pământul: Baza de operare Sata'anică
Locotenent Kasib

LT. KASIB

Locotenentul Kasib aşteptă în timp ce Generalul Hudhafah analiza rapoartele de seară, cu coada strânsă în jurul corpului. Din când în când, gusta aerul discret, papilele gustative ale limbii sale lungi şi bifurcate detectând feromonii care trădau starea generalului.

-Vreo urmă de Angelic? întrebă, în final, Hudhafah.

-Câteva depozite mineraliere răzleţe care s-au dovedit a fi minereu de fier, răspunse Kasib. Două raportări false din partea localnicilor care voiau să obţină recompensa. Şi asta, domnule. Un soi de mişcare seismică.

Creasta ascuţită de pe spatele lui Hudhafah se înălţă, semn al curiozităţii. Examină raportul realizat la bordul unei dintre nave.

-Vreun semnal S.O.S.?

-Nu credem că ar fi fost vreunul, zise Kasib. A fost prea scurt, prea neregulat. Ar putea fi atribut magnetismului terestru.

-Asigură-te că *Jaman* scanează zona data viitoare când zboară pe deasupra ei. Dacă e ceva acolo mai mare decât un ceas de mână, ar trebui să îl putem detecta.

-Da, domnule, răspunse Kasib. Am rezolvat asta deja.

Generalul Hudhafah scoase următorul raport. Cel legat de eforturile de a atrage aliaţi locali.

-Ce trib este ăsta, te rog? întrebă Generalul.

-Îşi spun Amoriţi, spuse Kasib. Pretind că ne pot aduce femei dispuse să înveţe regulile Imperiului.

Hudhafah apucă o gheară şi urmări conturul fotografiilor pe care Kasib le încărcase pe ecranul Generalului. Un grup care arăta destul de aspru, dacă era vorba să judece caracterul umanoid.

-Spune-le că vom începe cu trei, zise acesta. Cele mai bune pe care le poate oferi această planetă. Dă-le o monedă de aur pentru fiecare femeie, şi încă două să fie trimise familiilor femeilor. Când trimit raportul acesta către Shay'tan, am nevoie de o *dovadă* că nu am înnebunit cu toţii.

-Da, domnule.

Cu un salut rigid, Kasib păşi în afara biroului pentru a pune la punct Faza a II-a a Legii Sata'anice.

Capitolul 32

Martie 3,390 î.Hr.
Pământul: Satul Assur

JAMIN

Rândurile incomplete de chirpici păreau să şoptească batjocuri, la fel cum sătenii şopteau acum pe la spatele său. Formele aşteptau golaşe, în acelaşi mod în care aşteptau de când ea rupsese logodna. Nisip. Paie. Găleţi pentru a căra apa. Şi o grămadă de bălegar de capră pentru a servi drept agent de coeziune, făcându-le casa puternică. Toata viaţa se bucurase de vânătoare. De sport. De puterea de a ucide. Dar Ninsianna fusese singura care îl inspirase să *construiască*.

Jamin se înecă, copleşit de goliciunea care ameninţa să îl doboare, iar mintea îi zbură către concluzii oribile de tot felul. Demonul înaripat atingându-i fata. Demonul înaripat atingându-i chipul. Demonul înaripat atingând-o pe ea... pe ea... pe ea...

NU!

Ridică un puiet pe care îl tăiase drept căprior şi îl trânti de perete, imaginându-şi că îl împungea pe *el* cu suliţa. O suliţă de lemn, nu una pretenţioasă de argint, cum era cea pe care încercase să o fure. Una dintre bucăţile de chirpici se desprinse din fundaţie. Furia îl învălui. Eliberând un urlet primitiv, zdrobi fiecare cărămidă.

-Ahhhh!

Se prăbuşi, suspindând, iar pieptul îi fu sfâşiat de durere. Mâinile îi tremurară în timp ce ridică una dintre cărămizile distruse. Aceasta se transformă în nisip.

-Jamin? Eşti bine?

Se întoarse pentru a întâlni privirea verişoarei ciudate a Ninsiannei. Aceasta era mai scundă cu două palme, iar conturul oaselor se ivea dincolo de rochia atât de uzată încât abia de mai acoperea trupul de proaspătă femeie. Cât timp stătuse această copilă orfană şi sfrijită acolo, privind, prefăcându-se că ar fi parte din umbrele ce se înălţau?

-Pleacă, mârâi el.

Azvârli cărămida distrusă la picioarele ei. Gita sări înapoi.

-Ai venit să te bucuri de umilinţa mea?

Gita îngenunche lângă el, cu o expresie plină de înțelegere. Ochii ei negri și prevăzători se prefigurau pe chipul palid și osos; un ecou slab al chipului pe care Jamin își dorea *cu adevărat* să îl vadă.

-Acum știi cum se simte Shahla, zise ea cu blândețe.

Jamin se aruncă asupra ei, dar Gita era prea rapidă, căci reflexele ei fuseseră antrenate de nenumăratele ocazii în care fusese nevoită să scape de tatăl ei alcoolic. Fata se așeză la distanță, asemenea unei libelule întunecate, pregătite să zboare departe la cea mai mică mișcare.

-Ce vrei, Gita?

-L-ai văzut? întrebă ea, iar ochii îi străluciră. Sunt adevărate legendele?

-Ce legendă? mârâi el. Immanu a inventat-o!

Ochii ei de un negru neobișnuit îl sfredeleau, privind prin el, ca și cum nici nu s-ar fi aflat acolo. Aceiași ochi ca ai lui Immanu, doar că mai întunecați. La fel de întunecați ca nopțile în care luna nu se înălța pe cer.

Jamin privi în altă parte. Luase această fată sub aripa sa protectoare când tatăl ei dispăruse, fiind dat afară din casa ciudată în care ajunsese printr-un mariaj. Dintr-un motiv sau altul, fostei lui iubite, Shahla, îi plăcuse pe dată acest copil singuratic. Prin urmare, Gita îl tratase cu răceală de când o părăsise pe Shahla pentru a o cuceri pe Ninsianna. De ce îl urmărea acum din umbră? Pentru că fuseseră cândva prieteni?

-Am văzut picturile rupestre din Es Skhul, zise Gita. Preotesele de la Jebel Mar Elyas le-au protejat până când Amoriții le-au distrus templul.

-Ce picturi rupestre?

-Semi-zei, răspunse Gita. Pe jumătate umani, pe jumătate animale. Au venit pe apă, într-o navă uriașă, și au declarat război oamenilor care au existat înainte. Nefilimilor.

Ochii Gitei se întunecară și mai mult, asemenea unui animal nocturn târât împotriva voinței sale la lumină. Ochi ca ai lui Lugalbanda, bunicul ei și al Ninsiannei. O senzație ciudată îl copleși brusc- se simțea ca și cum ar fi fost dezgolit deodată, iar inima i-ar fi fost strânsă cu putere. Gâfâi, căutând aerul. Ori de câte ori Gita îi făcuse asta, când fusese copil, întotdeauna îl înfricoșase.

-Gita! Te rog! Nu i-am spus niciodată Shahlei că o iubesc!

Nările fetei se lărgiră, dar presiunea scăzu. Shahla îl urmărise pentru un singur motiv. Își dorea să fie soția unei viitoare Căpetenii, iar tatăl ei dorea să capete o anume autoritate asupra tatălui *lui,* pentru toate înțelegerile sale ciudate.

-Ai o inimă întunecată, zise ea. Jamin, fiu al lui Kiyan. La fel de întunecată și goală ca obsidianul din vârful suliței tale.

-Știi că nu e adevărat, răspunse el. *Eu* l-am implorat pe tata să îl lase pe tatăl *tău* înapoi în sat după ce Immanu a refuzat.

Fata privi îndelung către apus, înspre deșert.

-Ar fi fost mai bine dacă ne-ai fi lăsat pe amândoi să murim.

Se ridică pentru a pleca. Deja se pierdea între umbre.

-Gita, aşteaptă! o rugă el. Spune-mi ce ştii!

Ochii Gitei deveniră negri, bântuiţi şi plini de suferinţă.

-Nu îmi amintesc decât imaginile, zise ea. Şi o legendă. Că într-o bună zi, acele fiinţe se vor întoarce.

-Credeam că preotesele erau...

Se opri, căci nu îşi dorea să o jignească spunând „prostituate sacre".

-Preotesele erau tămăduitoare care conduceau un spital, zise ea. Nu escorte, după cum spuneţi voi. Poate că dacă ai fi acordat darului ei de a vindeca mai mult *respect*, Ninsianna nu te-ar fi părăsit!

În timp ce Gita vorbea, Jamin aproape că putea întrezări templul pe care îl descrisese încă de când era o copilă. O clădire magnifică, în vârful celui mai înalt munte, nu construită din chirpici, ci sculptată în stâncă. Da. Asta îşi dorea Ninsianna. Ca oamenii să o venereze în acelaşi mod în care ar fi venerat o zeiţă. Dar cum? Assur nu avea resursele necesare pentru a construi asemenea fortificaţii. Poate că acolo, totuşi?... Da! O cameră separată în care oamenii să îi poată venera viitoarea mireasa, în loc să se întâlnească cu *el*. Cu o intrare separată? Propriul ei spital!

Jamin privi în sus şi nu fu surprins să descopere că Gita dispăruse. Dacă nu voia să fie văzută, fata avea un mod al ei de a se pierde în umbre. Un mod de supravieţuire necesar pentru a scăpa în faţa furiei tatălui ei alcoolic.

Cu inima uşoară, Jamin scoase pergamentul din piele de capră pe care îl folosise pentru a schiţa planurile pentru casa de vis a Ninsiannei şi contură planul camerei de „spital".

Un templu al *ei*...

Ridică o cărămidă care nu mai era la locul ei şi o aşeză înapoi în perete. Pentru prima dată în ultimele săptămâni, întrezărea speranţa.

Capitolul 33

Două săptămâni mai târziu...

NINSIANNA

Ninsianna privi îndelung către picioarele lungi și zvelte care se iveau de sub bestiile gri despre care Mikhail pretindea că îi trăgeau nava cerească prin văzduh. „Motoare" le numea el. Fiecare dintre ele era mai mare decât un bour și avea capetele ascuțite ca de suliță, fiind legate de navă cu fire groase de păpuriș, de parcă ar fi fost doi păianjeni gemeni, împărțind aceeași pânză.

-*Céilí mór!!!* blestemă el și ceva răsună puternic, lovind podeaua. Ninsianna, *d'fhéadfá a fháil dom le do thoil go bhfuil eochair?*[35]

-Poftim... *anseo.*

Ea îi întinse unealta de apucat pe care Mikhail o numea „cheie". Instrumentul ciudat, ca de altfel aproape fiecare lucru de la bordul navei cerești, nu avea niciun corespondent în limba Ninsiannei. Fata pur și simplu asculta cu atenție și învăța tot ce putea.

Coapsele musculoase ale lui Mikhail se contractară sub pânza care îi acoperea corpul în timp ce acesta își schimbă poziția pentru a ajunge mai adânc sub motoare. Tricoul i se ridică, oferindu-i Ninsiannei o priveliște plăcută a buricului său. Modul în care mușchii fermi de pe abdomenul lui se încrețeau sub piele îi *provoca* reacții pretutindeni în corp. Reacții asemenea unor furnicături calde până în esența feminității ei.

-Ninsianna, *d'fhéadfaí tú a lámh le do thoil dom scriúire?*[36]

-*Anseo.*

Fata apucă mica suliță pe care Mikhail o ținuse o vreme pe altarul Compyooterului. Aripile i se întindeau pe podea asemenea unei pelerine formate din pene maronii. Ninsianna se târî pe deasupra lor, sprijinindu-se în mâini și genunchi, încercând să simtă unde se terminau penele și începea carnea, astfel încât să nu îngenuncheze pe țesut viu.

---

[35] Fir-ar să fie! Ninsianna, îmi poți da, te rog, acea cheie?

[36] Poți să îmi dai, te rog, șurubelnița?

-Mulțumesc.

El o privea cu acea mască inexpresivă și rece pe care o adoptase de când Jamin îi omorâse zeul, Compyooter. Ninsianna zâmbi, sperând că astfel ar putea dizolva distanța dintre ei. Momentul se prelungi, infinit de lung, până când Mikhail își desprinse privirea de a ei și se întoarse pentru a manevra mica suliță în „motor".

-Cu plăcere, zise ea scurt în propria limbă.

Se îndepărtă cu grijă, pentru a nu își lovi capul de partea de dedesubt a motoarelor. Amândoi încremeniră când fata își sprijini mâna în zona în care abdomenul gol al lui Mikhail dispărea sub marginea pantalonilor, periculos de aproape de locul unde bărbăția lui apăsa asupra hainelor. Căldura lui se resimți până în degetele fetei în timp ce aceasta descoperi încleștarea mușchilor ca urmare a contactului neașteptat.

Ce mușchi frumoși și fermi...

-O, iartă-mă!

Ninsianna își retrase mâna, la șapte bătăi de inimă distanță de momentul în care *ar fi trebuit* să o facă. De ce aceste momente stânjenitoare se prelungeau întotdeauna? Fata se grăbi să parcurgă restul drumului înapoi, smulgând câteva pene în timpul procesului. Privi cu tristețe la dovezile ce pluteau în aer asemenea unor egrete drăgălașe și pufoase.

-Scuze, spuse ea, scuturându-și câteva pene răzlețe de pe rochie.

-Este bine, o liniști el. *Ní raibh sé gortaithe...* Nu rănit.

Chipul Ninsiannei se înroși violent. Slavă cerului că Mikhail era prea absorbit de munca lui pentru a-i observa interesul.

Concentrează-te! Asupra a orice altceva în afară de el!

Își îndreptă atenția către *altceva*, ceva diferit de atrăgătoarea jumătate inferioară a corpului lui. În ultimele două săptămâni, el devenise mai retras, târându-se la bordul navei cerești cu o intensitate frenetică și tratând-o cu un dezinteres politicos. Nu o întrebase *de ce* îl oprise din a-și folosi arma cu impulsuri asupra trupului lui Jamin. De fapt, Ninsianna bănuia că se simțea vinovat pentru că se înfuriase atât de tare încât aproape spulberase un om care atârna inconștient de o sfoară.

Ce cap pătrat! Măcar dacă Jamin chiar ar fi murit!

Ah! Nu, nu voia să spună asta! Cu toate că ura din răsputeri insistența cu care acesta o urmărea, o parte din ea se bucura de această vânătoare. Nu există niciun mod mai bun de a face un bărbat să aprecieze o femeie decât să aibă un *alt* bărbat care să o urmărească. Mai ales un bărbat atât de complet și frustrant de dezinteresat de ea ca Mikhail!

Ce s-ar fi întâmplat dacă s-ar fi strecurat într-una din nopți în patul lui și ar fi făcut câteva dintre lucrurile cu care se lăudase Shahla?...

Nu! Ea nu era genul acela de femeie!

Mikhail își schimbă poziția sub motoare. Șurubelnița răsună, lovind podeaua.

-Céilí mór!!! [37]

Ieşi de sub motor şi îl privi cu răceală. Curăţându-şi mâinile de smoală cu o cârpă, exclamă:

-Níl a fhios agam cad é an diabhal cearr leis an rud damanta! [38] Nu ştiut de ce stricat!

Penele sale întunecate fâlfâiră în semn de frustrare. Ninsianna nu ştia nimic despre repararea bourilor motoare ce făceau navele cereşti să călătorească prin văzduh, dar putea înţelege supărarea de a nu reuşi să repare ceva ce trebuia să funcţioneze. Voia ca bourii motoare să funcţioneze la fel de mult ca el, pentru ca Mikhail să o poată duce să vadă stelele!

Ezită, după care îşi strecură mâna în jurul taliei lui. Asta făcea Mama pentru Papa de fiecare dată când o vrajă mergea prost. Îşi sprijini obrazul de pieptul lui pentru a-i transmite că îi înţelegea frustrarea. Pieptul îi era cald şi ferm sub obrazul ei, iar inima îi bătea încet, cu fluturări liniştitoare.

-Ninsianna, zise Mikhail, ridicându-i bărbia. *Tú ag dul a fháil ramhar inneall ar fud an tosach do ghúna.* [39]

Inima fetei zburdă în timp ce privea adânc în ochii de un albastru nefiresc ai Angelicului. Ar fi trebuit să îl sărute? Îndrăznea să o facă? Oare el s-ar fi simţit jignit dacă ea ar fi fost cea care ar fi iniţiat sărutul? Sau poate că ar fi considerat-o obraznică?

Aripile lui se îndoiră spre înainte. Vârfurile penelor mângâiau umerii Ninsiannei. Timpul se dilată pentru o eternitate, deşi fata ştia că nu se scurgeau, de fapt, decât câteva bătăi de inimă. Buzele i se deschiseră.

Mikhail? Nu ai vrea să mă săruţi?

O emoţie profundă străbătu chipul frumos al Angelicului, chip mânjit de substanţa asemănătoare smoalei, care mirosea puternic a bitum. El apucă aceeaşi cârpă pe care o folosise cu doar câteva momente în urmă pentru a-şi curăţa mâinile şi îi atinse uşor vârful nasului.

-Ninsianna acum murdară, o certă cu blândeţe. Mikhail murdar. Nu vrei să atins.

Buza Ninsiannei tremură, cuprinsă de dezamăgire.

-Da, Mikhail tot murdar.

Apucă pânza şi se ridică pe vârfuri. Penele lui se înfoiară în timp ce fata îi şterse o urmă mare de murdărie, care se întindea din dreptul bărbiei până la ureche. Îşi imagina cum ar fi fost dacă Mikhail ar fi sărutat-o. Expresia feţei lui rămânea indescifrabilă, dar muşchii îi tremurau, de parcă era tot ce putea face pentru a rezista farmecului ei.

Făcând câţiva paşi înapoi, Ninsianna îi întinse cârpa.

---

[37] Fir-ar să fie!

[38] Nu ştiu ce e în neregulă cu chestia asta nenorocită!

[39] O să îţi murdăreşti rochia de ulei.

Poate că *nu* era complet dezinteresat?

Totuşi, de fiecare dată când ea căpăta curaj, Mikhail se retrăgea. Îi zâmbi în modul cel mai dezarmant posibil.

-Bine acum, zise ea. Să mergem să mâncăm?

-Mâncăm? Da.

Expresia indescifrabilă de pe chipul Angelicului se topi la auzul cuvântului „mâncare". Ninsianna îl conduse în afara navei cereşti ca pe un enorm câine înaripat.

Capitolul 34

Martie– 3,390 î.Hr.
Pământul: Locul prăbuşirii
Colonel Mikhail Mannuki'ili

MIKHAIL

Cea mai gravă consecinţă a faptului că trăsese cu arma asupra lui Jamin nu era faptul că ratase- se bucura că ratase, căci bărbatul era inconştient, aşa că să îl împuşte în acel moment ar fi fost de-a dreptul condamnabil, indiferent de cât de furios fusese- ci faptul că risipise ceea ce fusese, probabil, una dintre puţinele trageri care îi mai rămăseseră, pe aerul liber. Luminiţa roşie şi furioasă clipea din ce în ce mai repede de fiecare dată când încerca sa îşi încarce arma, însă avea nevoie de antrenament. Cu cât se antrena mai mult, cu atât muşchii săi îşi aminteau ceea ce mintea refuza să îi spună.

Îşi aşeza pistolul înapoi în tocul prins în talie şi apoi îl scotea pentru a ţinti din nou către pietrele aliniate pe un buştean.

-Bum! exclama.

Nu trăgea cu adevărat, fireşte. Din moment ce era ultima posibilitate de a trage, intenţiona să o păstreze pentru o zi cu adevărat disperată. Învârtea mânerul în jurul degetului asupra unui războinic de operă din spaţiu înainte de a aşeza arma înapoi în toc, după care o scoatea din nou. Îl făcea să se simtă mai puţin impotent, ştiind că următoarea dată când avea să tragă, muşchii săi aveau să ţintească automat, chiar dacă el îşi amintea sau nu cum să o facă.

Ochii îi rătăcirâ asupra Ninsiannei, care se bălăcea în apa pârâului, aproape dezbrăcată, purtând veşnica discuţie cu prietena ei invizibilă. Se pricepea la a avea grijă de ea însăşi, însă Mikhail îşi menţinea atenţia trează pentru a o proteja. Nimeni nu avea să o deranjeze până când el nu reuşea să găsească o cale de a scăpa de pe această planetă.

„Ar trebui să o trimit acasă..."

Privi către navă. *Ea* nu avea să plece nicăieri prea curând. Ce rău putea face, deci, dacă o lăsa şi pe Ninsianna să rămână? Mai ales acum că tatăl ei îi transmisese că liderul satului era furios pentru că fiul lui aproape că fusese ucis de generatorul de găuri negre.

Scoase arma cu impulsuri din nou şi îşi imagină că îl aliniase pe Jamin în raza focului.

-Bum!

La ce bun să exerseze mişcările de care era nevoie pentru a ucide dacă arma îi era goală?

Reaşeză pistolul în toc şi scoase cuţitul de supravieţuire. Încă *avea* o armă. Cea pe care o ţinea ascunsă deasupra patului. Alese un puiet de acacia uşor curbat, cu care trebuia, totuşi, să se descurce, şi tăie o parte suficient de lungă pentru a-i ajunge de la vârful degetelor până la umăr. Cu câteva lovituri ascuţite, reuşi să o cureţe, îndepărtând coaja. O armă care avea aceeaşi lungime ca sabia lui.

De ce nu mă antrenez cu arma reală?

Pentru ca ultimul lucru de care avea nevoie era ca tatăl Ninsiannei să se arunce în genunchi, închinându-i ode şi rugăciuni în loc să se folosească de raţiune. Şamanul credea cu o tărie aproape isterică în „semne".

Lansă o serie de lovituri asupra unui tufiş de alune pe care oaza care dispărea rapid îl lăsase uscat. Iată o altă problemă ce pândea la orizont. Ce avea să facă odată ce oaza seca?

Puf! Puf! La început, părea ciudat să exerseze cu o sabie imaginară, dar curând muşchii săi preluară comanda. Se legănă până când se obişnui cu o kata de antrenament pe care o *ştia*, dar nu îşi putea aminti să o fi învăţat. Loveşte. Loveşte. Înjunghie. Îndepărtează-te. Priveşte în spate după un al doilea oponent. Întoarce-te. Balansează-te. Taie.

Grăbind balansul cu ferocitate, înunghie un om imaginar, cu ochii negri, lovindu-l de mii de ori în timp ce se gândea ce să facă în legătură cu Ninsianna. Un bărbat onorabil ar fi trimis-o să îşi facă bagajele cu săptămâni în urmă. Se balansă, şi pară, şi împunse umbrele până când simţi că muşchii îi protestează.

Splaş!

Apa se înălţă, formând un gheizer în miniatură.

Ninsianna râse. Aruncă un peşte pe mal.

-Mikhail! Vezi, peşte?

Se îndreptă către mal, aproape dezbrăcată, râzând cu poftă şi împrăştiind apă pretutindeni, şi ridică peştele care încă se zbătea.

-Peştele bun, zise Mikhail, forţându-se să menţină contactul vizual fără a se holba cu neruşinare la sânii fetei. Îmi place. Mănânc.

-Merg să curăţ. Apoi gătit.

-Da. *Le do thoil.* Te rog, răspunse Angelicul, agitându-şi aripile pentru a se da puţin în spectacol. Tu început focul. Eu fac focul ars mare şi puternic.

Ninsianna zâmbi larg. Mikhail fu nevoit să se *forţeze* să nu se facă de râs zâmbindu-i înapoi.

Privi îndelung către ea, în timp ce fata îşi aduse lama şi se întoarse cu peştele în apă pentru a-l curăţa. Spatele ei îl fascinase întotdeauna, acea curbură graţioasă a coloanei sale, omoplaţii care se mişcau sub piele... nu îndrăznea să îi atingă spatele. *Pentru el,* a atinge aripile sau spatele cuiva era un lucru deosebit de intim.

Şi totuşi, o lăsa să îi maseze aripile de trei ori pe zi...

În scopuri medicale...

Mincinos! O lăsa să facă asta pentru că îi plăcea cum îl făcea să se simtă!

Ninsianna se întoarse cu peştele şi îl înfăşură, împreună cu câteva verdeţuri şi nişte tuberculi pe care îi adunase mai devreme, în câteva frunze, pentru a-l găti. Mikhail reveni la   a-şi balansa acea sabie imaginară, demonstrându-şi voit figura atletică în timp ce memoria muşchilor îi amintea că era *priceput* la asta. În timp ce mâncarea stătea la fript, fata se aşeză şi îl privi insistent antrenându-se cu băţul; un zâmbet îi lumină chipul. Ochii ei purtau o strălucire neastâmpărată.

-Tu vindecat bine. Devii *guclu.*

-Guclu?

-Da, răspunse Ninsianna, ridicând un braţ şi încordându-şi bicepsul. *Guclu.*

-Ce acest cuvânt? întrebă Mikhail, arătând către propriul biceps. Muşchi?

-Nu.

Fata apucă o piatră şi pretinse că o înălţa deasupra capului.

-Guclu.

-Aaa! *Níos láidre...* mai puternic. Înţeleg. Mai puternic. Da?

-Da, mai puternic. *Níos láidre,* repetă Ninsianna. Tu vindecat bine. Aproape vindecat.

-Da, aproape, zise el. Dar nu zburat. Aripa încă doare.

-Bana izen ver... Pot privit?

Sentimentul anticipaţiei îi străbătu aripile. Îşi puse jos sabia imaginară, se aşeză conştiincios şi îşi întinse aripa. De-a lungul ultimei săptămâni, renunţase la atelă. Dormea mult mai confortabil, însă de fiecare dată când încerca să întindă aripa până sus, mişcare de care avea nevoie pentru a-şi înălţa trupul în aer, durerea devenea atât de puternică încât ameţea şi îi venea să vomite.

I se rupsese, oare, aripa mult prea tare pentru a se mai vindeca vreodată?

Ninsianna îşi aşeză mâinile în locul în care aceasta se dislocase şi pipăi osul pe întreaga sa lungime. Zona deveni mai caldă, iar căldura fu însoţită de senzaţia plăcută de furnicături pe care Mikhail o asocia întotdeauna cu atingerea ei. Se simţea atât de bine încât ar fi putut sta acolo pe veci, lăsând-o să îi maseze aripa şi bucurându-se de senzaţiile plăcute pe care acest lucru i le declanşa în întreg corpul, de parcă vreo parte adormită a spiritului său se trezea şi începea să înflorească.

Ninsianna atinse o zona care îl făcu să tresară.

-Au, zise el, făcând o grimasă.

-Durut aici?

-Da. Acolo durut tare.

Fata continuă să pipăie în jur, înfigându-şi degetele adânc pentru a verifica ţesutul de dedesubtul pielii şi încurajându-l să îşi mişte aripa în diverse direcţii. Mikhail se forţă să nu tresară, privind în altă parte pentru ca Ninsianna să nu îi poată citi expresia îndurerată. În final, ea se aşeză lângă el cu o privire serioasă.

-Osul este bun, zise fata. Se vindecă bun. Fără ruptură.

-Aripa bine?

-Nu, răspunse aceasta, clătinând din cap. Aripa nu bine.

Purta aceeaşi expresie pe care o aveau toţi oamenii în momentul în care se pregăteau să dea veşti proaste. Teama năvăli în întreg trupul lui Mikhail. Îşi controlă figura, adoptând o expresie indescifrabilă pentru ca Ninsianna să nu îi poată observa frica. Înghiţi un nod ce i se formase în gât.

-Ce greşit?

-*Kiris* nu bine, zise ea cu blândeţe. Rănit tare. Nu ştiu cum vindec.

-*Kiris?*

Ninsianna se ciupi de vârful nasului. Îşi scoase una dintre pieile primitive pe care le folosea drept pantofi.

-*Kiris* nu bine. Rănit tare, spuse din nou, arătând către tendonul lui Ahile. *Kiris* rupt, nevoie de mult timp pentru vindecat.

Kiris?

Tendon...

Îşi distrusese principalul tendon pentru zbor?

-Cât de mult vindecă? întrebă Mikhail.

Ninsianna părea să îşi ceară scuze din priviri.

-Uneori niciodată, şopti ea.

Mikhail fu copleşit de ameţeală, de parcă nava lui tocmai fusese aruncată din hiperspaţiu direct într-o gaură neagră, lăsându-l să se simtă ca şi cum toate moleculele corpului său erau distruse. Pentru o creatură înaripată, a afla că se putea să nu mai zboare niciodată era ca şi cum unui om i s-ar fi spus că nu avea să mai meargă niciodată. Alături de moartea calculatorului, de antena distrusă şi de înţelegerea faptului că se putea ca nava să nu se mai înalţe niciodată, ţinându-l captiv, un amalgam de veşti proaste se aduna în mintea lui. Mai ales având în vedere că nu îşi putea aminti dacă îi păsa cuiva suficient de mult de el încât să se deranjeze să îl caute!

Încercă să îşi ascundă teroarea.

-Poţi reparat?

-Nu ştiu, răspunse Ninsianna, atingându-i obrazul cu o mână. Mama ştiu mai bine. Mama vindecat mai bine decât Ninsianna.

Sentimentul întunericului, o amintire neplăcută.

Îngropat într-o cameră întunecată.

Mirosul sângelui şi al morţii.

A fi mic şi neajutorat.

Ninsianna îl îmbrățișă. Mikhail își aruncă brațele în jurul ei și își cufundă fața în părul fetei, trăgând în piept mirosul de mosc și săpun făcut din rădăcini. Ninsianna mirosea a căldură, a echilibru. Era mirosul pe care el îl asocia cu „acasă". Un val de emoție pe care se luptase să îl țină la distanță de când se trezise, rănit la piept, alături de ceea ce el credea că era un spirit venit să îl ghideze către tărâmul viselor, năvăli în sfârșit. Să încheie misiunea? Pe cine încerca, la naiba, să înșele? Și să o lase pe Ninsianna în urmă?

Mai curând și-ar fi tăiat ambele aripi...

-Cad é ag déanamh liom a dhéanamh faoi tú, mo ghrá? șopti el în propria limbă, pentru ca fata să nu înțeleagă ceea ce spunea. Ce o să fac eu cu tine, dragostea mea?

Vântul adie ușor, împrăștiind în jur aroma peștelui gătit.

Mikhail își recăpătă controlul înainte ca Ninsianna să îi poată întrezări vulnerabilitatea. Cu nava sa, cu tehnologia, cu oamenii săi, cu memoria sa și capacitatea de a zbura, toate distruse, nu îi mai rămânea decât propriul cuvânt de onoare.

Îi făcuse o promisiune tatălui ei...

Cuvântul său era singurul lucru pe care îl mai putea controla.

Reconstruindu-și o mască impasivă, se retrase din îmbrățișare și îi sugeră să ducă împreună mâncarea înăuntru.

Capitolul 35

Martie – 3,390 î.Hr.
Pământul: Dincolo de locul prăbușirii

JAMIN

Jamin gâfâi, căutând aerul, și își îngropă fața în genunchi pentru a opri strigătul ce amenința să năvălească, transformându-se într-un urlet de suferință. Privea neajutorat în timp ce Ninsianna îl conducea pe demonul înaripat înapoi la bordul navei cerești, cu șoldurile legănându-se grațios în semn de invitație.

Se strecură spre marginea stâncii, ținând strâns în mână sulița, iar apoi se retrase. Nu trebuia să se afle în acel loc. Tatăl său îl amenințase că avea să îl târâie în fața tribunalului dacă îi nesocotea autoritatea din nou. Pedeapsa pentru neascultare era fie umilirea în public, fie alungarea, fie omorârea cu pietre. Ar fi suportat umilința cu inima largă dacă ar fi reușit să o recâștige pe Ninsianna, dar ce s-ar fi întâmplat dacă ar fi fost alungat? Dacă îl alungau, nu ar mai fi avut niciodată șansa de a-i arăta și ei planul său.

Desfăcu pergamentul din piele de capră pe care îl ținea în mână. Îl adusese pentru a-i arăta camera pe care o construise lângă casa visurilor lor. Era o cameră de „spital", incompletă, cu o grădină mică în spate, astfel încât Ninsianna să poată sta cu pacienții săi acolo și să cultive ierburi medicinale. Era templul pe care el i-l închina *ei*. Zeiței pe care nu știuse să o venereze... iar acum...

Iar acum era prea târziu...

O lacrimă i se prelinse pe obraz, pătând cărbunele pe care îl folosise pentru a schița ceea ce construise. Era fiul Căpeteniei. Respingerea ei îl transformase în ținta glumelor Ubaizilor!

Bărbații adevărați nu plângeau!

Se îndepărtă de marginea stâncii, așteptând până când se afla la o distanță suficientă pentru a nu fi auzit, după care începu să strige. Dacă ei făceau asta în *afara* navei, nu putea decât să își imagineze ce se întâmpla înăuntru!

Vântul se înteți.

Jamin... Las-o...

Briza îl cicălea, purtându-i pierderea în întreg deșertul. O lăcustă i se așeză în palmă, înclinându-și capul pentru a-l privi și zbârnâindu-și aripile.

Muşchii din obrazul lui Jamin se încleştară; stresul făcea ca ticul facial să capete voinţă proprie. Să o lase? Îşi oferi răspunsul către vânt.

-Niciodată!

Strivi lăcustă şi aruncă planurile în praf. El nu era *singura* persoană care voia ca demonul înaripat să dispară!

Îndepărtându-se către apus, începu să facă planuri pentru a-şi lua revanşa.

Capitolul 36

Data Galactică Standard: 152,323.03 D.Î.
Pământul: Baza de operare Sata'anică

LT. KASIB

Nava de clasă Algol plana deasupra aerodromului, mişcându-şi motoarele cu impulsuri pentru a ateriza pe pământul pietros. Avea forma unei săgeţi şi era vopsită într-un negru mat, pentru a se camufla în spaţiu-nu era o simplă cameră, ci un uriaş motor. Shay'tan numea aceste nave „vase comerciale"- pacea fie cu el- dar toată lumea ştia că ele erau, de fapt, folosite pentru contrabandă şi pentru spionaj.

Cele două nave de război pe care le trimiseseră în spatele lunii pentru a o scoate din ascunzătoare planau deasupra ei, cu tunurile cu impulsuri îndreptate asupra sa. Contrastau puternic cu garda de onoare.

Praful se ridică de pe aerodrom, iar mirosul fertil îi invadă nările.

-Atenţie! strigă Generalul Hudhafah în timp ce rampa de descărcare aluneca în afară.

Matahalele luptătoare îşi concentrară atenţia.

Trei şopârle se iviră în vârful rampei.

Kasib gustă aerul, incapabil să citească amestecul ciudat de feromoni pe care Generalul şi secundul său îl împrăştiau. Era total neobişnuit! Nu numai faptul că fuseseră urmăriţi- Shay'tan îşi spiona adesea propriii generali- dar mai ales modul blazat în care Hudhafah anunţase că această navă îi urmărise încă de când părăsiseră 3-Quincunx-742.

Comandantul navei analiză bărbaţii care se se iviseră înaintea lor, iar apoi privi către navele de luptă ce planau deasupra. Pentru un ofiţer proaspăt numit, Locotenentul Apausha era mare- avea umerii laţi şi guşa de un roşu aprins, ochii îi erau verzi-aurii, iar pielea verde îi strălucea, semn al apartenenţei la castele superioare.

Îşi întinse coada, pornind respectuos către Generalul Hudhafah. Niciunul dintre gesturile sale nu trăda teamă.

-Atenţie! ordonă Apausha către cei doi oameni ai săi.

Toate cele trei şopârle îşi strânseră cozile în jurul trupului, în semn de salut.

-Vă mulţumesc că aţi venit, zise Generalul Hudhafah cu o voce aspră, de parcă le-ar fi oferit şi altă opţiune. Avem o încărcătură care trebuie să ajungă direct la Shay'tan.

-Marina Comercială operează sub comanda Lordului Ba'al Zebub, domnule, răspunse Apausha. Noi preluăm ordine de la el.

Hudhafah mârâi.

-Vreți să spuneți că îl slujiți pe Ba'al Zebub mai presus decât pe Împăratul și Zeul nostru?

Kasib privi cu nervozitate către General, apoi către cei trei marinari comerciali. Se mai petrecea ceva la mijloc. Ceva ce nu îi era destinat să știe.

-Nu, domnule, răspunse Apausha. Mai presus de orice, noi îl slujim pe Shay'tan, pacea fie cu el. Jur pe spiritul tatălui meu.

-Așa credeam și eu.

Hudhafah făcu un gest către Kasib:

-Adu-i înăuntru.

Kasib rosti câteva cuvinte în cască:

-Katlego? Adu încărcătura.

Trei uriași apărură- două șopârle și un Catoplebas ce avea înfățișarea unui bour- cărând între ei o femeie umană care părea îngrozită. Aceasta era mai înaltă decât ceilalți localnici, aproape la fel de înaltă ca *el,* avea gâtul lung, pielea ca de abanos, un păr ce se revărsa ondulat pe spate, și pomeți înalți. Purta rochia asemănătoare unui șal pe care toate localnicele păreau să o prefere, iar în jurul gâtului i se arăta un lanț lucrat din lemn rar, prețios.

Părea a fi un Leonid, un Centaur și un Angelic, toate împreunate...

Locotenentul Apausha examină femeia îngrozită. Își strânse brațele la piept, într-un mod care nu sugera o atitudine amenințătoare.

-Nu îți fie teamă, spuse el în Kemet, limba locală a comerțului. Nimeni nu îți va face niciun rău.

Kasib își înălță surprins sprâncenele asemănătoare unor creste.

-Ne-ați monitorizat transmisiunile?

-Desigur, răspunse Apausha. Asta era sarcina noastră.

Kasib privi către General. Cel din urmă nu părea surprins.

-Aș vrea să *nu* mai monitorizați de acum încolo, rosti Hudhafah, ci să îi transmiteți un mesaj ilustrului nostru Împărat și Zeu.

Capitolul 37

Martie – 3,390 î.Hr.
Pământul: Locul prăbușirii

NINSIANNA

Ninsianna fu trezită de un vis extrem de viu. Gura îi fu acoperită de o mână.

-Sss! șopti Mikhail.

Sus, în partea din față a navei, una dintre rogojinile pe care le foloseau pentru a bloca ușa scoase un sunet puternic. Capra behăi.

-Ce se întâmplă? întrebă Ninsianna în șoaptă. O hienă?

-Dușmani.

Mikhail își luă arma de foc și o așeză în toc.

Ninsianna se strecură de sub așternuturi. Mikhail se întinse și scoase o armă lungă de sub pat. Reflecta lumina slabă; era chiar mai plată decât capul de obsidian al unei sulițe, lucrată în argint lustruit și cu vârful foarte ascuțit.

În mintea Angelicului se ivi un cuvânt.

Sabie...

Era, oare, vorba despre arma din cântecul străvechi?

-Rămâi aici, zise Mikhail.

Își strânse aripile la spate și se strecură în liniște afară. Ninsianna putea recunoaște poziția de luptă pe care o exersase mai devreme cu un băț, însă de această dată „bățul" era unul letal. Fata își ținu respirația. Se putea să fie doar un animal sălbatic, venit pentru a mânca acea capră?

Cineva blestemă.

Un om. *Mulți* oameni.

Inima i se urcă până în gât. Femeile erau o țintă obișnuită a celor care căutau sclavi. Imediat ce fusese capabilă să meargă, mama ei o învățase, deci, să folosească un cuțit. Ninsianna își scoase lama de obsidian din săculeț. Era mai bine să lupte doi împotriva unuia decât să se lupte singur. Așezându-și șalul în jurul taliei pentru a nu se confrunta dezgolită cu dușmanii, se grăbi către zona de comandă a navei.

Două forme întunecate se mișcară în apropierea pragului, luminate de razele gri care se revărsau prin crăpătură înainte de răsărit. Ninsianna analiză camera în căutarea lui Mikhail. Unde mersese? Un al treilea bărbat se strecură la bordul navei. Capra trase de sfoară și behăi în semn de avertisment. Unul dintre ei o apucă de gât și încercă să îi taie gâtul pentru a o reduce la tăcere.

Mikhail se năpusti din dreptul peretelui cu aripile înfoiate, părând a se naște din întunericul însuși. Apucă ambii bărbați de gât și îi lovi cap în cap.

-Afară, *de mo long!* [40]

Înșfăcă cel de-al treilea bărbat și îl aruncă afară, la timp pentru a lovi și un al patrulea care încerca să pătrundă înăuntru prin crăpătură. Primii doi se agitară în încercarea de a străpunge Angelicul cu sulițele lor, însă, în spațiul strâmt al navei, armele nu erau deloc eficiente. Unul dintre bărbați încercă să îl înjunghie. Mikhail își înălță sabia. Cu o străfulgerare argintie, lemnul fu distrus.

Celălalt bărbat se lansă asupra lui. Mikhail înhăță capătul rupt al suliței pentru a-și opri atacatorul, dar, în același timp, se învârti pentru a-l lovi și pe cel de-al doilea în piept. Ambii bărbați năvălire asupra lui cu strigăte furioase. În busculada de aripi, pumni și pene, el lovi, izbi și înșfăcă. Deși rănile îi încetineau mișcările, rămânea un luptător mult mai bun decât adversarii săi. În final, cei doi bărbați se clătinară, doborâți. Mikhail îi apucă de gât și îi târî afară pentru a-i arunca în mizerie.

Ninsianna își făcu drum în grabă către crăpătura pe care o foloseau drept ușă. Lumina dinaintea răsăritului împrăștia pretutindeni umbre gri, transformându-i pe atacatorii lor în simple umbre întunecate pe fundalul unui peisaj cu atât mai întunecat. Un sunet ce provenea de deasupra lor o făcu pe Ninsianna să privească în sus.

-Ai grijă! strigă ea.

O plasă se înfășură în jurul lui Mikhail, acoperindu-i capul și aripile. Doisprezece bărbați se năpustiră de la adăpostul umbrelor, atacând. Deși prins în capcană, Angelicul continuă să lovească. De ce nu își folosea pur și simplu arma de foc?

Unul dintre bărbați o apucă pe Ninsianna de braț.

-Eee...

Fata înfinse cuțitul în lateral. Lama zgârie pielea cărnoasă de pe brațul inamicului, însă nu reuși să străpungă mai adânc.

-Au! mormăi el.

O apucă de încheietură și îi smulse cuțitul din mână. Apoi, o strânse aproape de trupul său.

-O, o frumoasă, nu-i așa? zise cu un rânjet ce îi dezvelea dinții murdari.

Respirația lui duhnea îngrozitor...

...iar penisul său se umfla nerăbdător în dreptul burții fetei.

-Ah!

---

[40] Jos de pe nava mea!

Ninsianna îl lovi în zona cea mai sensibilă. Bărbatul scoase un sunet asemănător unui schelălăit şi o înşfăcă de păr.

-Mikhail! strigă fata.

Halifianul o doborî la pământ, lovind-o în genunchi, şi o ţinu acolo, lipsită de ajutor, în timp ce ceilalţi tăbărau asupra lui Mikhail. Angelicul se lupta cu hotărâre, însă plasa îl ţinea captiv şi îi îngreuna mişcările. Era unul împotriva a optsprezece. Chiar dacă ar fi *avut* o stare suficient de bună pentru a zbura, ar fi fost în van, căci plasa i se încâlcise în pene.

Halifienii îl atacară cu bâte şi suliţe.

O străfulgerare argintie.

Unul dintre Halifieni se tângui.

Ninsianna strigă fericită, văzând cum sabia îi făcea pe atacatori să se retragă. Mikhail îşi întinse aripile în întregime, acoperind un spaţiu de douăzeci de coţi, cu mult mai larg decât plasa, şi se înălţă în aer, fâlfâindu-şi penele pentru a executa o rostogolire în aer. Plasa căzu de pe umerii săi.

Atacatorul Ninsiannei privi cu gura căscată. Fata se folosi de acea distragere pentru a-l muşca. Bărbatul scoase un urlet şi o lovi în obraz. O durere ascuţită îi cuprinse capul. Ameţeală. Cădere. Ninsianna se prăbuşi la pământ. Gura i se umplu de sânge. Bărbatul o înşfăcă de păr.

-Nu! zise fata, încercând să se ridice.

Îşi găsi cuţitul şi îl direcţionă cu agilitate în sus:

-Înapoi! Nu te apropia de mine!

Halifianul sări înapoi, ţinându-se de picior. Sângele roşu aprins i se revărsa dintre degete. Gâfâind, Ninsianna se ridică în picioare, ţinându-şi lama întinsă în faţă în modul în care îi arătase Mama sa atunci când o antrenase. Îşi sterse câteva firişoare de sânge de pe buză.

-Mikhail o să te omoare, mârâi ea.

Bărbatul o forţă să se retragă până când ea şi Mikhail ajunseră spate în spate.

-Eu îţi zis să rămâi înăuntru! spuse acesta într-o Ubaidă stricată.

În ochii săi albaştri strălucea o lumină care părea să vină din interior, de aceeaşi culoare ca aura lui spirituală. Doar că aceasta era vizibilă. Sau poate că Cea-Care-Este alesese tocmai acest moment pentru a-i oferi Ninsiannei o altă viziune.

-Ninsianna ajutat, zise fata ridicând cuţitul. Vezi? Ajut Mikhail luptă duşmani.

-Treaba mea să protejez pe tine, răspunse Angelicul.

Inamicii deveneau din ce în ce mai uşor de văzut pe măsură ce soarele se înălţa la orizont. Cerul gri se transformă treptat în roz. Cel mai mare dintre atacatori, un Halifian bine îmbrăcat care ţinea o suliţă sculptată cu măiestrie, făcu un gest către partea dreapta. Şase bărbaţi năvăliră în spatele lor pentru a le bloca drumul către navă.

Mikhail îşi îndoi genunchii, gata să se mişte în orice direcţie. Liderul dădu un ordin. Trei bărbaţi se grăbiră să adune plasa. Apoi o întinseră, pregătindu-se să o arunce din nou asupra Angelicului. Mikhail îşi întinse aripile pentru a le folosi drept arme. Sabia strălucea argintie în faţa lui.

-Eu luptat împotriva lor, rosti cu voce joasă. Tu. Fugi în loc să te caţeri sus.

-Cum rămâne cu tine?

-Lupt mai bine dacă nu făcut griji pentru Ninsianna.

Unul dintre Halifieni se strecură în spatele lor şi năvăli asupra spatelui lui Mikhail. Mikhail întinse o aripă şi îl lovi în faţă, însă în acelaşi timp se izbi de Ninsianna. Avea nevoie de spaţiu de manevră.

-Bine, şopti fata. Unu, doi, trei...

Mikhail adoptă o atitudine ofensivă. Ninsianna alergă în direcţia zonei surpate. Toţi cei optsprezece bărbaţi se aruncară cu suliţele asupra lui Mikhail. Fata se întoarse către el înainte de a ajunge la stânci. Nu putea pur şi simplu să îl abandoneze...

Mikhail îi alungă, totuşi. Mercenarii încercau să îl înjunghie cu suliţele, bucurându-se de avantajul că armele lor erau mai lungi. De fiecare dată când unul dintre ei se năpustea, Mikhail îl împingea înapoi cu uşurinţă, dar rămâneau în continuare optsprezece împotriva unuia. De mai multe ori, Halifienii se aruncară asupra sa cu plasa. Nenorociţii *ştiau* că nu putea zbura. Acum că ştia că aveau acea capcană, reuşea să o ţină la distanţă, însă de fiecare dată ei continuau să îl hăituiască, înconjurându-l, învârtindu-se, fără să se apropie niciodată destul pentru a fi loviţi, dar suficient încât Angelicul să se simtă nevoit să lovească. Asemenea unei haite de hiene, îşi oboseau prada. Pielea lui Mikhail căpătă o paloare teribilă. Începu să se împiedice. Deşi era cu mult mai puternic decât oricare dintre inamicii săi, rănile îl slăbeau şi era în inferioritate numerică.

Ninsianna simţi un nod formându-i-se în gât. Ar fi trebuit să plece. Asta era ceea ce el dorea. Dacă ar fi fugit pentru a se ascunde, ar fi avut o şansă să scape.

Aripa ruptă a lui Mikhail coborî la pământ. Bărbatul ei frumos din ceruri...

Oamenii cu plasa se năpustiră înainte şi o aruncară pe el. Ceilalţi Halifieni apucară capetele. Le strânseră cu putere şi izbutiră să doboare Angelicul.

-Nu! plânse Ninsianna.

Alergă înapoi în direcţia lor, ţinând strâns în mână cuţitul. Căpetenia Halifiană îşi ridică suliţa.

-Nu eşti un zeu, strigă el în Ubaidă şi îşi aruncă suliţa, care ateriză asupra mormanului de pene.

Mikhail urlă de durere. Ninsianna ţipă la rândul ei. Rând pe rând, toţi Halifienii îşi scoaseră suliţele.

Un calm funest cuprinse valea. Umbrele se mişcară. Halifienii rămaseră pe poziţii cu suliţele suspendate în aer, de parcă fuseseră îngheţaţi în timp. O frică absolut copleşitoare inundă trupul Ninsiannei. În urechi îi țiuia un singur îndemn: *pleacă! Pleacă! Pleacă!*

Mikhail îşi umflă aripile. Se înălță încet. Plasa îi căzu de pe trup, de parcă pur şi simplu s-ar fi topit. Cerul se lumină, dar nu şi în jurul lui. Valuri de teroare vibrau în întreaga ființă a Ninsiannei. Un sunet teribil, ca un urlet, străpunse aerul. Se simțea ca şi cum o furtună de nisip i-ar fi străbătut tot corpul.

-M-m-mamă? rosti ea.

Putea să vadă, să simtă, chiar să guste prezența deosebită. Niciodată nu mai simțise atât de multă putere. Nici chiar în prezența bunicului ei, Lugalbanda!

Mikhail îşi smulse sulița din carnea de pe coapsă. O aținti asupra omului care o lansase. Întreaga lume păru să se cutremure atunci când începu să le vorbească atacatorilor săi, nu în limba lui, nici în limba ei, ci într-o limbă atât de străveche încât aerul vibra, copleşit de cuvintele sale.

-Solvite!

Ninsianna fu cuprinsă de panică atunci când Angelicul se întoarse către ea şi îşi înclină capul asemenea unei păsări ciudate. Ochii lui erau întunecați şi goi, ca o gaură neagră fără fund. Lumina de dinaintea răsăritului îi juca feste fetei,   făcând-o să îşi imagineze că aripile lui Mikhail erau ca cele ale unui liliac. Nu. Clipi. Acesta era, încă, Mikhail. Doar *intențiile* lui se schimbaseră. Până în acel moment, încercase să *nu* îşi omoare atacatorii. Acum nu mai era cazul.

Halifienii se opriră pentru a-şi coordona atacul. Mikhail înşfăcă sabia. Întunericul se coborî asupra lamei.

-Aiiii! strigară duşmanii, năpustindu-se.

Aripile lui Mikhail loviră aerul pentru a-l înălța uşor în timp ce el se învârtea, retezând mâini şi picioare, tăind capete şi înjunghiindu-şi duşmanii drept în inimă, cu mişcări fluide şi line. Îşi măcelărea atacatorii executând un dans frumos şi grațios. Un dans al morții. Îi măcelărea cu uşurință, de parcă ar fi cules, pur şi simplu, optpsrezece tulpini de grâu. Uda pământul cu sângele inamicului.

Mirosul îngrozitor al morții şi al intestinelor distruse umplu valea. O a nouăsprezecea umbră se desprinse din mijlocul carnagiului, alergând către Ninsianna.

-Ninsianna! strigă atacatorul. Fugi!

Ninsianna îşi întinse cuțitul.

-Stai departe de mine! țipă ea.

Mikhail zbură către ei, înălțându-şi sabia pentru a culege şi cea de-a nouăsprezecea tulpină funebră de grâu. Atacatorul se împiedică. Mikhail se legănă şi îi rată capul. Bărbatul se prăbuşi la picioarele Ninsiannei. Mikhail se ridică,   întinzându-şi aripile şi ținând sabia ridicată sus pentru a o lansa asupra inamicului.

Prima rază de lumină învălui cerul. Îşi coborî strălucirea chiar pe chipul bărbatului, de parcă zeiţa ar fi vrut să anunţe- *„acesta este bărbatul pe cale de a muri."*

O, în numele zeilor! Era Jamin!

-Mikhail! Nu!

Ninsianna se aruncă deasupra fiului Căpeteniei, acoperindu-l cu propriul trup.

-Te rog! E Jamin!

Mikhail îşi legănă sabia în jos pentru lovitura finală. Ninsianna tresări, simţind cum sângele i se împrăştia pe faţă. Sabia se opri, atât de aproape de gâtul ei încât putea sa simtă răcoarea ciudată a lamei. Mikhail privi către chipul ei, imposibil de înalt şi de letal, ca o statuie înaripată potrivită pentru un templu, mai mult decât ca o fiinţă muritoare care fusese readusă din morţi. Inima fetei bătea cu putere, mânată de teamă. Ninsianna realiză treptat că nu exista nicio urmă de recunoaştere în ochii Angelicului, doar o întunecime atât de vastă şi de goală încât îi provoca fiori pe şira spinării.

Întinzându-şi corpul pentru a-l proteja pe fiul Căpeteniei, fata îşi ridică o mână în semn de rugăminte.

-M-m-mikhail, se bâlbâi ea, te rog?

O căldură plăcută îi cuprinse trupul. Acelaşi sentiment al îngheţării timpului o pătrunse din nou, însă de această dată EA era cea care delimita momentele. Deodată, începu să rostească un amalgam de cuvinte care nu îi aparţineau.

-*Haec sunt mea latrunculorum frusta!*[41]

Răspunsul lui Mikhail făcu aerul să vibreze- întunecat şi teribil.

- *Fraudarit me, coniunx. Quem ipsa non quaerit.*[42]

Cea-Care-Este vorbi către Angelicul răzbunător care stătea înaintea ei cu sabia ridicată pentru a îi ucide şi pe Jamin, şi pe fată. EA grăi trufaş şi sfidător, puterea sa fiind palpabilă, căci folosea trupul Ninsiannei pentru a-i vorbi campionului EI.

- *Habes pollicitus es me formaeque, maritus meus. Is unus est, electo meo. Non alterum unum.*[43]

Zeiţa aştepta să fie ascultată. Mikhail îşi îndepărtă sabia de gâtul său.

-*Quem ipsa non quaerit. Videbitis.*[44]

---

[41] (n.t. cei doi vorbesc în latină, limba zeilor străvechi) Acestea sunt piesele mele de şah.

[42] (n.t. Ninsianna nu înţelege răspunsul lui Mikhail deoarece nu Mikhail este cel care vorbeşte. Cel-Care-Nu-Este îi preia cuvintele) M-ai înşelat, soţia mea. Ea nu este cea pe care el o caută.

[43] Mi-ai promis forma, soţule. Aceasta e Aleasa. Nu Cealaltă.

[44] Nu îl poţi înşela prea mult timp. Vei vedea.

Sentimentul victoriei străbătu trupul Ninsiannei, chiar dacă nu știa ce anume câștigase, de fapt, zeița. Alte cuvinte necunoscute îi alunecară pe buze:

-*A sponsione tunc. Quo iure nos videbimus.*[45]

-*Assentior.*[46]

Acel sentiment de teroare dispăru deodată. Aripile lui Mikhail fluturară de parcă Angelicul își pierduse echilibrul. O anume recunoaștere îi reveni în priviri, în timp ce ochii săi își recăpătară strălucirea albăstrie, iar golul îngrozitor se disipă. Își coborî sabia, rostind ceva într-o limbă cu o cadență stranie.

Zeița renunță la controlul asupra corpului Ninsiannei.

„*Vorbește-i,*" șopti EA.

Ninsianna își întinse mâna către creatura cu aripi întunecate.

-M-m-mikhail, se bâlbâi ea. Sunt eu. Ninsianna. Prietena ta.

Mikhail își înclină capul, de parcă nu ar fi fost sigur dacă o recunoștea.

-Dacă îl o-o-omori, continuă fata cu glas tremurând, tatăl lui nu ne va mai cruța.

Angelicul privi către mâna ei întinsă, apoi către Jamin și, în final, către propria sabie. Expresia rece de pe chipul său se transformă deodată într-una confuză în timp ce analiza carnagiul. Se dădu câțiva pași înapoi. Fâlfâindu-și aripile, se înălță în aer.

Penele fluierară prelung, dar aripa ruptă nu putea suporta greutatea. Reuși doar să se înalțe suficient încât să aterizeze pe navă. Se ghemui asemenea unei pantere, privind-o pe Ninsianna cu o căutătură rece, neomenească.

Credea cumva că *ea* avea ceva de-a face cu asta?

Bineînțeles că asta credea. Nu fusese ea cea care tocmai îl oprise din a ucide liderul atacatorilor?

Ninsianna îl lovi pe Jamin cât de tare putu.

-Ridică-te! strigă ea.

-Nu îl lăsa să mă omoare, spuse Jamin, iar ochii săi negri nu oglindeau altceva decât teroare.

Fata își îndreptă lama de obsidian către gâtul lui.

-Cine sunt bărbații ăstia?!!

-Am venit să te salvăm din mâinile demonului.

-Tatăl tău a autorizat asta?

-Nu. Aceștia sunt mercenari, răspunse Jamin. I-am angajat ca să te salvez.

Ninsianna clocotea de furie.

---

[45] Dorești să punem un pariu? Care dintre noi are dreptate?

[46] De acord.

-Singura persoana de care trebuie să fiu salvată eşti *tu*! rosti aceasta, lovindu-l cu putere în testicule. Acum pleacă de aici până nu îl las să te omoare!

Jamin se chinui să se ridice în picioare şi aruncă o privire temătoare către acoperişul navei. Mikhail stătea în continuare ghemuit, cu sabia întinsă în faţă, aşteptând să sară. Fiul Căpeteniei fugi pentru a-şi salva viaţa.

-Şi să nu te mai întorci! strigă Ninsianna după el, agitându-şi pumnul în aer.

Soarele se înălţa în văzduh asemenea unui glob luminos de aur. Strălucirea sa se răsfrângea asupra creaturii întunecate, trimise să protejeze lumina.

Capitolul 38

Martie – 3,390 î.Hr.
Pământul: Locul prăbușirii
Colonel Mikhail Mannuki'ili

MIKHAIL

Ninsianna se mișca frenetic, adunând bețe și așezându-le într-o grămadă. Mikhail se ridică pentru a o ajuta. Fata se împletici înapoi, cu ochii cuprinși de teamă.

-Scuze, murmură el.

Se așeză înapoi, înainte de a o speria și mai tare.

Grămada devenea din ce în ce mai mare. Mikhail își strânse aripile la spate și se făcu pe cât de mic putea, așezându-se în mod voit pe o piatră joasă, care îi făcea penele să se târâie în noroi. Chiar și din acel loc putea să vadă ochii Ninsiannei strălucind din cauza lacrimilor.

Mikhail își împunse rana de pe coapsă. În ziua precedentă, fata îl cususe, dar de această dată nu mai avusese parte de cântece tămăduitoare, de mâini calde și placute, de zâmbete menite să îl liniștească și, cu siguranță, nici de masaj pentru aripi. Mâna fetei tremurase în timp ce înfigea acul în piele. Încercase să îi vorbească, să o liniștească, dar nu își putea aminti ce se întâmplase între momentul în care fusese înjunghiat în coapsă și cel în care își recăpătase cunoștința, descoperindu-se cu sabia îndreptată către fată.

Ninsianna avea toate motivele să se teamă de el. Ar fi avut chiar un motiv în plus dacă i-ar fi mărturisit că, orice antrenament folosise pentru a învinge atacatorii, nu fusese sub nicio formă unul controlat de el însuși. Dacă ea ar fi știut, s-ar fi speriat într-atât de tare încât ar fi fugit înapoi la bărbatul care îi atacase pentru a-i oferi protecție.

Protecție față de *el*...

Capra se apropie și îl privi cu ochii migdalați.

-Ce vrei? întrebă el.

Capra îl mușcă ușor de pene.

-Crezi că dacă împărțim casa, acum suntem și prieteni?

Capra behăi. Mikhail își petrecuse noaptea trecută dormind pe podeaua pontonului, așa că acum capra credea că erau amici.

-Haide. Pleacă de aici! mârâi el, fiindu-i teamă să ridice vocea. Puți ca o... capră!

Capra îşi scutură coada în faţa lui, de parcă ar fi zis „nu îmi spui tu ce să fac!" Apoi, îşi făcu drum către locul în care Ninsianna aduna în continuare beţe, suficient de multe încât să le ajungă pentru cel puţin o lună. Fata o mângâie distrată, după care reveni la a aduna lemne pentru foc.

Mikhail nu era sigur ce anume îl durea mai tare. Faptul că Ninsianna se temea de el? Sau modul în care aceasta amuţise complet, renunţând nu numai la a vorbi cu el, ci şi la a li se adresa caprei şi zeiţei sale imaginare? Angelicul ridică un băţ şi împunse iepurele fript pe care îl prinsese mai devreme, în timp ce aşeza pietrele mortuare deasupra cadavrelor. Aerul se umplea de mirosul decadent, însă niciunuia dintre ei nu îi era foame.

Cum se putea să fi omorât optsprezece oameni şi să nu îşi amintească nimic?

Un fluierat străbătu valea...

Privirea lui Mikhail ţâşni în sus. Mâna îi căută din instinct arma cu impulsuri, chiar dacă nu prea mai avea baterie. Se forţă să îşi redirecţioneze degetele către celălalt şold, unde avea prinsă sabia.

Tatăl Ninsiannei se ivi deasupra lor, purtând aceeaşi ţinută formală- kilt format din patru straturi şi capă. Ochii li se întâlniră. Immanu aşteptă ca cei doi să îi recunoască prezenţa înainte de a coborî pe pietre. Mikhail îşi scoase sabia şi o întinse pe picioare.

-Papa! strigă Ninsianna, alergând către tatăl său şi îngropându-şi obrajii în pieptul lui.

Lui Mikhail i se puse un nod în gât. Cu doar două zile în urmă, *el* era cel pe care îl îmbrăţişa în acest mod. Immanu aruncă o privire întunecată către Angelic, o privire care transmitea un singur mesaj- *ce ai făcut de mi-ai supărat fiica?* Sprâncenele stufoase i se ridicară în semn de uimire când remarcă lama lungă şi zveltă.

Ninsianna povesti tot ceea ce se întâmplase în limba ei nativă, pe care Mikhail o înţelegea parţial:

-Jamin *geldi* cu optsprezece Halifieni. *Denedilir* îl omoare Mikhail![47]

-Când?

-Două nopţi *önce.*[48]

Mikhail îşi atinse sabia cu degetele. Raidurile în mijlocul nopţii nu erau ceva ce „se petrecea" pur şi simplu, fără ca cineva cu autoritate să dea un ordin. Immanu jură că a lor căpetenie îi ordonase fiului său să nu acţioneze, însă asta se întâmplase *înainte* ca nenorocitul să fie la un pas de a se vaporiza în generatorul de găuri negre. Fie Immanu nu cunoştea adevăratele intenţii ale căpeteniei, fie se confruntau cu o lovitură de stat.

---

[47] Jamin a venit cu optsprezece Halifieni. Au încercat să îl omoare pe Mikhail!

[48] Acum două nopţi.

Niciuna dintre aceste variante nu era un semn bun pentru ideea continuării relațiilor cu acești oameni.

-Căpetenia *siparis edilen* Jamin *etmak* rămână în sat, rosti Immanu, cu o expresie a feței care denota uimire. Însă acum cinci zile el *kayboldu kimse*. Nimeni nu l-a mai văzut *dan beri*.[49]

Șamanul traduse cuvintele.

-Ninsianna a spus că bărbații erau mercenari, spuse el în limba lui Mikhail. Jamin pretindea că i-a angajat ca să o salveze de *tine*.

Mikhail se forță să își mențină chipul impasiv. Până când reușea să înțeleagă ce se întâmplase, nu își permitea să lase pe nimeni să știe că mai avea nevoie de doar două șuruburi pentru a dispune de un dispozitiv perfect funcțional de călătorie în hiperspațiu.

Vântul își schimbă direcția, purtând cu sine mirosul morții. Angelicul îngropase cadavrele, însă muștele se ospătau cu sângele uscat care se impregnase în pământul din fața navei. Pământul era acum împânzit de pete mari și întunecate. Întrucât nu prea mai plouase în ultima vreme, Mikhail își petrecuse destul de mult timp holbându-se la dovada acțiunilor sale asasine.

-Căpetenia Kiyan va fi scandalizată când va afla că Jamin a conspirat cu dușmanii săi, zise Immanu. Îi *urăște* pe Halifieni. Dacă ar fi fost după el, i-ar fi alungat acum mult timp.

-E posibil ca liderul vostru să fi autorizat atacul? Mercenarii nu sunt ieftini.

-Căpetenia nu este la fel de temperamentală ca fiul său. E un bărbat calculat, frugal și sensibil la nevoile oamenilor săi. E intrigat, continuă Immanu, arătând către arma cu impulsuri prinsă de mijlocul lui Mikhail, de avantajul militar pe care l-ar obține dacă s-ar alia cu oamenii tăi. Nu ar da cu piciorul la o asemenea oportunitate pentru o luptă de orgolii.

Mikhail atinse vârful armei care rămânea în continuare strânsă bine în tocul ei. Nu menționă că aproape nu mai avea baterie. Nu știa în cine se putea încrede. Ninsianna își strânse mâinile, chinuindu-se să înțeleagă și ea conversația.

-*Ben yalniz*,[50] trebuie să îi vorbesc lui, spuse Immanu în Ubaidă către fiica sa.

Fără a se opune, Ninsianna luă capra și o conduse către partea cealaltă a văii. Immanu așteptă până când fu sigur că nu îi mai putea auzi.

-Nu mai ești în siguranță aici, zise el. Halifienii se vor întoarce pentru a se răzbuna.

-Știu.

---

[49] Căpetenia i-a ordonat lui Jamin să rămână în sat. Însă acum cinci zile el a dispărut. Nimeni nu l-a mai văzut de atunci.

[50] Lasă-ne singuri.

-E timpul să îmi trimiţi fiica acasă.

O durere zdrobitoare cuprinse pieptul lui Mikhail; o durere care nu avea legătură cu plămânul ce încă se recupera. În ultimele şase săptămâni, Ninsianna nu făcuse altceva decât să spună că îşi doreşte să vadă stelele. Iar *el* îi promisese tatălui său că nu o va lua cu el.

-Dar dacă nu vrea să meargă? rosti cu o voce răguşită.

-Va merge dacă mergi şi *tu*.

-Nu îmi pot abandona nava, răspunse Mikhail. Trebuie să închei misiunea.

Ochii lui Immanu căpătară o nuanţă aurie, ca de cupru, de parcă o cometă roşie gigantică s-ar fi transformat într-o supernova chiar în privirea lui.

-Dacă îţi pasă măcar puţin de fiica mea, mârâi el, o vei aduce acasă *tu însuţi* şi vei *rămâne* cu noi până când te vei fi vindecat complet.

-Fiul căpeteniei tale tocmai m-a atacat!

-Nu a fost o mişcare autorizată, răspunse Immanu. Voi avea o discuţie cu Kiyan.

-Mă voi gândi la asta, zise Mikhail.

-Fă-o repede, pentru că tocmai le-ai dat celor din tribul Halifian optsprezece motive pentru a se uni împotriva Ubaizilor.

Şamanul se ridică şi făcu un semn către navă.

-Unde sunt cadavrele?

-Acolo sus, răspunse Mikhail, arătând către munte.

-Trebuie să fac ritualurile de înmormântare.

Immanu îl trimise să aducă nişte cărbuni din foc în timp ce el căuta o plantă pe care Ninsianna o numea *qat;* un stimulent slab pe care i-l dăduse în ultima vreme pentru a-l ajuta să îşi recapete forţele. Împreună, adunară lemne într-o grămadă.

-Suntem pregătiţi, rosti Immanu.

-Dar Ninsianna?

-*Urăşte* ritualurile de înmormântare, răspunse şamanul. O să ne evite până când terminăm.

Mikhail îl conduse în afara văii. Săpase acolo optsprezece morminte separate, fiecare dintre ele aşezat în aşa fel încât să dea înspre răsărit. Deasupra lor aşezase pietre, pentru a împiedica animalele sălbatice să pângărească trupurile. Una dintre penele sale lungi, maronii, se înălţa din pământul fiecăruia dintre altare, declarând cine era responsabil pentru uciderea acestor bărbaţi. Lucrurile lor erau de asemenea aşezate cu grijă pe pietre, astfel încât apropiaţii să îi recunoască pe cei morţi.

Immanu scoase suliţa cu mâner decorat cu măiestrie, pe care Mikhail o lăsase pe unul dintre morminte. Încă purta urmele sângelui său, scurs în momentul în care Halifianul îl înjunghiase cu ea în coapsă.

-Le-ai oferit şacalilor ăstora o înmormântare mai bună decât meritau, zise şamanul. Dar trebuie să mă asigur că spiritele lor nu se întorc pentru a-i bântui pe cei vii.

Cei doi pregătiră un foc mic, ceremonial, şi aşezară tăciunea în mijloc, suflând până când flăcările înghiţiră mormanul cu limbi lacome. Mikhail evita să privească mormintele. *El* omorâse aceşti oameni. Pe fiecare dintre ei. De şi-ar fi amintit, cel puţin, că îi ucisese... De ar fi înţeles că o meritau. De ar fi ştiut că luptase cinstit împotriva lor? Tot ce îi mai rămânea de făcut era să ofere inamicilor săi o înmormântare decentă.

Immanu desfăcu o cârpă plină cu noroi pe care îl adunase de la râu şi îl folosi pentru a picta simboluri pe propriul corp. În timp ce făcea acest lucru, cânta cu o voce joasă o melodie asemănătoare celor pe care le cânta şi Ninsianna când îi schimba bandajele lui Mikhail. Şamanul îi întinse noroiul Angelicului şi îi făcu semn să procedeze la fel.

-Nu îmi e cunoscut acest ritual, zise Mikhail.

-Aşa.

Immanu îşi înmuie degetele în amestecul gălbui. Se folosi de nămolul rece pentru a picta simboluri pe faţa, pieptul şi braţele lui Mikhail. Făcu o pauză când ajunse la simbolul final, identic cu cel pe care îl pictase pe propriul piept.

O fiinţă înaripată...

...cărând un trup către tărâmul viselor...

Immanu arătă către arma prinsă la şoldul Angelicului.

-Crezi în continuare că nu eşti sabia zeilor noştri?

-E doar un basm. Un cântec despre zei şi şah.

-Şi un demon străvechi, răspunse şamanul cu o privire serioase, despre care predecesorii mei au proorocit că *tu* vei veni pentru a-l înfrânge.

Mikhail se simţea de parcă întreaga lui linişte spirituală atârna de o unică aţă fragilă în timp ce Immanu aprinse o grămăjoară de frunze de qat, înconjurând fiecare mormânt şi rugându-se pentru trecerea în siguranţă spre tărâmul viselor. În mintea Angelicului se înfiripară rugăciuni în acea a treia limbă cu cadenţă ciudată, rugăciuni înălţate din partea celor morţi către o zeitate despre care nu îşi putea aminti să o fi venerat vreodată.

Venera, de fapt, vreun zeu? Şi dacă o făcea, despre ce zeu era vorba?

Capitolul 39

Data Galactică Standard: 152,323.03
Haven-1
Prim-ministrul Lucifer

LUCIFER

Lucifer dădu din cap către cei doi maeştri Cherubimi puternici, care îl însoţeau pe tatăl său adoptiv de fiecare dată când acesta hotăra să se arate în forma semi-corporală. Insectoizii uriaşi, cu şase picioare, făceau până şi un Angelic să pară mic pe lângă ei, dispunând de patru braţe protejate în armură, fiecare dintre ele capabil să manevreze independent câte o sabie. Lucifer aşteptă ca aceştia să îl lase să intre, dar nu în camera tronului, unde doar cei care îl cunoşteau bine pe Împărat ştiau că urăşte să stea, ci în *adevăratul* scaun al puterii sale- laboratorul de genetică de primă mână.

Deşi muritorii credeau că Împăratul putea face ca celulele să se rearanjeze după bunul plac, în realitate, nemurirea nu oferea fiinţelor transcedentale decât un control minim asupra materiei. Creaţiile spontane erau extrem de instabile. Chiar şi Cea-Care-Este prefera evoluţia, cu toate că EA căpătase destul de multă putere încât să îşi poată folosi mintea pentru a zămisli orice îi crea interes. Totuşi, nemurirea nu aducea cu sine şi omnipotenţă.

 Din acest motiv, Împăratul nu putuse pur şi simplu să dea din mâini şi să facă problema perpetuării armatei sale să dispară. Indiferent de metoda pe care o folosea- fie împerechere naturală, fie clonare, inseminare artificială sau chiar nişte magie transcedentală- gameţii hibrizi combinaţi artificial prin meioză nu reuşeau să determine creşterea unui embrion.

Lucifer îşi încleştă aripile albe în jurul trupului în timp ce păşea pe lângă acele cuşti ce împânzeau pereţii de sus până jos, fiind pline cu experimente genetice eşuate. Toate lucrurile pe care Împăratul le crease prea fragile, prea lipsite de aplicabilitate pentru a supravieţui oricărui alt mediu decât laboratorul. Creaturile îl asaltară cu un amalgam de zgomote şi mirosuri. O creatură pe jumătate însufleţită îi atrase atenţia prin limbajul semnelor: *hrăneşte-mă. Te rog? Prieten?* Acele creaturi îl înfricoşaseră întotdeauna. Involuţie. Fiinţe care înfloriseră altădată, dar, din cauza unor schimbări în mediu şi circumstanţe, procesul evolutiv înaintase fără ele.

Ajunse în dreptul unui bărbat care arăta obişnuit şi care stătea aplecat asupra unei mese de laborator sterile. Arăta ca orice alt om de ştiinţă din galaxie, având părul alb şi vâlvoi, sprâncene stufoase, un nas bulbos şi piele brăzdată de riduri. Purta un halat alb pe deasupra robei sale favorite, pentru a o menţine curată, iar în acel moment barba sa părea îngrijită atent, cu toate că în momentul în care avea să păşească în afara laboratorului, avea să crească din nou în mod miraculos. Fără acel fior al puterii care se resimţea în Palatul Etern de fiecare dată când Împăratul se arăta în forma fizică, oricine l-ar fi putut confunda cu un bărbat muritor.

-Tată, zise Lucifer, am venit cât de repede am putut.

Împăratul Etern Hashem nu privi către el.

-Lucifer, mormăi acesta, mă bucur că ai ajuns.

Continuă să fertilizeze ouăle mici de pe o tavă.

Penele albe ale lui Lucifer se înfoiară în semn de supărare. În ultimii 225 de ani, povara responsabilităţii de a gestiona chestiunile cotidiene ale Alianţei căzuse asupra umerilor săi. Printre bufoneriile lui Shay'tan şi intrigile politice obişnuite care ameninţau toate instituţiile democratice, Lucifer era întotdeauna nevoit să se dovedească mai inteligent decât oponenţii săi pentru a-şi menţine tatăl pe tronul lui confortabil. Atunci când Hashem îl lăsa să aştepte, nu putea să rezolve toate celelalte milioane de lucruri pe care le avea în programul deja ridicol de încărcat.

Încercă să iniţieze conversaţia.

-La ce lucrezi, tată?

-Dragoni de apă în miniatură. Sunt pe cale de dispariţie. Încerc să creez o adaptare genetică pentru a-i ajuta să supravieţuiască.

Lucifer îşi încordă aripile exasperat.

-*Noi* suntem pe cale de dispariţie, răspunse. Când ai de gând să creezi pentru *noi* o adaptare genetică pentru a ne ajuta să supravieţuim?

Hashem îşi ridică privirea. Ochii îi străluceau cu acea luminiscenţă interioară pe care o posedau toate fiinţele transcedentale. Ce era mai rău? Cei două sute de ani în care Hashem dispăruse în eter, lăsându-şi imperiul să lâncezească după ce mama lui hotărâse să moară? Sau bătrânul acesta fragil şi naiv care se întorsese numai după ce genocidul 51-Pegasi-4 distrusese întreaga sub-specie a Angelicilor Serafimi?

-Am pierdut stocurile de bază, rosti Hashem cu dezamăgire. Iar apoi piraţii au decimat grupul de control al Serafimilor care încă aveau o parte din ADN-ul original. Fără ei, nu ştiu cum pot replica experimentul.

-Fir-ar să fie, tată!!!

Lucifer îşi trânti pumnul pe masa de laborator sterilă.

-De ce, în numele lui Shay'tan, continui să pierzi timp preţios cu aceste creaturi nesemnificative când armatele care te apără mor?

Remarcă privirea răutăcioasă a celor două gărzi Cherubime şi îşi moderă tonul astfel încât să demonstreze respectul cuvenit Împăratului şi zeului lor.

-Sunteți cu toții atât de aproape de a fi gata, zise Hashem. Nu mai aveți nevoie decât de câteva mii de ani de evoluție, iar atunci veți fi completi. Serafimii au fost aproape. Atât de aproape...

-Aproape de ce?

-Mama ta a fost aproape completă. Aș fi putut să o termin.

-Mama mea e MOARTĂ, strigă Lucifer. Când ai de gând să îți cobori mintea din tărâmurile înalte și să rezolvi ceea ce se întâmplă aici, jos? Nu vom mai fi prin preajmă în câteva mii de ani!

Cele două gărzi, înalte de patru metri, pășiră mai aproape, fiecare dintre ele ținând în mână o sabie. Aripile lui Lucifer tremurară. Nu îi fusese teamă de aceste gărzi când era doar un copil, dar lucrurile se schimbaseră de când Împăratul dispăruse și apoi se reîntorsese.

Comportamentul lui Hashem se modifică de la acela al unui profesor neatent la cel al zeului străvechi capabil să mute munți, care se luptase odată cu Shay'tan, care îl văzuse pe Lucifer drept un experiment eșuat. Vorbi cu detașarea clinică a unui om de știință care susține o prezentare în fața unui ansamblu de biologi în legătură cu o colonie de bacterii.

-Fără rasa sursă, nu e nimic ce pot face pentru a vă ajuta, zise cu răceală. Singura voastră speranță e programul de împerechere. Dacă măriți diversitatea genetică prin încrucișare selectivă, o nouă generație de Angelici ar putea să evolueze pentru a vă lua locul.

Lucifer se cutremură. Cum putea spera un muritor a cărui speranță de viață era, prin comparație cu cea a unei ființe transcedentale ca tatăl său adoptiv, doar o clipire a ochilor, să se facă auzit? El era doar o jucărie. Un instrument pe care Împăratul îl folosise pentru a o ademeni pe mama lui, o creatură atât de aproape de a fi completă încât se apropiase ea însăși de dumnezeire; dorise doar să o ademenească pentru a rămâne lângă el, astfel încât să dispună și de altcineva în afară de Shay'tan pentru a discuta în timp ce timpul transforma ființele muritoare în pământ.

-Cum rămâne cu Leonizii? se rugă Lucifer. Mai sunt doar 3.500 de indivizi. Avem mai multe nave Leonide decât oameni care să le conducă.

-Arahnoidienii le vor lua locul, răspunse Hashem de parcă ar fi vorbit despre un prăjitor de pâine stricat. La fel cum Mantoizii au ocupat locurile acolo unde voi aveați lipsuri.   Le-am ordonat fabricanților aerospațiali să creeze o nouă generație de nave adaptate fiziologiei Arahnoidiene.

Înlocuiți? Erau înlocuiți? Întotdeauna bănuise că acesta era planul, dar era prima dată când auzea cu adevărat cuvintele rostite de Împărat.

-Renunț! zise Lucifer, aruncându-și mâinile în aer. Ești mai rău decât Shay'tan!

Se întoarse pentru a părăsi încăperea. Ajunsese la ușa laboratorului când Hashem îi rosti numele:

-Lucifer!

Gărzile Cherubime blocară ieșirea. Lucifer rămase întors cu spatele către tatăl său.

-Aceste acorduri comerciale, zise Hashem, tu şi Parlamentul aţi relocat prea mult din economia noastră. Vreau să anulezi abrogările.

Lucifer se răsuci pentru a-l privi în ochi.

-Ocupă-te singur, mârâi el. Timp de două sute de ani ţi-am condus imperiul în timp ce *tu* jeleai moartea mamei mele. Niciodată nu mi-ai mulţumit! Niciodată nu te-a interesat impactul pe care obsesia ta în legătură cu lumea seminţelor îl are asupra raselor mai vechi ale imperiului. Sau asupra speciilor care le apără!

Îşi înfoie aripile.

-Nu poţi continua să ne ceri să plătim până când nu mai avem nimic de oferit, zise Lucifer. În numele zeiţei, uită-te la gărzile tale Cherubime! Jingu are mai mult de nouă mii de ani şi nu a reuşit să producă o nouă regină!

Lucifer făcu un semn către Cherubimul asemănător unei furnici, a cărui rasă păzise cândva întreaga Alianţă, dar care nu mai număra acum decât câteva mii. Doar dragostea faţă de Împărat îl mai împiedica pe Cherubim din a renunţa la cochilia muritoare pe care o depăşise de mult şi a evada pe tărâmurile transcedentale.

-De ajuns! ordonă Hashem.

-Dacă nu vrei să te uiţi la mine, uită-te la ei! strigă Lucifer cu pumnii încleştaţi, încercând să îşi facă tatăl să reacţioneze raţional. Ţi-au protejat imperiul chiar mai mult timp decât am făcut-o *noi* şi sunt chiar mai aproape de extincţie. Îi înlocuieşti pe ei cu *noi*, iar acum ne înlocuieşti pe noi cu insecte!!! Suntem atât de uşor de abandonat?

Umerii lui Hashem se încovoiară.

-Nu sunteţi uşor de abandonat, oftă el. Pur şi simplu nu ştiu cum să vă repar.

-Te rog, Tată, se rugă Lucifer. Eşti singurul tată pe care l-am avut vreodată. Ajută-ne. Nu vreau să fiu ultimul din specia mea.

Hashem ridică pipeta pe care o folosise pentru a fertiliza ouăle de reptilă şi reveni la ceea ce făcea înainte de a începe discuţia.

-Am pierdut rasa sursă, murmură acesta. Nu mai e nimic de făcut. Îmi pare rău.

Se întoarse cu spatele, captivat de acel experiment pe care îl derula din nou. Împăratul Etern dispăruse. Înlocuit de geniul amabil, dar distras, care se juca experimentând inconsecvent în laboratorul său de genetică în loc să înfrunte şi să rezolve problemele muritorilor.

Capitolul 40

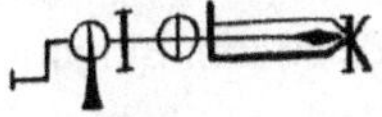

Data Galactică Standard: 152,323.04 D.Î.
Sectorul Zului: Centrul de Comandă "Răsărit de Lumină"
Colonel Raphael Israfa

RAPHAEL

Răsăritul de Lumină scotea un sunet plăcut şi reconfortant sub tălpile lui Raphael în timp ce misiunea de căutare a prietenului său dispărut continua. Consola de comunicaţii a Majorului Glicki bipăi, semnalând un mesaj subspaţial proaspăt sosit. Cu o eficienţă antrenată, secundul său apăsă pe consolă, înregistrând semnalul.

-Colonel Israfa, zise Majorul Glicki, Generalul Comandant Suprem Jophiel a transmis un mesaj codat, strict vizual. Cere să stabiliţi o legătură în 10 minute.

-Mulţumesc, Major Glicki, răspunse Raphael. Te rog să preiei comanda cât cobor în biroul meu.

Tonul lui Glicki era formal ori de câte ori comunicau în faţa altor piloţi, însă înclinarea subtilă a capului ei în formă de inimă sugera orice, numai lipsa sentimentelor, nu. Raphael aproape că putea auzi cum aceasta calcula timpul rămas până la încheierea turei şi cantitatea de alcool necesară pentru ca el să treacă peste veştile proaste pe care Jophiel era pe cale să le transmită.

Colonelul se asigură că arăta în regulă imediat ce ajunse în birou şi ascunse fotografia lui Jophiel înainte de a deschide monitorul. Aceasta trecuse cu vederea cele două săptămâni suplimentare care trecuseră fără a-l contacta pentru a-i trimite noi ordine, însă acesta avea să fie apelul final. Cu toate că Raphael era tatăl copilului ei, Generalul Jophiel avea de condus o flotă, iar el era mult mai valoros în altă parte.

Era momentul să îşi lase prietenul cel mai bun în voia sorţii şi a morţii.

-Comandant General Suprem, o salută respectuos Raphael în momentul stabilit al legăturii. Mă aflu la dispoziţia dumneavoastră.

-Colonel Israfa, răspunse aceasta cu o expresie serioasă. Presupus că ştiţi de ce sun?

-Sunt chemat înapoi?

-Nu chiar, zise Jophiel făcând o grimasă şi inspiră rapid pentru a-şi recompune expresia feţei. Am o nouă misiune pentru dumneavoastră în acel sector.

-Doamnă General... sunteţi bine?

-A sosit momentul, răspunse Jophiel fără nicio urmă de emoție. Mâine pe vremea asta, fiul dumneavoastră va fi venit pe lume.

Fiul său. Acolo. Cu ea. Iar apoi copilul avea să fie trimis în altă parte. Copilul *lui* avea să fie trimis în altă parte. La academia de pregătire a tinerilor, pentru a fi crescut de străini. Singura legătură pe care el, Raphael, avea să o aibă vreodată cu Jophiel. Singurul *copil* pe care probabil că avea să îl aibă vreodată!

-Lasă-mă să fiu lângă tine, zise Raphael, iar aripile sale aurii tremurară, cuprinse de emoție. Te rog! Pot lua naveta și voi ajunge acolo într-o oră. Lasă-mă să fiu lângă tine...

-Acesta este cel de-al doisprezecelea copil al meu, îi răspunse Jophiel cu glas tăios. Sunt perfect capabilă să am grijă de mine.

-Jophie, nu fi așa... *meriți* ca cineva să fie lângă tine. Nu trebuie să faci asta singură.

-Nu sunt *niciodată* singură, zise ea cu răceală. Împăratul Etern însuși are grijă de asta, așa cum are grijă că eu și copiii mei să fim îngrijiți cum se cuvine.

-E vorba și de copilul *meu*!

Furia clocotea în vocea lui în timp ce, pentru prima oară în viață, contrazicea un ofițer cu grad superior:

-Merită să își cunoască tatăl!

-Merită să cunoască ceea ce Împăratul *decide* că merită să cunoască!

Jophiel făcu o nouă grimasă, îndurând o altă contracție:

-E un ordin!

Raphael privi îndelung către femeia frumoasă și rece care, chiar în acel moment, dădea naștere fiului său și conducea simultan flota Alianței. Se spunea că își născuse cel de-al cincilea fiu chiar pe câmpul de luptă. Căzuse într-un tranșeu atunci când contracțiile deveniseră prea puternice pentru a-i permite să zboare în continuare, născuse, iar apoi împușcase un soldat Sata'anic drept în față chiar în timp ce copilul îi părăsea pântecul. Se luptase pentru a se elibera din acel loc ținându-și nou-născutul în brațe, omorând douăzeci și patru de soldați Sata'anici, și își trimisese fiul îndată către academia de pregătire a tinerilor pentru a fi crescut. Primise de la Împăratul însuși o medalie și o avansare în grad pentru curajul său.

Raphael își dorea acum să fi ascultat cu mai multă atenție acele rapoarte și să nu fi fost atât de entuziasmat de frumusețea ei și de onoarea de a fi fost ales de un general cu cinci stele pentru împerechere. Fiul lor avea să fie un soldat magnific, care va ajunge într-o bună zi într-o poziție înaltă. Asta știa despre toți copiii lui Jophiel. Dar se simțea trădat. La naiba cu ea! La naiba cu ea și cu lipsa ei de sentimente!

-Raphael?

Masca serioasă de general dispăru, înlocuită de tandrețea pe care acesta o întrezărise în timpul perioadei lor de întâlniri:

-Nu te-am sunat ca să ne certam. Nu pot schimba legile alor noştri. Dar *pot* face asta pentru tine.

Raphael opri mâna care aproape că făcuse gestul imprudent de a opri transmisiunea cu generalul cel mai înalt clasat al Alianţei înainte de a face ceva şi mai rău. Cum ar fi să îi spună că era o nenorocită fără inimă.

-Am primit o raport recent cu privire la o navă comercială suspicioasă care a ieşit din acea zonă spiralată, zise Jophiel. Ar putea fi vorba de o incursiune mai amplă în acel sector al Imperiului Sata'anic. Îţi ordon să mergi acolo pentru a investiga, continuă zâmbind melancolic. Dacă se întâmplă să îl găseşti pe Mikhail în timp ce faci asta... ar fi o coincidenţă plăcută.

Raphael înţelese ce făcea. Îi oferea un alt premiu de consolare pentru a-l ţine la distanţă...

-O să îmi trimiţi poze cu fiul nostru înainte să îl trimiţi la academie? E şi fiul meu...

Vocea sa era aproape o şoaptă. O lacrimă i se scurse pe obraz, iar ochii căprui deveniră verzi din cauza emoţiei, căci îşi dădu seama că acesta avea să fie finalul relaţiei dintre ei. Odată ce fiul lor avea să fie născut şi abandonat într-o academie de pregătire a tinerilor pentru a fi crescut, Jophiel nu avea să mai aibă nevoie de el.

-Când îţi găseşti prietenul, zise Jophiel cu o grimasă provocată de o nouă contracţie, îţi voi da permisiunea de a pleca pentru a-l vizita.

Se întinse către ecran pentru a încheia transmisiunea cu o expresie plină de regret şi ezită:

-Atunci când ne-am împerecheat, nu mi-am dat seama că genul ăsta de lucruri contează pentru tine. Eşti primul care mi-a cerut asta vreodată.

Raphael atinse ecranul, urmărind cu degetul conturul buzelor ei în timp ce îşi luau la revedere. Buza ei tremură de parcă putea simţi mângâierea pe care colonelul îşi dorea să i-o ofere în cealaltă parte a galaxiei.

-Contează, răspunse el cu o voce gâtuită.

O lacrimă se scurse pe obrazul lui Jophiel.

-La revedere, zise ea.

Ecranul deveni negru.

Capitolul 41

Aprilie - 3,390 î.Hr.
Pământul: Locul prăbușirii

NINSIANNA

Ce vis frumos, purtată înapoi în locul pe care Cea-Care-Este i-l arătase în timpul viziunii sale; acea oiște înaltă de unde putea privi către stele, admirându-le în timp ce acestea cântau de parcă se bucurau enorm să se întâlnească din nou. Se simțea de parcă plutea pe apa unui râu, curenții calzi fiind cei care îi susțineau greutatea în timp ce soarele i se revărsa pe obraji, purtând-o oriunde își dorea zeița să fie purtată. Ah, cum își dorea să rămână în îmbrățișarea acestui curent pe veci!

O voce străpunse liniștea.

-*Nu! Máthair!*[51]

Ninsianna fu trezită de glasul unui bărbat care striga înfricoșat.

-*Ná gortaítear sí! Le do thoil!*[52]

De unde se auzea? Din față, afară? Patul lui Mikhail era gol. Întâmplările ultimelor zile năvăliră în mintea fetei. Mikhail adoptase obiceiul de a dormi în fața navei pentru a preveni, după cum *pretindea*, o altă incursiune.

- *Mhamó! Cén fáth nach léi bogadh? Cá bhfuil* Gabriel?[53]

Ninsianna coborî din pat și își înfășură pătura în jurul corpului. Simțea răcoarea emanată prin podea în timp ce își făcea drum desculță prin bucătărie până pe ponton. Capra behăi emoționată de sub Compyooter.

-Mikhail, trezește-te! șopti fata. Un spirit malefic a venit să îți aducă un coșmar.

-*Máthair?* rosti el în noapte pe un ton plângăreț. *Máthair, múscail. Ní féidir liom a bhraitheann tú níos mó.*[54]

Teama și durerea amenințau să zdrobească pieptul Ninsiannei. Cu fiecare noapte, coșmarurile lui deveneau din ce în ce mai rele. Dar de când avusese loc atacul, deveniseră de-a dreptul îngrozitoare.

---

[51] Mamă!

[52] Nu o răni! Te rog!

[53] Bunico! De ce nu vrei să te miști? Unde e Gabriel?

[54] Mamă! Mamă, te rog. Nu te mai pot simți!

-Mamă Preamărită? zise ea respirând cu greu. Spune-mi ce să fac.

-*Ajută-l*, şopti zeiţa.

-Cum pot eu să alung demonul?

Mikhail dormea pe jos, ghemuit în poziţia copilului nenăscut, frumos, dar chinuit. Un bărbat coborât din ceruri. Aripile lui, aripile lui frumoase şi frânte, tremurau de parcă ceva tocmai căzuse asupra lor şi le zdrobise. În orice moment, dacă lucrurile aveau să se desfăşoare ca în nopţile precedente, el avea să se trezească brusc, căutându-şi sabia. Ninsianna se strecură în dreptul lui, căutând cu privirea arma letală, şi o mută în linişte în afara razei lui de acţiune.

Mângâindu-i obrazul, începu să cânte ritualurile *namburbi*.[55]

> Omul caută un cititor de vise,
> Încercând să-şi afle viitorul.
> Omul pentru care boala demonului
> A fost prea grea, murmură o rugăciune:
> "Doamna mea, vin să îţi aduc omagiu!"

Închizându-şi ochii pentru a pătrunde în starea de visare, Ninsianna îşi forţă mintea să intre în visul lui. Nu era vorba de aceeaşi claritate pe care o trăise atunci când băuse licoarea sacră, însă cu fiecare zi în care era lângă el, "darul" ei devenea mai puternic.

Găsi o rană în inima lui, acolo unde îl rănise suliţă. Iată. Pe acolo continua să pătrundă demonul.

-*Máthair!* strigă Mikhail. *Tá siad mharaigh tú!*[56]

Un băiat. Sânge! Teroare! O şopârlă mânuind o sabie. Sângele îi ţâşni pe obraji. Milioane de voci urlară speriate!

Un sunet asemănător celui provocat de o furtună de nisip pătrunse trupul băiatului. În jurul său pulsa întunericul. Atât de multă putere! Părea că avea să strivească întregul univers în guşa lui.

-*Solvite!*[57] strigă băiatul.

Umbrele se mişcau într-un mod atât de palpabil încât Ninsianna le putea simţi.

-Nu! zise ea, smulgându-se din coşmarul lui Mikhail.

Nu putea face asta. Nici măcar pentru Cea-Care-Este.

Mikhail se întinse pentru a înşfăca sabia. Cea pe care ea o mutase din raza lui. Un tremur incontrolabil îi stăpânea corpul. Nu voia să atingă demonul. Nu voia să *vadă* demonul care urmărea băiatul în vis.

---

[55] Termen din limba sumeriană străveche, ce înseamnă *alungare*.

[56] Mamă! Te-au ucis!

[57] (latină) Distruge!

Mikhail scânci. Lacrimile îi alunecară pe obraji. Mâna îi tremura în timp ce căuta sabia, însă nu *era* vorba despre sabia lui. Ninsianna putea vedea asta. Angelicul căuta în întuneric. Strângea în pumni pământul. Striga după ajutor, însă nu venea nimeni.

Și o durea să îl vadă suferind!

Acel ceva care o lega de Cea-Care-Este devenea mai puternic.

-*Această amintire îi provoacă multă suferinţă*, şopti Cea-Care-Este. *Nu îmi permite să o fac uitată pentru că simte că e parte din el, dar şi-a pus toată încrederea în tine atunci când i-ai salvat viaţa. Poate că îţi va permite ţie să îi curmi suferinţa...*

Cea-Care-Este o învălui în căldură. Fluxul de informaţie devenea mai intens, şoptindu-i ce avea de făcut. Ninsianna îşi aşeză degetele pe fruntea lui Mikhail. Putea vedea în mintea lui prima impresie pe care o avusese despre ea- un spirit frumos, venit să îl îndrume către tărâmul viselor. Ceva în legătură cu acea amintire era *mai puternic* decât întunericul care îl bântuia. Ea era prima amintire a lui. Astfel, stabiliseră o legătură de nedestrămat.

Invocând zeiţa pentru protecţie, Ninsianna se cufundă din nou în coşmarul Angelicului.

Un băiat stătea înconjurat de un mănunchi de raze de lumină albastră. În interiorul mănunchiului părea să urle un vid teribil, întunecat. Ameninţa să îi anihileze existenţa.

-*Elimină-l*, şopti Cea-Care-Este. *Elimină acest copil din amintirea lui şi va fi al tău.*

-Cine este?

-*Nu contează. Doar scapă de el.*

O lacrimă se scurse pe obrazul Ninsiannei. Dacă Mikhail nu îşi putea aminti, nu avea să o ducă niciodată să vadă stelele. Dacă nu îşi putea aminti, nu avea să descopere niciodată un mod de a lua legătura cu Raphael. Dacă nu îşi putea aminti, avea să rămână blocat pe acest tărâm pentru totdeauna. Dacă nu îşi putea aminti, şi ea avea să rămână blocată la rândul ei.

Dar dacă îşi *amintea, ea* nu avea să mai fie prima imagine a luminii din mintea lui.

-Vino înapoi cu mine, şopti Ninsianna. Vino înapoi cu mine în satul meu. Uită trecutul dureros. Vino cu mine în Assur.

Băiatul stătea pe jumătate îngropat în spatele unui perete albastru pe care îl construise vreun zeu străvechi. Ninsianna cântă o melodie menită să îl înconjoare cu un nou perete auriu, de această dată al ei, gros de trei cântece şi legat strâns cu picături din propriul ei sânge. Apoi, îşi aşeză mâna în dreptul inimii lui şi îi umplu spiritul cu melodii ale vremurilor fericite care aveau să vină; cântece care îi spuneau că aparţinea lumii, cântece despre cum era să aibă oameni de-ai lui, cântece despre şansa de a nu mai fi singur niciodată.

-Vino cu mine, cânta ea. Vino cu mine spre lumină.

Cântă prima imagine pe care el o avusese în legătură cu ea, înconjurată de lumina soarelui. Făcu imaginea din ce în ce mai strălucitoare și o împinse către mintea lui.

Mâna lui Mikhail se mișcă, acoperind-o pe a Ninsiannei. Angelicul îi strânse degetele în dreptul inimii sale, chiar dedesubtul rănii teribile despre care ea înțelegea acum că exista în multe alte dimensiuni.

-Ní hamháin, șopti el. Nu sunt singur.

Ninsianna simțea că el își dorea acest lucru mai mult decât orice altceva pe lume.

Copilul dispăru treptat. Respirația lui Mikhail se liniști, alunecând într-un somn odihnitor. Orice ar fi însemnat aceste amintiri, nu avea nevoie de ele.

Capitolul 42

Aprilie – 3,390 î.Hr.
Pământul: Locul prăbuşirii
Colonel Mikhail Mannuki'ili

MIKHAIL

Aşeză mica păpuşă sculptată într-o cutie de lemn ornată cu simplitate, dar căptuşită cu o catifea roşie. Era genul de cutie pe care cineva ar fi aşezat-o pe un altar. Urmări cu degetul conturul desenelor pe care ştia că *el* le modelase în lemn. Deşi nu putea numi limba, ştia cum să o citească.

Te voi aştepta, spunea. *Doar că de partea cealaltă.*

Atinse chipul păpuşii- ochii mult prea mari sculptaţi pe un trup zvelt şi sugestia ciudată a aripilor de Angelic. Cui îi aparţinuse? De ce avea la el o jucărie de copil? Şi de ce se trezise în această dimineaţă simţindu-se atât de gol, cu toate că Ninsianna era chiar lângă el?

Ninsianna tuşi uşor.

-Eşti pregătit?

Mikhail închise capacul şi aşeză cutia în fundul dulapului. Aşteptase timp de opt săptămâni, însă nimeni nu venise să îl caute. Nava începuse deja să miroasă a umezeală, asemenea unei peşteri.

-Da.

Închise dulapul şi prinse lacătul. Cel puţin aici păpuşa nu avea să fie zdrobită.

Îşi ridică rucsacul, acesta fiind singura greutate pe care îndrăznea să o care având în vedere condiţia sa fizică precară. Pe unul dintre şolduri avea prinsă arma cu impulsuri- ei nu ştiau că aproape nu mai avea baterie- şi, dacă era norocos, ar mai fi putut trage două ultime focuri. Pe celălalt şold stătea sabia. În locul din care provenea el, sabia era considerată o armă primitivă, dar pentru oamenii care aruncau beţe şi pietre, fierul acesta întărit părea mai degrabă un fel de tun.

-Tatăl tău, el poate strigat ceilalţi şamani? întrebă Mikhail într-o ubaidă stricată.

-Da. Sătenii celorlalte sate îl respectă.

-O să îl creadă? Când spune poveşti vechi despre oamenii mei?

Ninsianna îi zâmbi încurajator.

-Te va avea pe tine, răspunse ea. Unii dintre ei vor avea chiar şansa de a vorbi cu tine.

Era ciudat. Nu mai exista bariera lingvistică dintre ei. Cel puțin nu așa de mult. În afară de faptul că trebuia să folosească termeni simpli, reușea să comunice cu Ninsianna aproape perfect. Totul fără vreun algoritm de traducere.

Apăsă pe butonul de pauză al calculatorului care încă era cea mai mare speranță a lui de a afla cine este. Oare conținea lecții de istorie despre adevărata poveste din spatele Cântecului Sabiei? Ar fi putut să îi spună că acest cântec nu era o profeție, ci o lecție de istorie din trecut? Ar fi putut să îi spună numele navei? Ar fi putut să îi explice de ce cineva îl doborâse? Și de ce nimănui nu îi păsa suficient de mult de el încât să îl caute? Toate cunoștințele din întreaga galaxie așteptau în baza de date a acelui sistem, dar toate rămâneau dincolo de atingerea lui.

-Vii? întrebă Ninsianna.

-Da, răspunse Mikhail, simțind un nod în gât.

Pășiră afară.

Ninsianna luă capra, pe care o încărcaseră cu rezerve de apă. Caserolele moderne de oțel și o găleată de plastic răsunau la contactul cu recipientele primitive din piele de capră- o încleștare ciudată a noului cu anticul.

Mikhail ridică suportul de oțel pe care fata îl folosise pentru a-i prinde aripa în atelă, cel care îi străpunsese pieptul, și îl folosi drept pârghie pentru a rostogoli mai mulți bolovani în dreptul crăpăturii de la intrare. Nici măcar Jamin nu era suficient de puternic pentru a-i muta.

Își atinse nava- singura legătură pe care o avea cu trecutul său.

De ce se afla în acest loc? Ce forțe ale destinului îl pogorâseră din ceruri? Avea să conteze dacă nu reușea să termine niciodată ceea ce făcea atunci când fusese doborât? Sau era sortit să trăiască în rândul oamenilor pe veci?

Privi în sus, către stele.

-Voi încheia misiunea, jură el. Imediat ce îmi amintesc ce presupune.

Ninsianna întinse mâna. Îl conducea către umanitate.

Epilog

ΔΥƆΠΔΤΙϚ

Data Galactică Standard: 152,323.03 D.Î.
Sectorul Alfa: Centrul de Comandă "Lumina Eternă"
Comandant General Suprem Jophiel

JOPHIEL

Lumina Eternă orbita planeta Împăratului, Haven 1, reprezentând vasul amiral al Alianţei pentru toate cele patru ramuri ale armatei. Motoarele puternice pulsau în mod reconfortant sub picioarele ei, simbolizând forţa. Simbolizând *legea*. Acest centru de comandă, cel mai mare al flotei Alianţei, amintea întotdeauna faptul că Jophiel, Comandantul General Suprem, avea o misiune mult mai importantă de supervizat. Era militarul cu cea mai înaltă decoraţie. Era un exemplu pentru oamenii săi.

De asemenea, era unul dintre puţinii Angelici fertili...

Aceasta le dădu voie medicilor săi să o cureţe înainte de a ceda tentaţiei de a arunca o privire...

-Lasă-mă să îl iau în braţe, îi ordonă Jophiel moaşei care era pe punctul de a o scoate cu căruciorul în afara zonei pentru bolnavi, înainte de a-i oferi măcar şansa de a-l vedea.

-Credeţi că e o idee bună, doamnă? întrebă Delfiniumul cu înfăţişare de broască.

-E legea, răspunse Jophiel.

Moaşa îşi strânse buzele, având o expresie dezaprobatoare. Era în folosul tuturor ca mama să se despartă de copilul ei fără lacrimi, aşa că, de obicei, încercau să îndepărteze nou-născuţii înainte ca mama să îşi revină suficient pentru a întreba; totuşi, mamele hibrid aveau voie să îşi ţină pruncii în braţe o singură dată înainte ca aceştia să fie trimişi către academie şi să nu mai poată fi îmbrăţişaţi niciodată.

Moaşa ridică micuţul adormit şi îl aşeză în braţele lui Jophiel. Ea învinsese într-o sumedenie de bătălii, eliberase sisteme solare şi galaxii în întregime, îl păcălise pe Shay'tan prin inteligenţa sa, dar *aceasta* era reuşita care le încorona pe toate celelalte- un copil, născut ca parte a unei specii pe cale de dispariţie.

Îi apăsă cu nasul pielea caldă, perfectă şi îşi frecă obrazul sensibil de al său, inspirând mirosul de bebeluş. Asemenea tuturor nou-născuţilor Angelici, şi acest micuţ avea capul şi penele acoperite de un puf galben, ca de pui. Era, fireşte, prea devreme pentru a stabili cu certitudine, dar se părea că fiul îi semăna mult tatălui său.

-Care va fi numele lui, Domnule? întrebă moaşa.

-Uriel, răspunse Jophiel. Lumina Împăratului Etern.

Delfiniumul privi cu nervozitate către uşă.

-Copilul trebuie trimis de urgenţă la nava de transport, Domnule.

Moaşa se întinse pentru a lua copilul şi a-l duce la una dintre academiile de pregătire a tinerilor, unde copiii hibrizi erau crescuţi, educaţi şi integraţi în armatele Împăratului. Jophiel smulse micuţul din braţele puternice, ca de broască ale acesteia.

-Aş vrea să mă ataşez de el pentru câteva minute.

-Asta ar reprezenta un exemplu negativ.

-E fiul *meu!*

Îl smulse din nou, de parcă moaşa ar fi fost Devoratorul de Copii. În numele zeilor, se comporta exact ca Raphael! Ochii bulbucaţi ai moaşei se contractară, iar pupilele i se transformară în două linii drepte, ca de şarpe.

-Dacă generalul cu cea mai înaltă poziţie din Alianţă refuză să populeze poziţiile din armată, femelele de grad inferior îi vor urma modelul.

-Ştiu, dar...

-Cunoaşteţi consecinţele, Domnule, mormăi moaşa. Orice faceţi *dumneavoastră...*

Nu îşi încheie propoziţia, însă Jophiel ştia continuarea. Nu era *prima* femelă hibrid pe care moaşa fusese nevoită să o forţeze să renunţe la copilul său, dar ea era cea mai puternică şi cea mai vizibilă.

Da. Ştia mai bine ca oricine altcineva că acea întâmplare a ştiinţei care determinase naşterea raselor presupunea, totodată, un defect fatal. Fie ei animale sau plante, hibrizii de orice fel veneau cu o rată a sterilităţii astronomic de mare. Cu cât Împăratul împerechease prin încrucişare mai mult propriile armate pentru abilităţile lor de soldaţi, cu atât se înrăutăţise defectul.

Singura lor şansă de a se salva de la extincţie era să se împerecheze cu cei cu care nu erau înrudiţi.

-Nu poţi inventa vreo scuză? se rugă Jophiel. Spune că nou-născutul are o problemă.

-Dumneavoastră sunteţi la conducere, Domnule, răspunse moaşa sceptică. Însă vă rog... dacă dumneavoastră vă sustrageţi, orice alt hibrid din flotă va face acelaşi lucru.

Ochii lui Jophiel se umplură de lacrimi. Cu fiecare nouă sarcină, ideea de a-şi da copiii către academii devenise din ce în ce mai greu de suportat. Deşi încerca să nu se ataşeze de taţii urmaşilor ei, luptase foarte mult pentru a se desprinde de Raphael. Sentimentele reprezentau o slăbiciune pe care niciun lider militar nu şi-o putea permite.

-Îl voi trimite cu următoarea navă, promise Jophiel. Te rog. Tatăl lui a vrut sa primească o poză. Poţi să îmi faci una ţinând copilul în braţe?

Ridică pruncul, imaginându-şi ce s-ar fi întâmplat dacă lucrurile ar fi fost diferite. Ce s-ar fi întâmplat dacă şi-ar fi putut creşte copiii singură, aşa cum o făceau celelalte specii? Ar fi trebuit să renunţe la carieră?

Inima ei fusese învăluită de imaginea lui Uriel aşa cum o planetă este trasă de soare în orbită. Iar Raphael? Fusese un iubit sensibil şi plin de grijă; singurul care o întrebase vreodată despre visurile *ei* în loc să se folosească de apropierea datorată ciclului de călduri pentru a-i spune despre aspiraţiile *lui* profesionale. Cum s-ar fi comportat, oare, ca tată? Dacă ar fi putut...

Bliţul puternic o aduse înapoi la realitate.

Îi ordonă moaşei să trimită fotografia către iubitul pe care nu mai avea voie să îl vadă niciodată, căci se apropiase mult prea mult şi aproape că reuşise să îi distrugă rezistenţa.

-Poate că ar fi mai bine daca Împăratul ne-ar trimite pe toţi pe un singur tărâm, îi şopti ea lui Uriel imediat ce Delfiniumul părăsi încăperea. Ce mai libertate de alegere... Să te dau sau să dispărem cu toţii...

Uriel o privea cu încredere, iar ochii săi aveau deja ceva din acea strălucire verde-albăstruie care avea să îi domine   într-o bună zi. Se întinse către chipul mamei, prinzându-şi degetele mici în părul ei blond, cu irizări albe.

-Dacă nu am fi pe cale de dispariţie, suspină Jophiel, te-aş păstra. Şi pe tatăl tău. Să renunţ la *el* a fost aproape la fel de greu cum este să renunţ la *tine*, micuţule. De aceea am fost nevoită să îl trimit atât de departe. Dacă ar fi aproape, nu aş reuşi să trec prin asta.

Uriel căscă, arătându-şi mica gropiţă de pe obraz, asemenea lui Raphael. Aproape că reuşi să străpungă scutul mamei, dar la mijloc nu era vorba doar de fericirea ei sau de cea a copilului.

-Nu va fi chiar atât de rău, zise ea. Şi eu, şi tatăl tău am fost crescuţi într-o academie de pregătire a tinerilor. Te vor învăţa să îţi iubeşti Împăratul mai presus de orice.

Jophiel chemă moaşa.

Uriel începu să plângă imediat ce aceasta îl luă din braţele mamei lui. Jophiel se simţea de parcă i s-ar fi smuls inima din piept, dar moaşa îi duse copilul departe înainte de a-i da timp să se răzgândească.

Jophiel plânse ascultând ţipetele lui Uriel, care se auzeau cu ecou la bordul *Luminii Eterne*.

... Ţipa...

... Şi ţipa...

... Şi ţipa...

În timp ce era dus mai departe pentru a sluji în armata zeului său.

FINALUL VOLUMULUI AL II-LEA –
Sabia Zeilor

FRAGMENT: Volumul al II-lea - Nici un loc pentru îngeri căzuți

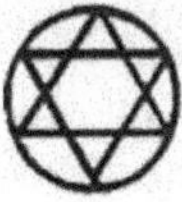

De aceea, femeia, din pricina îngerilor,
trebuie să aibă pe cap
un semn al stăpânirii ei.

Corinteni 11:10

Data Galactică Standard: 152,323.03
Imperiul Sata'an: Hades-6
Împăratul Shay'tan

SHAY'TAN

Legenda Alianței spunea că Shay'tan trăia într-o peșteră infernală, în care se putea intra doar trecându-se peste un râu de foc. De fapt, Hades-6 era ca toate celelalte tărâmuri cosmopolite, dispunând de zgârie-nori, grădini publice și un port spațial aglomerat, care lega milioane de planete. Palatul lui Shay'tan se înălța deasupra capitalei, Dis, asemenea unui castel din basme, având turnuri înalte și zvelte și un șanț plin nu cu foc, ci cu apă. Cândva, predecesorii săi trăiseră cu adevărat în peșteri, dar la fel făcuseră și cei ai lui Hashem. La mijloc nu era vorba decât de propagandă, menită să mânjească numele său pentru ca cetățenii Alianței să nu fie tentați de idealurile Sata'anice de ordine și avere.

Totul, cu excepția detaliului privitor la păstrarea tezaurului.

Acela era adevărat.

Prim-ministrul Sata'anic, Lordul Ba'al Zebub, o șopârlă de o înălțime și de o grosime considerabile, făcu o plecăciune și își strânse coada în partea dreaptă a corpului.

-Eminența Voastră, zise Ba'al Zebub. Generalul Hudhafah a trimis un dar.

Shay'tan își umflă penele ca un pui entuziast.

-Omul?

-Da.

Fusese de-a dreptul șocat când o navă reușise să treacă de întreg aparatul său informațional, folosind codul de acces personal al Generalului Hudhafah pentru a ajunge direct la el. Dacă era vorba despre ceea ce *pretindea* Hudhafah că era, tocmai livrase metoda perfectă de a zdrobi Alianţa.

-Arată-mi, ordonă Shay'tan cu o mişcare de gheară.

Nişte uşi sculptate în lemn se deschiseră. Trei Comercianţi Marini anonimi păşiră înăuntru, ţinând între ei o femeie cu pielea ca de abanos. Aceasta era înaltă, asemenea unui Angelic, şi avea un aspect regal, de parcă ar fi dispus de o descendenţă şi de maniere nobile. În ciuda rochiei primitive, analiza încăperea cu luciditate, iar ochii săi emanau inteligenţă.

Shay'tan se ridică de pe tronul său masiv- treizeci de metri de colţi, gheare şi solzi îngrijiţi cu meticulozitate.

-Bună, zise el rânjind.

Femeia aruncă o privire către colţii săi şi leşină. Shay'tan pufăi indignat.

-Nu sunt prea puternice, aşa-i?

Mirosi femeia inconştientă.

-E greu de crezut că asta e baza pe care Hashem şi-a clădit armatele.

-Am efectuat câteva teste genetice, spuse Ba'al Zebub. Aceasta *este* sursa originară a celor patru rase hibride. Cele folosite de el pentru împerechere, astfel încât să poată fi menţinută diversitatea genetică.

Shay'tan îşi îndreptă botul în sus, cu un rânjet de prădător.

-Ca să vezi, rosti el. Hashem crede că toţi au dispărut.

Va urma...

Rezumat:
„Aici nu e loc pentru îngeri căzuţi"

Doborât pe Pământ fără a avea vreo amintire din trecut, Colonelul Forţelor Speciale Angelice, Mikhail Mannuki'ili, nu are altă alegere decât să se integreze în satul Ninsiannei. Dar fiul Căpeteniei, Jamin, este hotărât să îl alunge. Atunci când cunoştinţele

sale legate de tehnologie se dovedesc a fi inutile într-o cultură din Epoca de piatră, Mikhail este confruntat cu o alegere dificilă: să îşi încheie misiunea? Sau să rămână în Assur, cu Ninsianna?

Cât despre Ninsianna, *ultimul* lucru pe care şi-l doreşte este să se întoarcă în Assur. Atunci când încetează să mai primească viziuni, însă, tatăl ei insistă că *el* ar fi Alesul- până la urmă, ea este doar o femeie! Cea-Care-Este i-a promis o fărâmă din Rai. Dacă Mikhail nu îşi poate aminti cum să ajungă acolo, atunci ţine de *ea* să descopere semnificaţia profeţiei.

Între timp, în ceruri, Lucifer face o înţelegere cu Shay'tan. Această înţelegere va sfârşi prin a provoca un război galactic, purtat chiar până la porţile Assurului.

Epopeea „Sabia Zeilor" continuă în volumul al II-lea: *Aici nu e loc pentru îngeri căzuţi.*

Disponibil în întreaga lume AICI:
http://wp.me/P5T1EY-oU

Un mesaj de la Anna

Dragă Cititorule,

Sper că ți-a plăcut acest fragment din seria „Sabia Zeilor". Mi-am dorit să creez un erou. Dar nu *orice* erou, ci unul atât de minunat, încât oamenii să spună „Vreau să fiu exact ca el." Așa că mi-am pus mintea la contribuție, gândindu-mă la toți super-eroii de la televizor, la armele și mașinăriile lor prostești. Și așa mi-a venit ideea.

Arhanghelul Mihail...

Cel care a trimis răul înapoi în iad...

În universul *meu,* îngerii sunt soldați dintr-un imperiu galactic, care slujesc ființele transcedentale (zeii) și care se aseamănă mai mult titanilor cu defecte de pe Muntele Olimp decât creaturilor descrise în Scripturi. Unii dintre ei sunt atât de evoluați încât tind ei înșiși către dumnezeire. Totuși, îngerii mei sunt, de asemenea, dureros de umani. Au defecte importante și, uneori, fac greșeli. Suferă, simt, sângerează...

Așa se întâmplă mereu când două facțiuni se află în război, nu?

Pentru a crea acest univers, am folosit mituri care preced Creștinismul cu 10.000 de ani, incluzând cultul preaslăvirii vulturului, Çatalhöyük, Povestea lui Ghilgameș, mituri privitoare la Annunaki, traduceri ale tablelor cuneiforme, mitologie Yazidi despre Melek Taus (îngerul păun) care a sfidat zeii și i-a îndemnat pe oameni să cultive primul lan de grâu (povestea cea mai veche a „Grădinii Edenului"), îngeri prezentați ca eroi ancestrali ce trăiesc în Zoroastrian și povești sanscrite, „Cartea Giganților" a lui Enoch precum și, firește, prezentări arabe, creștine și evreiești cu privire la războaiele cerești de la începuturile lumii.

Apoi, le-am legat pentru a crea propria mea poveste despre eroi, zei și demoni.

Unii ar putea numi o astfel de poveste „blasfemie". Dacă te numeri printre aceștia, seria aceasta nu ți se adresează. Dar dacă ai privit vreodată către cer și ți-ai dorit ca îngerii să fie reali... ca tu însuți să devii un erou, acționând cu vitejie și încercând întotdeauna să faci ceea ce e bine, indiferent de cât de speriat sau imperfect ai fi?...

Atunci sper să te îndrăgostești de Arhanghelul Mihail așa cum am făcut-o și eu, și să îl urmezi în călătoria sa.

Fii epic!

Anna Erishkigal

P.S. Dacă te abonezi la NEWSLETTER-ul meu, îți voi trimite un e-mail la lansarea următorului volum al seriei.

Buletin informativ

Sper că ți-a plăcut Sabia Zeilor. Dacă da, aș fi foarte recunoscătoare dacă ai revedea site-ul oricărei librării din care ai achiziționat-o și ai lăsa o recenzie în scris. Fără bugetul de publicitate al unei edituri mari, cele mai multe cărți nu înapoiază costul de producție. Cu excepția cazurilor în care... cititorii ca tine răspândesc ideea ca le-a plăcut.

Și dacă dorești să primești o notificare atunci când voi lansa urmă toarea carte, te invit să te abonezi la NEWSLETTER-ul meu, iar eu îți voi trimite un e-mail când va fi gata! Drept răsplată, odată ce vei confirma abonarea, vei primi acces instant către ediția digitală gratuită a volumului Ceasornicarul: O Nuvelă, disponibilă în format .epub, .mobi sau .pdf. Îți promit că nu vei primi niciodată mesaje spam din partea mea și că informațiile tale personale vor rămâne confidențiale. Folosesc MailChimp, așa că te poți dezabona oricând.

Mulțumesc!

Ce ai face dacă ai putea retrăi o oră din viața ta? Află chiar acum ! Abonează-te aici :

Află mai multe >>
https://wp.me/P2k4dY-16O

FRAGMENT:
Un înger gotic de Crăciun

Câştigător al eFestivalului "Words Best of Independent eBook Awards"- Cea mai bună povestire a anului 2014

Rămăşiţele vechilor suferinţe nu sunt niciodată lăsate în urmă...

Părăsită de prietenul ei în Ajunul Crăciunului, Cassie Baruch crede că poate pune capăt suferinţei sale izbindu-se cu maşina de un copac bătrân. Dar atunci când un înger superb, cu aripi întunecate, apare şi îi spune "asta nu e vreo afurisită de poveste de dragoste paranormală, copilo", îşi dă seama că moartea nu îi rezolvă problemele. Poate Jeremiel să o ajute să scape de rămăşiţele problemelor din trecut şi să îşi regăsească liniştea?

Această reinterpretare modernă a mitului îngerilor păzitori îmbină "O colindă de Crăciun" şi "O viaţă minunată", într-o încercare de a le oferi oamenilor speranţa că îşi pot stăpâni şi depăşi trecutul.

„Foarte puţine cărţi mă înduioşează până la lacrimi, dar aceasta a reuşit într-o manieră glorioasă. Mesajul ei este redat cu umor şi graţie. Minunat!" – recenzia cititorului

Află mai multe >>
http://wp.me/P5T1EY-oU

Piesele de Şah

Apausha: Locotenent în Marina Comercială a lui Sata'an

Baal Zebub: echivalentul politic pentru Primul-ministru al grupării Sata'anice

Cea-Care-Este: creatoarea universului, Zeiţa

Cel-Care-Nu-Este: haosul primordial, Lordul Întunericului, paznicul Celei-Care-Este

Dadbeh: războinic Assur. Pus pe glume

Dahaka: sergent în armata lui Shay'tan, mâna dreaptă a Generalului Hudhafah

Firouz: războinic Assur, parţial pus pe glume

Gita: fata cu ochi negri, verişoara Ninsiannei

Glicki: ofiţer major Mantoid, staţionat pe *Răsăritul de Lumină*. Secundul lui Raphael

Hashem: Împăratul Etern, fiinţă transcedentală

Hudhafah: general în infanteria Sata'anică, responsabil cu anexarea Pământului la Imperiul Sata'anic

Immanu: tatăl Ninsiannei, şaman

Jamin: fostul logodnic gelos al Ninsiannei, fiul Căpeteniei Kiyan

Jophiel: Comandantul General Suprem al flotei Alianţei

Kasib: locotenent în infanteria Sata'anică, Ofiţerul Şef de Achiziţii al Generalului Hudhafah

Ki: Zeiţa mamă a Celei-Care-Este

Kiaresh: războinic Assur din generaţia Căpeteniei

Kiyan: Căpetenia Assurului, tatăl lui Jamin

Lucifer: Prim-ministrul Alianţei, fiul adoptiv a lui Hashem

Lugalbanda: războinic-șaman decedat, care avea puterea de a opri inima inamicului. Tatăl lui Immanu. Bunicul Ninsiannei și al Gitei

Marwan: Șeicul tribului rival al Halifienilor

Micuța Nemesis: capra

Mikhail: Colonelul Mikhail Mannuki'ili, Forțele Speciale Angelice. Pregătit de Cherubim

Moloch: Cel Diabolic, Devoratorul de Copii

Needa: vindecătoare din Assur. Mama Ninsiannei

Ninsianna: tânără din Assur care are o relație specială cu   Cea-Care-Este

Raphael: Comandantul *Răsăritului de Lumină*, prietenul cel mai bun al lui Mikhail

Roshan: din tribul Halifian, ginerele lui Marwan. Moștenitorul grupului puternic Baranuman River

Shahla: fosta iubită a lui Jamin. Prostituată.

Shay'tan: Împăratul Imperiului Sata'anic. Un dragon "adevărat".

Siamek: războinic din Assur. Secundul lui Jamin

Tinashe: femeia cu piele de abanos

Tirdard: tânăr războinic din Assur

Zepar: șeful de personal al lui Lucifer

Lista Speciilor

Angelicii: super-soldați modificați genetic, combinând baza genetică a oamenilor cu vederea perfectă și aripile uliilor. Reprezintă Flota Aeriană a Alianței. Datorită împerecherii încrucișate pentru păstratea caracteristicilor animale, în prezent mai există mai puțin de 7500 de Angelici.

Arahnoid: specie de insecte însuflețite cu opt picioare care s-au dezvoltat în mod natural. Acestea li s-a alăturat Leonizilor în Flota Aeriană a Alianței.

Catoplebas: o specie evoluată natural, similară cu porcii sălbatici, care face parte din armatele lui Shay'tan. Sunt cunoscuți pentru caracterul combativ.

Centauri: super-soldați modificați genetic prin combinarea bazelor genetice ale cailor și ale oamenilor. Servesc drept cavaleria Alianței. Datorită împerecherii încrucișate pentru păstrarea calităților animalice, în zilele noastre mai există mai puțin de 4000 de centauri.

Cherubim: o specie evoluată natural de creaturi feroce asemănătoare furnicilor, care locuiesc în colonii-stup de călugări conduși de o singură regină. Sunt garda personală a Împăratului Etern și se află pe punctul de a deveni ființe supreme.

Delphinium: specie dezvoltată natural, similară cu amfibienii. I-au înlocuit aproape în totalitate pe Merfolk ca Flotă Militară a Alianței.

Ființe Transcedentale: sau "vechii zei". Majoritatea sunt creaturi născute muritoare, dar care ajung, după nenumărate vieți, suficient de evoluate genetic încât să devină nemuritoare. Posedă varii nivele de abilități, de la semi-zei semi-muritori care se pot doar vindeca singuri până la zei "elementali", care au învățat să exploateze legile fizicii. Câțiva dintre ei, cum ar fi Cea-Care-Este, s-au născut zei cu drepturi depline datorită faptului că descend din părinți zei.

Grigori: o specie de dragoni elementali care au dispărut în totalitate din galaxie în urmă cu multe milenii, toți cu excepția Împăratului Shay'tan.

Leonizi: super-soldați modificați genetic prin combinarea genelor leilor și ale oamenilor. Sunt forțe situaționale cu scopuri multiple. Când situația se înrăutățește, Împăratul spune "Trimiteți Leonizii!" Datorită împerecherii încrucișate pentru păstrarea trăsăturilor animale, mai există în acest moment mai puțin de 3500 de Leonizi.

Mantoizi: specie evoluată natural de insecte sensibile cu șase picioare. Au suplimentat Angelicii în Flota Aeriană a Alianței.

Marid: umanoizi cu piele albastră care au fost cuceriți și încorporați în armatele lui Shay'tan.

Merfolk: super-soldați modificați genetic care combină oamenii și mamiferele acvatice. Au fost creați pentru a face parte din Flota Navală a Alianței. În urmă cu 500 de ani, această specie s-a unit cu specia-soră a Leviathans-ilor. În zilele noastre, mai există doar câțiva Merfolk-i pur sânge. Hibrizii rezultați sunt cunoscuți drept Mer-Levi.

Mu'aqqibat: specie evoluată natural de creaturi asemănătoare șerpilor, cu mâini și picioare scurte și cap asemănător cu al dragonului chinezesc. Sunt o "specie antică", mulți dintre ei fiind la granița de a deveni ființe transcedentale.

Oamenii: specie care a dispărut când un asteroid a lovit Nibiru, în urmă cu 74000 de ani. Toate încercările de a reloca oamenii pe alte planete au eșuat, iar ei au dispărut. Există zvonuri că Împăratul Etern se trage din această specie, dar Palatul Etern a refuzat să comenteze.

Serafim: sub-specie de Înger Întunecat care a fost distrusă în urmă cu 25 de ani de agresori necunoscuți. Un singur membru al speciei a supraviețuit, Colonelul Mikhail Mannuki'ili. Colonelul a dispărut și este actualmente considerat mort.

Șopârle Sata'anice: specie de șopârle însuflețite care alcătuiesc cea mai mare parte a armatelor lui Shay'tan. Acesteau au apărut spontan în urmă cu 74.000 de ani, înlocuind Nefilimii, o specie astăzi dispărută, care servea drept soldat pentru Shay'tan.

Despre Autor

Anna Erishkigal este un avocat care se recuperează şi scrie ficţiune drept alternativă la ideea de a se întoarce acasă de la tribunal şi a-şi supune copiii vreunui interogatoriu. Creează sub un pseudonim, astfel încât colegii săi să nu îi pună la îndoială pledoariile, considerând că ar fi la rândul lor rodul ficţiunii. În cele mai multe cazuri, dreptul *este*, după câte se pare, pură ficţiune. Însă avocaţii preferă să îşi numească activitatea „apărare plină de zel a clientului".

Şansa de a analiza cotloanele cele mai întunecate ale fiinţei umane face posibilă construirea unor personaje ficţionale interesante, acel gen de personaje pe care îţi doreşti fie să le încarcerezi, fie să scrii despre ele acasă. În ficţiune, poţi jongla cu faptele fără a-ţi face prea multe griji privind adevărul. În pledoariile legale, dacă propriul client te minte, eşti pus într-o situaţie stupidă în faţa judecătorului.

Cel puţin în ficţiune, dacă un personaj devine supărător, îl poţi omorî...

www.Anna-Erishkigal.com

Alte cărți
de Anna Erishkigal

Ceasornicarul (o nuvelă)
Un înger gotic de Crăciun

Sabia zeilor Saga (fantezie epică)
Eroi de Demult (o nuvelă)
Sabia Zeilor
Aici nu e loc pentru îngeri căzuţi
Fructul interzis (în curând)

Mai multe cărţi româneşti:
http://wp.me/P5T1EY-oU

www.ingramcontent.com/pod-product-compliance
Lightning Source LLC
Chambersburg PA
CBHW071300190726
48292CB00007B/2619